微光
———
青年批评家集丛

新南方写作

地缘、经验与想象

曾攀 著

上海文艺出版社

"微光/青年批评家集丛"策划人语

金 理

在今天这样的时代里,尝试获取对于"文学批评"的共识,恐非易事。不过,既然我们的集丛以此为名义来召集,势必需要提出若干"嘤鸣求友"般的呼声——

首先,文学批评"能够凭借自身而独立存在"(弗莱:《批评的解剖》),其意义并不寄生于创作,批评与创作并肩而立,共同面对生机勃发的大千世界发言,"如共同追求一个理想的伴侣"——这个说法来自陈世骧先生对夏济安文学批评特质的理解:"他真是同感的走入作者的境界以内,深爱着作者的主题和用意,如共同追求一个理想的伴侣,为他计划如何是更好的途程,如何更丰足完美的达到目的。……他在这里不是在评论某一个人的作品,而是客观论列一般的现象,但是话

尽管说得犀利俏皮,却决没有置身事外的风凉意,而处处是在关心的负责。"(陈世骧:《〈夏济安选集〉序》)

其次,在理性的赏鉴与评断之外,批评本身是一门艺术,拒绝陈词滥调,置身于"陌生"的文学作品中,置身于新鲜的具体事物中。文学批评应该是美的、创造的,目击本源,"语语都在目前"。

再次,诚如韦勒克的分疏:"'文学理论'是对文学原理、文学范畴、文学标准的研究;而对具体的文学作品的研究,则要么是'文学批评'(主要是静态的探讨),要么是'文学史'。"但他尤其强调这三种方法互为结合、彼此支持,无法想象"没有文学理论和文学史又怎能有文学批评"(韦勒克:《文学理论、文学批评和文学史》)。故而,凡在文学理论的阐释、文学史的建构方面有新发见的著述,均在本集丛收入之列。

丛书名中的"微光"二字,取自鲁迅给白莽诗集《孩儿塔》作序:"这是东方的微光,是林中的响箭,是冬末的萌芽,是进军的第一步……"借用"微光"大概表示两个意思:微光联系着新生的事物和谦逊的态度,本书是一套为青年学者开放的集丛;态度谦逊但也不自视为低,微光是黎明前刺破黑夜的第一束光,我们也寄望这套书能给近年来略显沉闷的学界带来希望。

此外,"微光"还让我们联想起加斯东·巴什拉笔下的"孤独烛火",联想起巴什拉在《烛之火》中描绘的一幅动人图画:遐想者凝视孤独烛火,这是知与诗、理性与想象的结合。"在所有的形象中,火苗的形象——无论是朴实的还是最细腻的,乖巧的还是狂乱的——载有诗的信息。一切火苗的遐想者都是灵感丰富的诗人。"(《烛之火·前言》)——在这一意义上,"微光"献给"一切火苗的遐想者"。

我们期待有更多志同道合的师友加盟后续的出版计划。最后,集丛出版得到上海文艺出版社陈征社长、毕胜社长前后两任社长及李伟长兄的鼎力支持,胡远行先生与林雅琳女史亦献策出力,尤其远行先生本是集丛策划者,但他甘居幕后不愿列名,这都是我们要特为致谢的。

目　录

序　写在南方之南：潮汐、板块、走廊、风土／王德威　1

绪论　"南方"的复魅与赋形／1

第一章　汉语景观、海洋写作与空间诗学
　　第一节　新南方写作与当代文学的世界想象／11
　　第二节　粤语方言与新南方写作／31
　　第三节　南方的世界与世界的南方／46
　　第四节　海洋文学中的空间想象与地域理念／66
　　第五节　历史的书写与诗学的超越／82

第二章　边地、乡土与区域融合
　　第一节　边地书写及其异质性／97
　　第二节　边境叙事、区域融合与乡土重建／106
　　第三节　小说的声色与南方的质地／113
　　第四节　边地姿态、问题意识及整体性重塑／129

第五节　生命审度、情感气息与地理形构 / 145

第三章　城市、心理与情感结构
　　　第一节　香港书写与南方新声 / 157
　　　第二节　心理叙事、情感问题与疾病隐喻 / 164
　　　第三节　感官召唤、生命钝感与诗性精神 / 172
　　　第四节　作为方法的小人物与边缘人 / 182
　　　第五节　情感经验、精神困境与南方心灵 / 207

第四章　历史、伦理与地方传统
　　　第一节　文化传统与现代中国 / 219
　　　第二节　生命的领受与伦理的风暴 / 236
　　　第三节　历史的召唤与秩序的重建 / 245
　　　第四节　家族史、民族史与现代史 / 254
　　　第五节　革命伦理、民间叙事及历史再现 / 260

第五章　生活、科幻与文化想象
　　　第一节　后现代、生活化及南方视阈 / 269

第二节　东南亚、汉语写作与南方景观 / 290
　　第三节　澳门生活、艺术实践与文化书写 / 303
　　第四节　"南方"经验与"新人"问题 / 307
　　第五节　青年写作、科幻想象与未来形态 / 314

结语　新南方写作：地缘、经验与问题 / 323

后记　新南方写作与自我的重塑 / 331

序 写在南方之南：潮汐、板块、走廊、风土

王德威

"南方"是世界文学古老的命题，在中国文学中也源远流长，从《楚辞》传统到晚近的江南想象都可以作如是观。作为方位，"南方"不仅指涉地理及环境，更投射关系与价值，介入或逃避现实的方法，久而久之，南与北形成地缘政治、感觉结构、文学隐喻的复杂关系，甚至成为想当然尔的执念。文与野、中原与边地、羁縻与离散等二元对立命题由此而生。

"新南方"的概念经杨庆祥教授提出后，为南方论述带来活力[1]。跨过众所皆知的江南，"新南方"将我们的视野导向华南、岭南、西南、

---

[1] 杨庆祥：《新南方写作：主体、版图与汉语书写的主权》，《南方文坛》2021年第3期。

海南，更延伸到中国南部海域的岛屿如香港、澳门到台湾，以至南洋的半岛与群岛。新南方之"新"固然来自南方文学地图的重绘，更重要的则是认识论空间的开展："新南方"既是"南方"的不断延伸，也是"南方"的卷曲、翻转和叠印，因此打破既定的南北二元逻辑。南方之南，潮汐起落，山海撞击，华夷夹杂，正统消散，扑面而来的是新世界、新发现、新风险。

文化界和学界对"新南方"写作已有相当丰富的观察。杨庆祥强调其"异质性"和"临界感"；张燕玲侧重其野性的创造力〔1〕；东西指出其拒绝"根据地"般的原乡、寻根公式〔2〕；林森提醒其"荡开的""不安的"想象维度〔3〕；朱山坡意味深长地建议新南方作家与其北望中原，不如直面世界〔4〕；曾攀新作《新南方写作：地缘、经验与想象》则从形式切入，观察新南方写作从语言、地理、心理、生活种种层面"复魅"与"赋形"的实验〔5〕。

这些评论言之有物，几乎无需多置一词。但我们也许可以从环境拓扑学的角度，为新南方想象再增加向度。"拓扑"指的是空间内在连续变化下维持不变的结构特质，及其形成的（几何、象征）样态；环境的拓扑则纳入物质生态样貌，以此凸显拓扑作为地志学的要义。本文提议四个关键词说明新南方的拓扑学：潮汐、板块、走廊、风土。这四个关键词与自然、人文环境息息相关，但付诸文学论述，可以视之为引譬

---

〔1〕张燕玲关于"新南方写作"的编者按，见《南方文坛》2021年第3期。
〔2〕东西：《南方"新"起来了》，《南方文坛》2021年第3期。
〔3〕林森：《蓬勃的陌生——我所理解的新南方写作》，《南方文坛》2021年第3期。
〔4〕朱山坡：《新南方写作是一种异样的景观》，《南方文坛》2021年第3期。
〔5〕曾攀：《新南方写作：地缘、经验与想象》，绪论。

连类的意象,标记新南方想象的特质。新南方写作引人瞩目的地理特征首推海洋。相对北方土地,闽粤桂琼面向大海,自然激发出波澜壮阔的想象;海洋的深邃与广袤,还有航行指向的冒险与未知,在在萦绕写作者心中。如曾攀指出,不论是陈春成的《夜晚的潜水艇》深海梦游,或林森的《海里岸上》的现实体会,都以海洋的神秘与疏离为底色。陈继明《平安批》写一代华人下南洋的原乡情怀;黄锦树《开往中国的慢船》则反其道沉思原乡人的离散与迷惘。最近颇受瞩目的林棹《潮汐图》以十九世纪的巨蛙传奇为主轴,展开海上周游与水底奇遇,从珠江三角洲写到大英帝国,的确让我们见识作家无远弗届的奇思妙想。这与主流的写实现实主义传统已经不可以道里计。我们如何将这些海洋书写进一步论述化?巴斯威特(Barbadian Kamau Brathwaite)的"潮汐论"(Tidalectics)、葛力桑(Edouard Glissant)的"群岛论"(Archipelagic Theory),都是较为人所知的理论[1]。两人都有加勒比海岛群背景,也都具有诗人身份。尤其巴斯威特的"潮汐论"以海洋潮汐韵律为灵感,想象岛屿(和岛群)文化非线性的、反轴心的、跨国境的开放律动,正与源自欧洲大陆的、无限上纲的"辩证法"(dialectics)针锋相对。葛力桑则提醒大海散布的岛屿,自成文化与社会;岛与岛之间的所形成的若即若离的脉络、与时俱变的关系。出身台湾兰屿的作家夏曼·蓝波安以《大海之眼》《天空的眼睛》等作示范海洋书写的浩瀚本质,总已是文字跨文类、跨物种的出游,投向"漫无边际"宇宙。

---

[1] Edouard Glissant, *Poetics of Relation*. Trans. Betsy Wing(Ann Arbor, MI: University of Michigan Press, 1997); Annie Paul, ed., *Caribbean Culture: Soundings on Kamau Brathwaite* (University of the West Indies Press, 2009).

但新南方想象的复杂性理应超过"潮汐论""群岛论"。我们对"板块"思维(tectonics)的重新认识,此其时也。所谓的"板块"有双重意义,从地质史来看,"新南方"所在位于欧亚大陆板块东缘,六千六百万年前还是一个沉积盆地。一千两百万年前因为欧亚板块和菲律宾海板块的挤压与冲撞,形成之后的地貌。比起海域与陆地的千万年运动,这一地区的原住民及之后的垦殖者所主导的多民族文化史,毋宁显得短浅而卑微了。然而这千百年带来前所未见的政治扰攘、文明兴替。殖民、移民、遗民的势力你来我往,以各种名目,表述想当然尔的历史。国族的、地域的、族群的、文化的、意识形态的力量挤压冲撞,狂野危殆之处,岂竟是像地表之下,那千百年来不得稍息的板块运动?

"新南方"人文经验的可贵,正在于夹出于潮汐起落和板块碰撞之间。近年人类学及地理学界关注"佐米亚"(Zomia)区域——东南亚高地——研究,或可以作为借镜。欧美学者思坎得尔(Willem Van Schendel)和史考特(James C. Scott)指出这一高地涵盖四川、广西、云贵、西藏的高原山脉,延伸至缅泰越寮,并远及印度、孟加拉国东端,居民超过一亿。史考特引入垂直视角观察"佐米亚"地区社会结构与历史经验,提出有名的"不被管控的艺术"论述[1],颠覆平地政治治理史观。中文世界如王明珂教授的羌族研究[2],或刘志伟教授的南岭研究[3],都可视为对此理论的对话或延伸。来到文学场域,作家如李

---

[1] James C. Scott, *The Art of Not Being Governed: An Anarchist History of Upland Southeast Asia* (New Haven: Yale University Press, 2009).

[2] 王明珂:《羌在汉藏之间:川西羌族的历史人类学研究》,中华书局 2008 年版。

[3] 刘志伟:《如何理解帝国边缘的南岭》,《上海书评》,南岭在空间上不在 Scott 所圈划的"Zomia"范围,但其山岭与 Zomia 地区直接相连接,是中国西南山地向东延伸出来的一条"陆梁"。https://www.thepaper.cn/newsDetail_forward_1427562.

约热的桂西北书写,如张燕玲所述,"大石山区的奇峰林立,特有的喀斯特地貌弥漫着一种野性和神秘感"。早年阿城的《树王》、王小波的《黄金时代》写知青下放云南的经验,也可以作为参考。西藏作家从扎西达娃到次仁罗布的高原纪事,同样是这一地理角度的呈现。更重要的是,"佐米亚"跨越国家、族群或文明的界限,将南方之南的观点延伸到东南亚的半岛高地和山岭。这应该是作家持续发掘题材的区域。

在潮汐和板块碰撞下,人间社会的形成与变动引领我们到第三个关键词:"走廊"。二十世纪八十年代初,费孝通先生针对中国民族地理研究提出新见解,他指出在传统的区块(如中原、青藏高原等)外,有三道走廊值得重视,即西北走廊、藏彝走廊、南岭走廊。据此,费孝通打破过去以省份、板块、民族为单位的僵化模式,强调空间流动交往的有机性和互动性。这些走廊的形成既有客观地理形势的使然,也有历史人文的传承。"新南方"恰恰涵盖了藏彝、南岭走廊区域,呈现复杂的民情风土,与中原的以及更遥远的边疆的民生、政经、流徙、战争互动路线。在此之外,海上丝绸之路也是另外一种走廊。

但在地理和历史定义的走廊之外,文学书写也连接成为"走廊"。这一由文字所构成的通道,随着世代络绎于途的行旅者到达中原以外的区域,不仅传播知识讯息,更熔铸了南方之南的想象。从化外礼乐之邦到巫蛊虫蟪的渊薮,从天下舆图的临界点到黑暗之心的所在地,这些文字杂糅写实与幻魅,在在引人入胜,同时也试探传统"文学书写"的边界。当代作家最早致力"新南方""走廊"书写的当属林白。从早期的《一个人的战争》到最近的《北流》,她以女性独特立场记录身体和心灵的奔波,南下北上,道阻且长。新世代的作家更将"走廊"抽象化、幻想化。朱山坡《蛋镇电影院》打造的银幕逃逸路线,或王威廉的《野未来》从平凡世界看见"微"科幻通道,既体认"走廊"的动态地理观,也是对"走廊"的超越。

潮汐的涌动,板块的升沉,走廊的迁徙聚落,形成地方"风土"——人与自然环境所共构的生命样态。不论中西传统,"风土"都是古老的观念,也都同时纳入自然生态和人文风俗的含义[1]。风土研究在现代复返。日本和辻哲郎的《风土:人间学的考察》(1935)深受海德格尔启发[2],但相对于海德格尔侧重人的存有与时间的关系,和辻强调人的存有与空间的关系。二十世纪六十年代末,法国地理学家边留久(Augustin Berque)继之发挥成更具特色的风土论。边留久认为西方的环境学、生态研究不脱启蒙主义以后的主/客、物/我二元论述结构,相对于此,风土论提醒我们二元论之外的第三种可能。边留久指出风土即是人立身于天地之间的"结构时刻"[3]。由此生发生命—技术—象征(bio-techno-sybolic)三者的联动关系,缺一不可。

边留久特别强调"风土的中介性"(mediance),意即在时空不断演化的过程里,环境生态、人为技术、表意象征之间互为主客的动线,其结构与演绎形态总不断交错跨越(trajection)。延伸边留久的看法,我们不妨思考风土学(mesology)的对应面:神话学(mythology)。在此,神话不仅指涉先民与不可知的自然或超越力量互动的想象结晶,也指

---

[1] "是日也,瞽帅音官以风土。廪于籍东南,钟而藏之,而时布之于农。"韦昭注:"风土,以音律省土风,风气和则土气养也。"左丘明著、韦昭注:《国语·周语》上,商务印书馆1935年版,第6页。

[2] 〔日〕和辻哲郎:《风土:人间学的考察》,东方出版社2017年版。

[3] Augustin Berque, "The question of space: from Heidegger to Watsuji," *Ecumene*, 3, 4 (1996): 373–383.

涉当代社会约定俗成,甚至信以为真的知识系统[1]。风土学与神话学都牵涉每一社会面对环境可知或不可知的现象,所发展出的实践法则和价值系统。风土学落实生命—技术—象征于日常生活,神话学则凸显从迷信到迷因(meme)的"感觉结构"。

正是在"风土"与"神话"的交会处,新南方写作大放异彩。铜座镇、野马镇、蛋镇、上岭村、红水河、鬼门关等地名其实点出作家对地方风物的印象,环境、景物与人事隐含不稳定的元素,似乎随时有爆发可能。霍香结的《铜座全集》以上千页的篇幅构造一个名为铜座的地方风物志,从山风海雨到物种繁衍,从草木虫鱼到习俗传说,形成博物世界与生活百态,蔚为大观。东西的小说《篡改的命》甚至以富有神秘主义的书名,提醒读者生存环境中"惘惘的威胁"。什么是善恶,什么是宿命,亘古的大哉问一旦有了新的表述场域,立刻呈现特异的解答。语言是感知风土的重要形式。林棹的《潮汐图》融入粤语的精髓而使得她的巨蛙叙事更为引人入胜;曾攀注意东西《没有语言的生活》《我们的父亲》等作对"乡土人性及其言说形态的探索……形而上语言之思不仅塑造了人的生存和交往方式,而且构成了人的主体精神甚至伦理意义"。同样的,鬼子的《被雨淋湿的河》处理乡村和土地所面临的现代化危机,终于使生存其中的人失去凭依,最后一无所有。

新南方写作研究方兴未艾,杨庆祥、曾攀等学者建立论述的努力令人瞩目。尽管这一论述的架构希望放大地理视野,超越家国界限,目前所见文字尚不出闽粤桂琼作家的点评。中国港澳、中国台湾以及

---

[1] Roland Barthes, *Mythologies*, trans. Annette Lavers (New York: Farrar, Straus and Giroux, 1972).

东南亚华文作家的作品除极少数点缀外,并未能进入眼帘。这毋宁是种反讽:"新南方"意在开拓"南方之南"的无垠场域,但对"南方之南——之南"的探勘显然仍有其局限。或许假以时日,能有更多发现?如张贵兴、李永平的南洋风景,吴明益、夏曼·蓝波安的地理、海洋书写,董启章、黄碧云的维多利亚港风云,极有特色,可作为研究的起点。

总结对新南方写作关键词——潮汐、板块、走廊、风土——的描述,本文以三种相互关联的书写和阅读立场——跨越、逾越与穿越——作为对未来的期待。跨越指涉时空界限、知识场域和心理机制的树立、裂变、重组。跨越既有平面板块让渡取舍的律动,更不无黑格尔式时间进程、由辩证到超越的渴望。如果跨越引起我们对畛域、界限的审理和辩驳,逾越则强调理法的拉锯和违逆。相对于清规戒律,或"历史的必然",逾越是冲决网罗,是铤而走险,是不按牌理出牌,也是知其不可为而为。同时我们不能忽略穿越的可能性。顾名思义,穿越打破时空逻辑,不再受制于有机形体的局限。今生翻转前世,故事衍生新编。乌托邦式身体潜能一旦有了出口,得以纵横古今,创造异质空间,并以此和现实世界形成对峙。

这三种写作与阅读立场各有隐喻对应:界限、理法、幽灵。谈跨越的条件、行动和结果何其不易。这是剧烈的"去畛域化"(deterritorialization)、"再畛域化"(reterritorialization)的过程。历史的后见之明无从完满解释"跨越"与否的重重动机。同样令人深思的是,时空一旦转换,曾经视为当然的意义也发生质变。逾越的征候来自理法的压力和反抗,我们必须检视两者的联动关系。律法的有效性因为对逾越者的指认和监控得以确认。而法网最绵密处,逾越的发生和判定甚至让当事者都始料未及。穿越则在既有的物理界限之上,提供了"复魅"和"赋形"的可能。那是幽灵的重返,也是叙事和创世的又一次开始。

"新南方"想象奇绝多变。在林白的女性的心路也是身路历程里,东西的庶民命运赌局里,朱山坡幽暗的乡土狂想曲里,林棹的灵蛙穿越洋奇里,还有其他作家形形色色的文字实验里,我们见证界限的跨越、理法的逾越、幽灵的穿越。"新南方"的创造力如此生机蓬勃,"新南方"论述蓄势待发,此其时也。

绪论

"南方"的复魅与赋形

博尔赫斯的《南方》,对于胡安·达尔曼是一种精神历险。如何理解这部小说,博尔赫斯提到了三种方式:一是真实之事,二是幻梦与寓言,三是自传性写作。对他来说,南方的布宜诺斯艾利斯是一个精神原点,在那里得以追溯并勾勒主体的心理图式,无论身在何处,无论思域万变,总会在必要的时刻,回到那个生命的源发地。由是观之,那个紧握匕首,向平原走去的达尔曼,重新经历他似乎早已烂熟于心的"南方",那是在死亡的威胁中得以再生的内在图景。面对世界的混乱及挑战,达尔曼的内心井然有序,地理的自我确认及其想象性构造在他那里是合而为一的。作为灵魂属地的南方,认同与排斥、经验与想象、野气与庄重之间,蕴蓄着必要的张力和丰富的可能。

"南方"是复义或说含混的,在世界性视野中,"南方"则是一个复数。陈谦的《木棉花开》,讲述二十世纪九十年代开始,不少被弃的"南方"孤儿为美国家庭收养,创伤性记忆伴随着来自南方的讯息而不断被唤醒,并经历了激化和最终的平复。其中映射的是移民曲折幽微的精神史和心灵史。小说中,戴安来自中国南部的广西,故事截取的是曾经被弃的她与生身母亲重逢前后的横断面。围绕着对戴安的心理诊疗，小说提到她对洪都拉斯难民男孩的认同和自况，值得注意的是，洪都拉斯同样位于美国以南，难民需要越过危地马拉纵贯整个墨西哥才能到达美国，在这种情况下，作为心理医生的辛迪——她同样也是被弃者——不仅为戴安，也为难民做心理治疗。也就是说，南方——无论是中国的西南还是美国以南的美洲地区的征兆——都成为疗救的对象，当然这里的背后已经不是"冷战"时期的对立性存在，而引向更为复杂的区域政治与文化主体的心理反思。重要之处还在于，陈谦小说指示了一种作为症候的"南方"，无论是《爱在无爱的硅谷》《特蕾莎流氓犯》，还是《下楼》《木棉花开》，人物主体往往被赋予一种历史性，跨域行旅并没有抹除原有的身份经验，反而在新的地理/界域中，不断引发新的心理/文化征兆。陈谦之"南方"，代表着一种跨区域与跨文化的视角，也可见出其是一个移动的坐标，戴安的心理创伤肇始于中国南方，同时，从文本的地理视角而言，她来自东方。"南方"始终携带着自身坚固而深层的精神质地，却也因其汇通与开放，又往往是变动不居且形态多样的。

与陈谦幽微隐现的南方相比，黄锦树的南方书写沉郁而鲜明。小说《雨》中，芜杂密集的雨林与繁复纠葛的内心互为表里，"南方"被重新赋魅。而谍影重重的《迟到的青年》，代表着黄锦树的又一种南洋叙事，那个神秘的青年来自南方，在嘈杂、喧嚣而幽邃的奇观式书写中呈现抑或隐匿自身。由于种种不确定性的叙述，"迟到"本身一再被延宕，而"青年"则衍变为一个模糊复义的形象，"印度支那情报部的秘密档案里，却记载着'巫师'和阮爱国，和一群海南人，在新加坡牛车水一处破落的楼房里，一边吃咖喱，吵吵闹闹中，成立了南洋一个什么党"。在西方小说家看来，他们来自神秘的东方，是两个猥琐好色的男人。

绪论 "南方"的复魅与赋形

质言之,在围剿革命青年的西方势力眼中,那个幽魅的身影出自南洋,也来自东方。南洋青年从马六甲海峡一直辗转至中国的南方,若联想至当下中国及东南亚之间的交互,"迟到"之青年与"后发"的国家之间隐约存在着结构性的换喻,似亦可将其视为一种南方的国族想象。

如此说来,黄锦树小说中那"烈火般的种子",俨然以燎原之势,从南方蔓延至更广阔的区域乃至世界。而黎紫书的《流俗地》则将日常的讲述、庸常的个体、生活的万象,织进马来西亚的时代历史、社会政治之中,尤其考察现代汉语的异域旅行、生存和流变,展开了异质的南方图景。诚然,博尔赫斯、福克纳、马尔克斯已然构造出了具有世界意义的"南方",而王安忆、苏童、格非等作家则一度为当代中国的南方赋形。无论是陈谦小说里戴安的犹疑与和解,还是黄锦树那个迟至的革命青年形象,沉浮变幻的南方始终存续内在的主体意识,以及相与对应的心理机制,同时映现出文化政治与精神地理的交叠汇集,这便是"文学—南方"的内在肌理。而这里所要探讨的新南方写作,从来自北美的跨域式书写,到东南亚的南方想象,转而至于当代中国新的地域维度。"新南方"事实上更倾向于地理的与精神的同一性,是一种包容了多元化的内在趋同,代表的是基于文化价值共同体的想象性整合。

因此,南方不是起点,更非终点,在新世纪的当下,中国的南方实现了新的汇通,以完成自身的全球化想象。朱山坡的《风暴预警期》将"风"景之怪象与人心之乱象并置,在荒诞与苦难中呈现南方的野性。而《蛋镇电影院》中的《荀滑脱逃》,偷盗者荀滑面对众人抓捕,于千钧一发之际,跃入电影屏幕中的火车奔向世界,通过形而上的"脱逃"逾越"南方"。十一年后,荀滑搭乘《东方快车谋杀案》中横贯欧亚的列车,重新回到蛋镇,而此时他不再偷窃,摇身一变成为炙手可热的实业家,"荀滑在蛋镇投资办了一个香蕉食品加工厂,招收了三百名乡下人,第二年初便当了县政协委员。在遥远的北方,他还经营一家大型煤矿,从地下能源源不断地扒出很多的煤,实际上扒出来的是钱。他的事业和理想远不止于此。有朝一日,他要建设一条长长的铁路,起点就在蛋镇,让所有的人都有机会到世界各地去"。不得不说,荀滑在蛋镇描绘了他的世界宏图,因此在《蛋镇电影院》中,朱山坡的南方成为一种孕育状态和生产方式,创生出自外于己的未来性。而通过《萨赫勒荒原》,朱山坡更是将新南方写作推至深远。

南方的当代版图始终在汇聚中扩展,并且在新的区域性整合中,形成了丰富的阐释学内涵。福建作家陈春成《夜晚的潜水艇》,将"南方"作为一种想象性的装置,重新思考多维的宇宙空间,反思人类自身的前进动力。孔见的《海南岛传:一座岛屿的前世今生》,展开了南中国海的文化史与精神史,天涯海角,咫尺南方,其中提及苏轼,半生飘零的诗人行迹遍及海南及粤桂诸地,与广西北部湾的海上丝路一脉相承,勾勒出既往开新的贸易通道和文化史迹。南方不只是山坳边地,不只有江河平原,南方也有海,这与陈谦小说里漂洋过海的"南方"有所不同,海南的南方书写正面展露了生活与情感之"海",其不再意味着神秘、野性、繁杂,而是走向阔大、热烈、深邃,这是关于南方想象的进一步拓展,从亚热带延伸至热带,从山川内陆推衍到海洋文明,形塑另一种博大而深邃的诗学。同样来自海南的林森,在长篇小说《岛》中,探讨了海南城市化进程中的精神处境,在人物个体的家族史、奋斗史与情感史中,时代乱浠与个人困厄令沉郁的孤独感油然而生,代表着新南方写作中的主体建构。而在《海里岸上》《唯水年轻》,则构筑了自我的精神堡垒,借以抵抗现实的风潮,坚固而有时显得固执孤僻,却不曾自闭和堕落。对于新南方写作的重要区域海南来说,从国际旅游岛到自由贸易港,风驰电掣的现代化进程中,如何重塑当代之"南方"的文化主体,已然成为全新的命题。

在琼海海峡,与海南岛隔海对望的雷州半岛及其所延伸的粤港澳大湾区,重新定义了区域大文化的概念。"南方"自有一套文化规制在其中,根据气候、风物、文献、习俗等,指向并建构心理认同的内在机制,并在对象化的过程,确认为精神性的存在,形成地域性的归属认知或地理迁移中的文化重建。文学之构造"新南方"的过程,不仅指向外部的政教经贸制度,而且代表着文本内部的形式肌理以及传达出来的文化认同、心理反射和价值生成。黄灯的《大地上的亲人》,将视角不断下沉,深入社会阶层的褶皱之中,折射出深切的知识分子情怀,也代表着粤港澳大湾区文学写作的多元探索。来自云南的广州诗人冯娜的作品,呈现中国南部边地少数族裔的生活形态与精神皈依,丰盛而繁复,同时建构一种幽微而隐秘的自我,却能推至广泛的精神认同,尤其融入广东的改革视野与开放精神,在诗歌中传递出颇具意味的世界性图景。澳门诗人冯倾城的《倾城月,倾城诗》,以古今诗体为媒介,在情感的涌动、美感的传递与文化的存续中,表达当代澳门的生命经验;穆欣欣的《文戏武唱》则是以个人意趣对接艺术的多维触角,从澳门的城市历史、故事和格调,游至中国乃至世界的文化格局之中。香港作家周洁茹的《在香港》,写尽了香江之滨的喜乐哀愁、家长里短、浓汤淡饭,世俗而不下坠,构成后革命时代的生活哲学。值得注意的是,新南方写作并不局限于自身的地域属地,而是以"南方"为坐标,观看与包孕世界,试图形塑一种新的虹吸效应。

自此,世界格局中的新南方写作已然成型。安东尼·吉登斯在

《现代性的后果》中提到,被重构与再造的空间将会逐步逾越简单的地方属性,呈现出新的可能,如是代表着一种现代性的状况。在这个过程中,文学的价值塑造和未来想象变得异常重要,有助于真正突破狭小的地域界限,并在政治囿制中脱化开来,形成敞开式的文化形态。新南方写作恰恰是重新融通并提供多元化的镜像,为"南方"复魅与赋形:边地充沛的野性及诡谲的景象、区域链条中文化的复杂联动、海洋文明的广博盛大、发展与开放并置的国际视野,由是引触新的融合及创造,在充满未来可能的衍生中,不断激发"南方"的新变、新义与新生。

第一章

汉语景观、海洋写作与空间诗学

第一节　新南方写作与当代文学的世界想象

一

一提起"南方",便会涉及坐标的多重性,因为对于中国来说,南方一直以来有其相对固定的划分与认知。而从整体的世界性话语来说,中国又意味着"东方",如此一说,似乎又存在着某种西方中心的"东方主义"式的意味在里面,且不同区域内也自分其南北西东,所以"南方"的内容非常复杂,它的含义也尤为丰富。尽管会产生这样那样的误解和歧义,但确乎依旧无法完全取消南北方的称谓,这样的二元对立也许会产生种种问题,却并不能取消如是之分化。况且,"南方"一直以来都是多元共生的,尤其是文学与文化的因素参与其中时,便很难去穷尽其中喻义。更关键之处在于，当下所提及的"新南方"及其写作实践，是正在发生在我们身边的时代风潮中的产物，其包孕着种种制度的与精神的开放，并且不断地冲击着我们既有的认知，勾勒出地方路径中驳杂丰富的新异状貌。

当然提出南方之"新"只是问题的开始，重要之处还在于如何在复魅的南方重新将之赋形，在阐释学意义上将"南方"主体化与对象化。以往我们提到南方，常常是以长江以南来划分，关于南方其实还有很多内在的区域厘定，江南、华南、西南、岭南等，它们分属不同的系统，或锚定不同的界域，这样就涉及一个问题，表面上的地理性区隔，事实上背后是一整套政治的、经济的、文化的，甚至科技的以及制度的话语在里面。今天重新再提南方的写作，无法回避的是以前提南方的时候，都会牵涉的经典南方作家如苏童、王安忆、韩少功、格非、欧阳山等，他们对于江南、岭南，以至整个南方文化影响如此之大，以至于如今的南方之"新"，仍旧无法绕开其中的"影响的焦虑"。但是需要指出的是，这里的"新南方"不仅仅只有小桥流水、亭台楼阁，也不只有很细腻丰富、丰饶富庶的形态——尽管其时常亦表现出对经典南方文学的致敬——同时也有高山，有湖泊，有大江大河，还有蓬勃的海洋。可以说，新南方写作最重要的特质之一，便是面向岛屿和海洋的书写，海南作家孔见的《海南岛传》，林森的《岛》《海里岸上》《唯水年轻》，北海作家小昌写的《白的海》《乌头白》，广东作家林棹的《潮汐图》，陈继明的《平安批》等，不仅更新了南方写作的疆域，更启发了中国文学的新走向。

不仅如此，南方还是神秘野性的，这么说并不是想将之引入神秘论的怪圈中，也并不是通过标新立异推举一个地方性命题。这里所要重点提及的，是南方的语言。林白的长篇小说《北流》是以词典的方式如李跃豆词典等,仿佛再造一套话语;林棹的《潮汐图》则通过注释,直截了当地标示粤语的叙事形态。在被层层包裹起来的南方,《北流》写了那种母系的价值和伦理,尤其是小说用北流的方言来写,地方性的意识通过一般难以完全洞悉的话语呈现出来,这是一个古已有之却又是"新"奇有加的"词典",悖论或说有意味之处就在这里,仿佛在阅读小说之前,必须要先读懂其间的种种词典,或者是阅读小说过程中,出现了某个字词或者句式无法清晰理解的,都需要回过头来参照词典,进入粤语方言的语境中才能不至坠入迷雾,这也是一种神秘之所在。林白曾自述她从普通话向粤语方言写作的艰难转型过程:

当然北流话只是粤语中的小方言,属粤语勾漏片。北流话之于香港话,犹如唐山话之于北京普通话。

北流话不但受众小,更重要的找不到太多可用的词,需沙里淘金,淘到金子之后还得找到合适的字,小方言进入写作实在是要满头大汗一身身出的。但既然我能够毫无障碍地听懂香港话,小方言汇入大方言或可一试。

还有句式,是完全可以改过来的,普通话句式啰嗦,粤语句式简劲。

如向右转,粤语:转右;到某地去,粤语:去某地;把某东西拿给我,粤语:给我某东西。

我开始在长篇中试起来。[1]

---

[1] 林白:《重新看见南方》,《南方文坛》2021年第3期。

当代中国文学的地方性路径,既是寻向精神的归处,也作为想象的中介,更代表着创生新天地的方法。而如何将一种地方性的命题汇入整体的视阈之中,实践总体性的宏大思考,这是一个难题,亦是不可回避的命题,否则最终仍将走向琐屑和分裂。由是不得不提到林白的长篇小说《北流》。北流地处亚热带的南方以南,是一个名不见经传的边陲小镇,小说不仅要回到北流——此为现实的返乡,更是语言及其所形塑的象征意义的回归——也试图真正走出北流,从地方向无远弗届的自然与世界奔"流"。值得注意的是,小说真正具备了写作的方言思维,也即方言成为其理解、阐释并创造可能世界的重要媒介。杨庆祥在《新南方写作:主体、版图与汉语书写的主权》中指出,"新南方"是具有不确定性和异质性的文学/文化地理概念,与其他地域形成互文性的张力。《北流》中自成一体的方言叙事,能够在小说中形塑修辞与叙事的调性,其中不仅促成了风格的流变,还隐含独特的个体理解和精神伦理。质言之,林白的《北流》中呈现出来的植物与自然、方言与话语、地方与世界,已不是既往那种简单的地域书写形态,而是以此注疏历史及人心的"流"动,是要为彼一时间和此一时代,下一个别样与异质的注脚。

而《潮汐图》中,尤其是小说的前两大部分,同样将粤语的方言嵌入叙事的肌理,成为整体性的价值植入。不仅如此,无论是林白的《北流》,还是林棹的《潮汐图》,小说中南北的两套话语的穿插,甚至中外之间的语言碰撞,都激荡出了非常丰富的精神内涵,事实上这里面牵涉的是相左的文化系统,甚至是不同意识形态的价值体系,南北、中西之间有交叉与交融,也有无法消化的东西,有冲撞和抵牾。

二

实际上,近现代以来的中国南方,在世界主义的革命想象中,一直有着强烈的变革精神,孙中山、毛泽东、陈独秀等掀起了"南方"的革命浪潮;及至当下,南方再次"新"了起来,社会变革的潮流再次翻涌,这是一种现实精神与文化质地的承续与绵延。这就不得不提到南方的革命传统,以及"新南方"中的演化和衍变。陈继明的《平安批》、光盘的长篇小说《失散》、刘玉的纪实文学《湘江战役的民间记忆》、庞贝长篇小说《乌江引》、张梅长篇小说《烽火连三月》等,重新召唤革命战争尤其是曾经在南方燃起的红色"记忆",及其播撒至今的爱国精神、革命传统和国族意识。这是"新南方"对于革命文学谱系的新的增益。"南方"自身之革新激活了既往的革命资源,将那些浩然情义与家国情怀释放出来,在此意义而言,南方之"新",是传统,亦是开新。由此不得不提到的新南方写作,事实上存在着双重传统:一是经典的南方文学,主要集中在江南一带,包括湖湘文化、云贵四川等,当然其现下也呈现出诸多尝试和新义,这里特意加以区分,只是为了更为突出"新南方"的内质;二是二十世纪八九十年代兴起的港台文化及其影响下的岭南文化,后者固然自近代以降也有自成一脉的文化表达,但港台地区尤其是粤语方言文化的兴盛,使得"新南方"的诸区域有了更为多元的参照。

到了福建作家陈春成那里,则显示出了"新南方"的未来想象。他的《夜晚的潜水艇》,前面写博尔赫斯的拥趸是一个富豪,因为博尔赫斯曾提到一枚硬币掉到深海,他便一定要把硬币找到,于是不惜倾家荡产,雇佣了阿莱夫号潜艇,以及所有的能耐去寻觅,"富商明白找到的希望微乎其微,但他认为找寻的过程本身就是在向博尔赫斯致敬,像一种朝圣。其间所耗费的财力之巨大和岁月之漫长,才配得上博尔赫斯的伟大"。这样一种以有限去探求无限、以已有探索未知的作品,打开了"南方"所未曾有之的意蕴。随后,小说从知名印象派画家、象征主义诗人陈透纳的奇遇和恒常、想象与现实之间选择,尽管撕开的是一个很细的甚至是隐秘的精神出口,但切开了之后呈现出了一个庞大的场域,一个阔大而开放的想象的空间,文化的与情感的界域无形中就打开了,而由此形成了想象力所映射的关于人类世界的寓言性书写。小说打开了多重的平行世界。我一直认为,其中重点不在潜水艇,而在于夜晚,那是想象力的永动机,是一切迷人而深邃的幻象的源泉。在那里,潜水艇是工具和媒介,最后陈透纳弃置了他的幻想进入生活的现世,直至那时才发觉,想象力是规避平庸生命的不二法门,只不过,"潜水艇"已然变得锈迹斑斑。这个小说更像是后全球化时代断裂的世界想象,壁垒森严的界域不停地阻滞想象的边际移动,蚕食不同维度散发的可能性存在。因而,呼唤想象力的重铸,追寻的便是人类革新精神的复归,也指向新的意义找寻的历程。用小说里面的话来说,就是"找寻的过程本身就是在向博尔赫斯致敬,像一种朝圣"。

陈继明的长篇小说《平安批》写的就是所谓"下南洋"的故事,其中讲述了晚清以来,以主人公郑梦梅为代表的潮汕人到东南亚谋生的故事,却一直延伸至民国初期、抗日战争、新中国诞生及其二十世纪末,对于海洋与船行,及其于东南亚的行旅中的见闻行止,有着详细的描述。而马来西亚的黄锦树、黎紫书等,则是由外而内的叙事投射。黄锦树的小说写热带风情中那种地理的气候、南亚的环境,跟人的内心、小说的情节紧密纠缠,"南方"被层层叠叠的缠绕式的叙事包裹起来,成为一个复义的文本,不断地朝向汉语的腹地敞开,同时又能链接出新的含义。"按照《粤港澳大湾区发展规划纲要》,这里不仅要建成充满活力的世界城市群、国际科技创新中心、'一带一路'建设的重要支撑、内地与港澳深度合作示范区,还要打造成宜居宜业宜游的优质生活圈,成为高质量发展的典范。这里以香港、澳门、广州和深圳四大中心城市作为区域发展的核心引擎,以广州文化为核心文化。也就是说经济上,'珠三角'地区又迎来了一次腾跃的机会,同样,'南方写作'也迎了来一次'新'的机会。"[1]因而,无论是粤港澳大湾区,还是"一带一路"倡议,又或者是"中国—东盟"的交流互动,是跨境的诉求以及跨区域的联合,构成了新的文化链接,这是新南方写作的一种极为重要的同时又有待探索的所在。

当然,新南方写作也有很日常与世俗的作品,如黎紫书的《流俗地》,聚焦于东南亚尤其是马来西亚的市井生活,讲述银霞及其周遭人等的命途,最是凡俗之处,往往最见人心人性,而且对于世俗风情画的描述,往往成为文学"新南方"最常见的取径。值得注意的是,这里特别论及马来西亚作家的写作,还有一重意味,就是由东南亚所连接的,是"新南方"中的区域联系。具体而言是中国与东南亚特别是"中国—东盟"的多层面合作,当然这里重点提到的是文化与文学的勾连。这就涉及"新南方"的区域性整合问题。南方接壤区域之间的联结,或山或海,互为融汇,相与合作,其将产生怎么样的政治经济的变动,我

---

[1] 东西:《南方"新"起来了》,《南方文坛》2021年第3期。

们也可以尽情想象,而且类似的区域性整合目前越来越多,这也是新南方写作需要去面对处理以及重新探知的文化资源。

说到这里,关于"新南方"的地域锚定,似乎已经很清楚了:"我们探讨的'新南方写作',在文学地理上是向岭南,向南海,向天涯海角,向粤港澳大湾,乃至东南亚华文文学。因为,这里的文学南方'蓬勃陌生',何止杂花生树?!何止波澜壮阔?!"[1]这里不仅"界"定了相关的畛域,而且指出寓于其中的写作投射出来的形态。对此,杨庆祥则厘定得更为清晰:"我以为新南方应该指那些在地缘上更具有不确定和异质性的地理区域,他们与北方或者其他区域之间存在着某种张力的关系——而不仅仅是'对峙'。在这个意义上,我将传统意义上的江南,也就是行政区划中的江浙沪一带不放入新南方这一范畴,因为高度的资本化和快速的城市化,'江南'这一美学范畴正在逐渐被内卷入资本和权力的一元论叙事,当然,这也是江南美学一个更新的契机,如果它能够意识到这一点并能形成反作用的美学。新南方的地理区域主要指中国的海南、广西、广东、香港、澳门——后三者在最近有一个新的提法:粤港澳大湾区。同时也辐射到包括马来西亚、新加坡等习惯上指称为'南洋'的区域——当然其前提是使用现代汉语进行写作和思考。"[2]也就是说,"新南方"突破了既往对于国内地方性文学的表述,而是以汉语写作为核心进行推衍,延伸至在特定的整体性文化辐射下具有生长性的"南方"现代汉语表述。

---

[1]张燕玲关于"新南方写作"的编者按,见《南方文坛》2021年第3期。
[2]杨庆祥:《新南方写作:主体、版图与汉语书写的主权》,《南方文坛》2021年第3期。

三

　　于是在这种情况下,不得不提到当代广西文学的边地书写。李约热的小说充满了野气横生的气质,他有部长篇《我是恶人》,那里充满了南方边缘乡土的神秘想象,将"恶"作为叙事的主体与中心,牵引出人性与历史的精神岩层。朱山坡的《风暴预警期》,写南方的风暴,台风过境,铺叙人的爱情、亲情。亚热带的感情伦理,在风暴过后,也经历了一个摧毁与重建的过程。那里充溢着重重叠叠的情感危机和纠葛,无疑体现出南方的一种独具特性的"风"景与风气。陶丽群的《母亲的岛》,将女性的自主意识及其对现实生活的反抗进行勾连,母亲为了避开日常的琐屑,踏上孤岛,独自生活,获致了孤绝的自我,以照见一个真切的精神内面,亦仿佛成为女性版的《树上的男爵》。关键之处还在于,如果将母亲的处境及选择作为边地的隐喻,则可以将"南方"的另一重隐秘的镜像揭示出来。

　　而海南的文学书写,则呈现出与众不同的空间想象。比如说林森的《海岛的忧郁》《暖若春风》,海南岛的世俗人性,通过纵向的代际与横向的日常加以表达,包括前述引及的《岛》《唯水年轻》等小说,打破了既往那种对于闭塞而蛮荒的地域性文化认知,一座岛屿及岛民的前世今生,经历了现代的文化冲突,其中试图表述的是现代化的体验及其中的精神重构。岛民、渔民们如何去生存和感知,这里涉及的不仅仅是日常的生活,还有精神的认知,特别是更为年轻一代的生存及焦虑,还有寄寓在他们身上的文化的显像与作为——一种新的发生于南方岛屿之中的文化主体建构,这个角度事实上很重要,传递出了既往的南方写作所稀缺的元素。当然,这里面的内涵极为丰富,还包括东南沿海、粤港澳大湾区,以及广西的北部湾,北海、钦州、防城港等城市及其书写,都代表着南方的新的表达在里面,如来自北方的作家小昌的小说,历史的遗迹如何作用于群体/个体的内心,那些颓废的海边小镇青年,以及亚热带海滨城市的群体日常,如何突破自我的精神硬壳,又何以形构现实的念想及理想,成为南方的风景与风"情"。

这里要特别指出的是,新南方写作是新的经验触发了新的价值认知,其中包括新的政治、经济和文化诸种规约,冲击了既有的对于南方的认同和想象,就迫使我们不得不回过头来去看以往的南方文学形态,其中很多价值认定已经失效了,由此才重新建构现下的对于南方的新的想象;而从另一方面来看,新南方写作如果作为一个新的概念或者是理念,又或者仅仅作为某种想象被提出来的时候,事实上包孕着新的表达和新的形式。"马尔克斯写马孔多,是极其'地方性'的——尤其是当我们对照其传记来阅读的话——可我们为马孔多所震撼,是因为其展现出来的共情性,他笔下香蕉林,又何尝不是我在海南这岛屿上所常见的情景?马尔克斯在《霍乱时期的爱情》开篇写港口城市、写腥臭的海风,又何尝不是我每天所生活的环境?出生于马来西亚的黄锦树,其笔下不歇的雨、刺鼻的橡胶树、茂密的雨林、无序的风暴以及穿行其间的漂泊之人,又何尝不是我每天所经历与亲见?关键是,我们有类似马尔克斯、黄锦树等人的视野和认知吗?"[1]于是,这里便需要谈论更为本质的问题,那就是新南方写作是叙事的和美学的,这无疑构成了其最为重要的形态。

---

[1] 林森:《蓬勃的陌生——我所理解的新南方写作》,《南方文坛》2021年第3期。

第一节　新南方写作与当代文学的世界想象

　　林棹的长篇小说《潮汐图》是一个怪异与奇诡的故事,值得注意的是,这还是关于海洋书写的文本,潮起潮落,一只来自中国南方的清朝巨蛙,目睹并参与人类世界的生活及情感。有认同,更有批判,"蛙眼"目之所及,及其他穿越大江大海的行旅、见闻与"体"验,都透露出一个新"潮"的南方。从这个意义来说,"南方不只是山坳边地,不只有江河平原,南方也有海,这与陈谦小说里漂洋过海的'南方'有所不同,海南的南方书写正面展露了生活与情感之'海',其不再意味着神秘、野性、繁杂,而是走向阔大、热烈、深邃,这是关于南方想象的进一步拓展,从亚热带延伸至热带,从山川内陆推衍到海洋文明,形塑另一种博大而深邃的诗学"[1]。在《潮汐图》中,以那只雌性巨蛙为观察的介质,甚至是行动的主体,事实上从珠江启航,到达中国澳门,随后延伸到了英国,海洋成为沟通彼此的必经之路,而经由潮汐的涌动,一种"南方"的叙事也游至了"世界"。

　　循此所要探讨的新南方写作的另一个重要内质,便是其中的世界性,质言之,南方也是世界的南方。如朱山坡所言:"写作必然在世界中发生,在世界中进行,在世界中完成,在世界中获得意义。一个有志向有雄心的作家必须面向世界,是世界性的写作。所谓世界性的写作,是有现代的写作技巧、独立的写作姿态,其作品具备人类共同接受的价值观,传达的是真善美爱,是写全世界读者都能读得懂、能引起共鸣的作品。在世界中写作,为世界而写,关心的是全人类,为全世界提供有价值的内容和独特的个人体验。这才是新南方写作的意义和使

---

[1] 曾攀:《"南方"的复魅与赋形》,《南方文坛》2021年第3期。

命。"[1]朱山坡的短篇小说《萨赫勒荒原》,便是从中国走向非洲,构筑了一个人类的命运共同体。小说以援助非洲的医生为叙述主体,师父郭医生与"我"前赴后继,而非洲人民亦有情有义,穿越萨赫勒荒原的历程,便是见证彼此情谊的经过。尽管那是一片荒原般的情境,但是"老郭到津德尔的那天,也是我开的车。就像今天这样,坐在你的位置。他对大荒原的风光无比喜欢,不断用相机拍照。不过那时候是春天,是大荒原最美丽的季节"[2]。南方是古典的,也是现代的;南方是中国的,也是世界的。新南方写作的开阔与开放,更在于为新的共同体打开共情的空间,构筑情感的与心理的联结,并在未来命运的同气连枝中,召唤新的意义认同及价值话语。

四

当然,所谓的南方,我们同时也有着一个古典的、经典的想象,那就是偏安的南宋,在那里,南方固然是精致细腻的,但同时也是软弱的、保守的,追求暂时的安稳。然而不得不指出的是,进入近代以来,南方却开始迸发了改天换地的热情。纵观近现代中国的革命历程,中国南方的革命气息非常浓重,是革命的发源地,深刻地改变着现代中国的历史进程。"如果我们往回看,康有为、孙中山等广东人,都是最早发出变革的呼声。临近港澳,西风中转后猛然灌入,是广东最先开启改革开放的缘由;可往更早的时期追溯,下南洋、出海外,不断往外

---

[1] 朱山坡:《新南方写作是一种异样的景观》,《南方文坛》2021年第3期。
[2] 朱山坡:《萨赫勒荒原》,《人民文学》2021年第3期。

荡开,不安分的因子早就在广东人、广西人、海南人的体内跳跃——就算茫茫南海,也游荡着我们劳作的渔民。但是,这些元素远远没有进入我们的文学视野,远远没有被我们写作者所重视、所表达、所认知。"[1]来自广西的红色革命城市百色的作家陶丽群,她有部小说《七月之光》,讲的是对越自卫反击战,小说叙述一个在中越边境的老战士老建,从战场上回来受到了战争的创伤,生理上也出了问题,他和他曾经失之交臂的伴侣终于可以共同生活,但由于他从战场回来受了伤,因此与伴侣之间只能通过情感进行结合,直至最后,他们收养了一个中越混血的孩子,三个人在边境之地,重新组建家庭,就在这样的情感与家庭环境中,老建的生理创伤奇迹般复原了。这个小说很有意味,一方面固然来自革命战争留给人物主体的心理以至身体的创伤如何在情感的包裹中恢复的经历;更重要之处在于,新南方写作中的边境叙事,也即前述的区域整合与勾连之后,逾越边界的言说,成为新的叙事场域,其中包括跨境的情感联系亦在里面;不仅如此,小说最后,老建和伴侣领养的中越混血的孩子,事实上其意义超越了战争本身,当中呈现出来的呵护与爱,跨越了战争的创伤,治愈了自"身"的疾病。也就是说,这个治愈的过程,不需要通过传统或现代的医学手段,完全是通过情感的与精神的连接,获致新的认同和认知,终而重获"新"生/新"身"。

值得注意的是,如果回归新南方写作的地方叙事路径,那么南方也便意味着一种心理的图示,同时也是灵魂的属地。博尔赫斯的《南方》固然通过达尔曼,展开了关于南方大地的深切认同甚至是心理执

---

[1] 林森:《蓬勃的陌生——我所理解的新南方写作》,《南方文坛》2021年第3期。

着,精神的无畏往往在深信不疑的畛域,会毫无保留地展现出来。达尔曼从狱中出来之后,面对突如其来的决斗,决然走向了自己熟悉的平原地区,走过穿越自己内心腹地的南方。他为什么能够义无反顾,甚至能够下意识反应,是因为有那种灵魂的归属以及内在的笃定在里面,对于"南方"所投射出来的价值伦理的义无反顾以及不容置疑。《平安批》中纷纷"下南洋"的潮汕子弟,同样义无反顾地怀抱着文化传统的坚固质地,远渡重洋,也历经革变,始终回望故土,秉持文化精神的中国传统,在革命战争时期将内在的国族精神体现得淋漓尽致,他们历尽时代与历史的变迁,始终不忘地方气质与民族气节。杨文升有部长篇小说《神山》,写一个叫挂丽姬的苗族人民世代居住的地方,苗王经历了生命的五起五落,但是依然斗志昂扬,如达尔曼视死如归的斗志一般,苗王要带领他的家人与族群,建立自己的生命领地,让子孙和家族世代繁衍,小说就发生在崇山峻岭的亚热带,在茂密的雨林树林当中,却又不断地与中国的现代历史交叉,现实的属地与灵魂的质地便渗透在少数民族所坚守的界域之中。

五

南方是既有的也是未知的,它有着自己既定的经验,也有固定的表达,丰富多元的文学作品及其展开的文化形态,构筑了一个经验的与经典的南方。但是这里提出的"新南方"是未知的,它是开放的,它是一种基于地域认同的一种敞开式的写作形态,那里映照着一个朝向未来的蓬勃开放的当代中国。

我们所理解的南方事实上释放出来的不仅是地方性的文化规约、

政治的意识形态,也有经济的导向、科技的创造、制度的展现,更重要的是,"新南方"更体现出国家战略在文学与文化层面的反映。也就是说,所谓的新南方写作,其实不只是主体与个体的认同,也不单是某个地域性群体的认知,其同时是一种国家与民族的想象,它是在国家战略的指导下进行的区域整合、跨境互联、地方重塑等,是一种国家战略上的文化认同和精神想象。

如前所述,新南方写作的疆域不仅在于中国的南方以南,更是延展到东南亚等地,除了众所周知的黄锦树等人的作品,这里还想提及的一个马来西亚华文文学作家黎紫书,她的长篇小说《流俗地》,更新了东南亚所折射出来的新的南方经验,"我明白读者们读到马华文学中那些热带的、磅礴的、近乎传奇的元素会有多么惊叹,但马华怎么可能只有这些?你能想象一整个马华文学圈都在写雨林、杀戮和流亡吗?其实写城镇、人与世俗生活不是更合理吗?当然李永平、张贵兴与黄锦树都极具才能,写得非常出色,但我年纪越大,就越明白自己该写的是别的作者写不来的东西。我们该追求的是差异,而不是类同,每个作者'各展所长',写出马来西亚的不同面向,这样马华文学才会有更多的活路和更大的空间。《流俗地》这样的小说,我以为,正是在中国台湾的马华作家写不来的"。很明显,黎紫书将东南亚所习见的热带的"南方"进行了新的颠覆。那是一个五方杂处、众声喧哗的民间世界,这样的芜杂荒诞与泥沙俱下,也许只有一个发展中的未完全见出完整境况的地域,才能真正析解出来。除此之外,还有一个至关重要的问题需要处理,那就是新南方写作的语言问题。如黎紫书在写作中提到的:"至于我的写作,最明显的影响就是语言吧。由于在一个多元民族和文化的社会里长大,我觉得自己对语言的敏感度和包容性都比较强,还有对语言的使用也比较灵活和有弹性,可以为不同的作品设计不同的语言。这一点应该可以在《流俗地》里看出来。"不同的语言和心理状态所形塑的话语及文化想象,在《流俗地》之中体现得淋漓尽致。"我为它取名《流俗地》,其实有好几层含义。一是小说以风俗画为概念,就像《清明上河图》那样,一长卷推开了去。我以为地方书写,风俗就和语言一样,可显地道又饶富趣味,能使小说更灵动。另,我觉得'流俗地'三个字凑起来很有意思。流者,液态,水也;地者,土也;'俗'字呢,是'人'携着'谷'。在水与土之间,在流变与不动之间,民以食为天,这与小说的构思十分契合。再,流俗也指小说里没有超脱的人和事,大家都为世俗所缠,升不了天,最终落入泥淖成为俗人。"[1]对于小说来说,盲女古银霞所负载的,不仅是个人的命运,也不只是一座城市和寄寓其中的凡常生活,其更是一种地域与文化的多重折射。而能够体现这种多元复杂的,唯有语言。可以说,正是种种地方性语言——更准确地说是方言——构成了新南方写作的核心元素之一,"对我来说,各种主义无非手段,正如小说中的语言,华语与粤语或其他方言交缠,甚至与英语马来语句式混搭亦无不可,对于作者而言,若是对语感有足够的触觉和掌握,这些不同的语言便都是交响乐团中不同的乐器,只要能指挥它们适时适当地响起,也能谱成乐章,进而如流水般推动叙述的节奏和情节的流转"[2]。不仅是黎紫书的《流俗地》如此,事实上,很多以方言见长的南方小说,都呈现出不同话语之间的周旋缠绕,如林白的《北流》、林棹的《潮汐图》,以及陈继明的

---

[1]《马来西亚华语作家黎紫书:在追求高速的社会里,开着文学这艘慢船》,https://www.thecover.cn/news/7632262.
[2] 黎紫书:《月光照亮我野生的小说王国》,《中国现代文学研究丛刊》2022年第2期。

《平安批》、厚圃的《拖神》、梁晓阳的《出塞书》等,莫不如是,普通话与粤语、潮汕方言、英语、马来语等的碰撞融合,彼此协商对话,形成了小说叙事内部的多声部结构。而其中透射出来的,无疑是南方的新异与新义,尤其是无法定于一格的语言形式与难以完全统摄的现实世界,相互融汇又彼此推撞,试图衍化出新的文学与文化形态,以探索南方正在演变的宏大局势。

在这个基础上,如果我们将这样的认知引向当代中国文学的场域之中,关于南方的新的文化认同、精神想象和价值再造,与当代文学的历史发展、审美流变、话语更迭等因素相关联,这样的"新南方"则更为充实自身。"语言如此,写作也如此,越来越驳杂,越来越浩瀚,现实对写作者提出了更高的要求。广东是改革开放最早的地方,香港和澳门一直都是市场经济的典范,这个区域包括周边省区写作的大融合,是值得期待的,前提是作家们必须有新的视野、新的思索。而能从这个区域得到灵感并写出伟大作品的人,也许不是生活在这个区域的作家,这就是新南方写作的呼唤和意义,表面上它有一个范围,实际上却宽阔无边。"[1]可以这么说,正是南方不断开新的社会历史局面,倒逼着寄托于南方的文学叙事完善自身,去不断探询那个变革的"视野",并形构新的"思索"。从这个意义而言,新南方写作并不是一个固化的定于一尊的概念,而是在新的文本和叙事的探索中形成并更新的意义范畴,与南方相对的,不仅是北方,还有不断变更的地理坐标中的文化比对,是一个以既定的范围为轴心发散开去的价值孵化状态。

---

[1] 东西:《南方"新"起来了》,《南方文坛》2021年第3期。

六

除此之外,在文学层面,新南方写作还延伸出了诸多有意味的触角。如少数民族文学、海洋文学、科幻文学、革命文学等,与南方的多元丰富相联系的是,寄寓其间的"写作"同样是多维度的,呈现出澎湃而异质的形态。此前谈过新南方写作中的民族与革命,以及边界与区域,而在"新南方"里形成了一种所谓的文学的与文化的虹吸效应,不仅是文学题材方面的拓宽,而且涉及不同文化主体的汇聚和融合。广州诗人冯娜是来自云南的少数民族,在大都会写作中融入的既有现代生活与情感的铺陈,也不忘关注西南的少数民族文化。在她那里,边缘地区的生活及文化被置于一个充满现代性的地方,通过多元的充满种种可能的修辞回过头去敲击原生态的世界,迸发非常绚丽的精神色调,也形成了一种多层次和多样态的文化复调。在《云南的声响》一诗中,冯娜写道:"在云南,人人都会三种以上的语言/一种能将天上的云呼喊成你想要的模样/一种是在迷路时引出松林中的菌子/一种能让大象停在芭蕉叶下,让它顺从于井水/井水有孔雀绿的脸/早先在某个土司家放出另一种声音/背对着星宿打跳赤着脚/那些云杉木龙胆草越走越远/冰川被它们的七嘴八舌惊醒/淌下失传的土话——金沙江/无人听懂但沿途都有人尾随着它。"事实上,对于当下来说,少数民族文化是一块石头,一般轻易是无法打开的,而必须要用现代的视野,以新的形式,通过一种充满变革的修辞与之相糅相撞,才能迸发出火花,否则它仅仅是一种文化的知识性说明,甚至构成不了文学。而为什么说"新南方"有这种多重的周旋和冲撞在里面,因为在一个具有创造意义的空间中,在不同文化蛰居于斯的新场域,各自对话或龃龉,形成了焕发着郁勃生机的"新南方"。

当然,"新南方"既有《流俗地》中书写的日常繁杂的人生,同时也是激荡而蓬勃的,不仅在于当代的变革,而且寄寓其间的种种革命,都绵延着漫长的历史,也形成了自身的精神传统,陈继明的《平安批》、杨文升的《神山》、刘玉的《征服老山界》等,既有小说的虚构,也有纪实文学的摹写,其都提到革命与战争所带来的人性的冲击。纵观近现代以来的中国,革命文化可谓源远流长,但是对于革命的书写是一块石头,是很难轻易敲开的,我们可能仅仅是一些简单的书写,但是关于革命文化其实有非常深广的内涵,需要更具难度意识的写作。从这个意义而言,新南方写作也许能够提供新的视野,特别是其中的跨学科、跨界域、跨文化,为传统题材的表达提供了非同往常的镜像。而文学也由此不断走向无远弗届的世界,探寻外在的不同学科、知识、人文、科技的元素,如量子力学、暗物质、黑洞、电磁力等在科幻文学中得到广泛应用,知识与科技的更新对于文学形成了非常多的冲击,迫使既往的认知打开新的空间,这一方面如陈春成的《夜晚的潜水艇》、王威廉的《野未来》等,都蕴蓄着新南方写作的新质与新变。

七

前面提到,不断更新的"南方"既是我们日常的冀望,同时又是一种精神的象征、情感的认同。当然,这样的象征和认同,使人们真正于其中体验与生活,又不断抽离形而下的成分,形成认知的方法。新南方写作牵涉的疆界,既是国家民族的,也是跨地区以至世界性的。其是一种多元复义的形态,在阐释学意涵上不断拓宽自身的边界,因而需要去发现与开掘,着眼于更宽阔的领域,文学的、文化的、政治的、经济的,进而反过来去处理那些打开缺口与空间的所在。在此基础上,新南方写作实际上形成了一种探询文化的方法论,通过文学与文化去撬动更多的东西。

我们自然不可能无边无垠地去处理各种知识和理念,但新南方写作有助于重新思索那些习焉不察的价值伦理,不断以既有的认知体系去撬动他者的领域,更新现存的未知,确认或移动僵化的方位。"地域写作,这不仅是一个空间定位,也是一个时间定位,它包含着现代化的进程以及现代性观念在社会层面和人的精神层面的渗透和所产生的化合反应。所以当我们说'新南方文学'时,应该将'新'当成一个动词来理解,它是一个由旧到新的文化动作。"[1]因此,作为方法的"南方"事实上很有意义,也就是说,新南方写作不仅仅是一种概念,也不仅仅是想象的形态与精神的表征,而应将其视为一种观察、理解和建构的方法,这种方法既是形而下的,也是形而上的,就像《平安批》里面一开头讲潮汕地区有一口井,郑梦梅年轻的时候很恐惧,但是又始终充满着想象,于是在他眼前展开了两种生活,一种是日常生活,另一种是跳下井里面的憧憬,通过后者,郑梦梅能够克服恐惧、到达南洋、建功立业。因此不得不说,新南方写作具有辩证的思维,同时又意味着恒久的文化探询,构成了丰富的参照意义和思辨维度,其形塑了一个具备生产性的精神界域,那里激越着勃勃的生机,同时要克服锁链和桎梏,形成同具延伸性和创造力的价值体系。

---

[1] 贺绍俊:《"新"是一个文化动作》,《青年作家》2022年第3期。

第二节　粤语方言与新南方写作

一

我自小生活在粤语方言区，二十世纪八九十年代也正是港台流行文化风靡之时，我青少年时期的大部分时间基本都交给了粤语音乐、戏剧、电影等，几乎是与相关的录音带、录像带和 VCD、DVD 一同成长，听 Beyond、温拿乐队、草蜢乐队，听四大天王、谭咏麟、张国荣、王菲、陈慧娴、郑秀文，听《帝女花》《女驸马》；看周星驰、吴孟达的喜剧，林正英的僵尸片，周润发的英雄无泪，徐克的快意恩仇，成龙的警察故事，李连杰的功夫少林……见证了粤语文化的全盛时代，那里常常每一个人走出来，都金光闪闪、无与伦比。因而，当近来读到林白长篇小说《北流》(2021)、林棹长篇小说《潮汐图》(2021)、葛亮长篇小说《燕食记》(2022),包括黄咏梅、朱山坡、曾繁裕等作家的小说时,对粤语方言所形构的那种盛大多元、繁复细腻,情思缱绻又阔大开放的文化形态,感到一些久违的兴奋。而陈继明的《平安批》(2021)、厚圃的《拖神》(2022)等长篇小说,亦是潮汕方言、风俗与文化的表达。可以说,方言的采用及出新,似乎成为当下新南方写作的重要取径,又或许,这将是一种新的形式与启发。循此,如果以粤语而不是普通话的思维去读林棹的《潮汐图》,尤其是小说的前两个部分"海皮"与"蚝镜",也许更能体会其中掷地有声的质感。小说整体以天马行空之想象力见长,接近于诗化的形态,初读空幻缥缈,细究之,却是风流云转、气象万千;而其融以粤语方言的叙事,更是将所讲之"古"落到了实"地",有如一只大船于珠江启航,行于巨涛翻滚之海上,乘风破浪,驶至邈远。

但也不得不说,《潮汐图》不是一部好懂的小说,其中通过种种转喻、换喻形成奇崛的想象,物物相推、事事相衍,有时显得晦涩难悟。究其缘由,是其叙事时常一开始便迅速由本体转至喻体的层面,喻体之间频繁切换,跳跃性极强,很多时候并不是叙述事件,而是描写物/人——塑物、拟人,周旋其间不断地铺陈、形容,转换再转换,以至杳然,也由此推动故事。"万物有影子。浮槎是行星影子。群岛是恒星影子。字里有影子。影子却被挡在画外。影子有声气,因此无影世界静英英:鸟振翅无声。鸟谈情无声。雪落梅蕊无声。雪发狂,在无影世界里卷,还是一声都无。一串鸟爪向那白雪世界印过去。货郎摇鼓童子打滚童子又去转木铃、风车、盘中一颗大枣风吹钓翁蓑衣,鱼饵在涟心跳,公牛撞角,蟋蟀夜歌,绿头鸭挨着芦花咬羽毛,木头车过河激

第二节 粤语方言与新南方写作

流甩水花,这些通通无影无声。"[1]这边是巨蛙断尾船行千里,那头是盲公讲古神鬼俱泣;这里是巨象分割血肉模糊,别处已是风声鹤唳推波助澜。而音调多变的粤语方言,携带着其中此起彼伏的字词、句式、古谚、曲调、讲古,生动点染,更夹杂着普通话、英语等,南北、中西词汇之间的纠斗,那是言语角逐的场域,兼之人兽交叠的时空,俨然构成小说里说的"风躺进帆里睡觉,帆就受孕",不同话语相互包孕、吞吐,共生共存,无有阻隔。

杨庆祥曾提道:"新南方写作的地理范围界定为中国的广东、广西、海南、福建、香港、澳门、台湾等地区以及马来西亚、新加坡、泰国等东南亚国家。进而言之,因为这些地区本来就有丰富多元的文化遗存和文化族群,比如岭南文化、潮汕文化、客家文化、闽南文化、马来文化等,现代汉语写作与这些文化和族群相结合,由此产生了多样性的脉络。"[2]而从粤语的分布来看——其主要分布于广东、广西、海南、港澳、东南亚与海外部分地区——也与当下的新南方写作大致吻合。更值得注意的是,《潮汐图》故事展开的时间是十九世纪初的清朝,终于二十世纪开启之前,那时粤语是通商口岸的重要语言,而且与不同的方言及外来语的碰撞融合,不断变异,亦愈加丰富,粤语方言塑造的现代文化初具雏形,并由此绵延推衍。

王安忆谈及方言在写作的重要性时,对"南方的语言"不断被"边缘化"以及方言自身边界的窄化不无忧虑。"语言上的统一对政治、经济有好处,可对艺术来讲却是很大的损失。我觉得方言的问题非常重

---

[1] 林棹:《潮汐图》,上海文艺出版社2021年版,第69页。本文以下引用如未经说明,则均出自该书,不赘注。
[2] 杨庆祥:《新南方写作:主体、版图与汉语书写的主权》,《南方文坛》2021年第3期。

要。比如普通话里的动词很缺,但方言会把名词动词化,把形容词动词化,它能给我们的语言提供很多养料。现在有了网络语言后,语言简化、浅近化的趋势越来越严重,在这个背景下,我个人认为方言就变得更加重要。"[1]而在林白看来,粤语"一个词一个词地响着,忽远忽近……比普通话来得新鲜响亮",而且在句式上,"普通话句式啰嗦,粤语句式简劲"[2]。粤语方言非但遗留古音,且融合诸多外来语元素,清晰投影出强烈的革新精神、开放观念,有传统的古风,又得时代之先声,那里存在着一个犹未失落的新民间,也时时催生着斑驳陆离的现代世界。

二

然而,我更关心的其实不是粤语文化的演变史,也不是近代中国的血泪史和英国的殖民史;而是通过《潮汐图》,试图解答当下为什么采取这样的形式去关注历史,其中勾勒出了怎样的精神与文化的图景?如何呈现并以何种话语修辞创造出一种"新"的南方,将当代之"南方"延伸至何处并对其言述及构型?这些纵横缠绕的话题,并不容易解答。也许粤语方言与新南方写作的关联可以提供某些突破的可能。

《潮汐图》的"讲古"之旅即将开启之际,即引了一句粤谚"听古勿驳古"。指出这里讲"古"的威严且不容挑战、不可辩驳,虚写的文本被

---

[1] 具体见《"广西作家与当代文学"学术研讨会纪要》,《南方文坛》2018年第5期。
[2] 林白:《重新看见南方》,《南方文坛》2021年第3期。

引入超保护的状态;而且还意图悬置叙事的真伪,引导姑且"听"之分解,显然,叙事者执意将一个前所未见的历史世界虚构出来;值得一提的还有,这个过程是以显豁的民间与本土的姿态——粤谚,通过一"勿"字简明扼要地加以告诫,释放出来的讯号明晰又模糊,形成了一种讲/听故事的氛围。

林棹在提到"粤英词典《通商字汇》(1824)"时,说此"无疑是一口方言生态缸,一个幽灵魔盒,其中最生猛强劲的词破壳而出,啸叫着,胁迫我开辟一段时空供它们称霸"[1]。粤语方言不仅大量保留了中古汉语的单音节词、语序、语法等方面的特征,而且较早接触外来文化,汇聚中西以注入新的元素,并与其他语言之间构成融汇、角力和博弈而不断生新。具体来说,小说从词汇、句式、语法以至于思维方式层面,将粤语方言楔入叙事之中,名词如公、乸、慈姑椗、鲍鱼仔均与性别相关;动词蹰开是滚开,跍低是蹲下来之意;拟声词卜声,形容掉下来的低沉声音;形容词醒醒定定表达振奋精神,污糟邋遢则是肮脏秽浊;女子相守独身乃曰契相知;小说更是援引粤地民歌《唔好死》"唔好咁易死,死要死得心甜"表达人物心态,而且涉及南极老人星、天后、龙母等粤地民间文化;除此之外,粤语还广泛吸收了民间的歇后语、俚语等,对"讲古"本身形成了一种天然的优势。

小说以一只巨蛙的自述开始叙事,这个"虚构之物",会说"水上话、省城话和比皮钦英文好得多的英文。一点澳门土语。对福建话、葡萄牙话、荷兰话有一定认识"。这里的省城固然是广州,省城话理应就是粤语。从那只巨蛙"我"被俘上岸起,开始将眼睛落于人类世界。

----
[1] 林棹:《潮汐图·后记》,上海文艺出版社2021年版,第280页。

"我"走进了鱼盆时代,那里展开了一幅光怪开阔的珠江图景。在海上的几番风浪中,契家姐与我结下了深厚的情谊,以至于我为挽救契家姐,受水哥引导,冒险将他点名要的"货"带给他。这里的契家姐,包括黄咏梅的小说《契爷》里面提到的契爷,这是南方隐微的世俗契约,包孕的是准亲情的民间认同,甚至有避祸求福的迷信因素;至于小说中同样提到的"契弟",有干弟弟之谓,但这里用于一种粤语表达中更常见的粗俗的蔑称。而无论是对契家姐还是契爷,"我"都是既亲且畏,若即若离,里面透露出来的是复杂微妙的情感,也辐射了粤地的人世风俗。

对于一只雌蛙以及它的行旅与交游来说,从契家姐到 H,小说勾连着粤澳乃至世界。H 与蛙相会之际,H 说,"我从苏格兰来","蛙好像笑了",叙事由是出现了转圜,视角移至 H 的生活现场与生命起落。从苏格兰到切尔西,到登陆马六甲,再到海皮,彼时 H 已是神圣辛布里大公园领事。随后,携带着"我"来到澳门好景花园。在"我"所观照的人类世界,由自然/(动)物之眼到形而上的人类抽象之眼,证见了"在古老的时间之河打转,和落网的不确定性日日相伴"[1]。这个过程便是不确定性的存在,不确定性即可能世界,即未来。

H 破产离世后,"我"来到了英国的帝国动物园"珍宝苑"。在那里,"我"挣脱牢笼重获自由后,"盲春春春入一栋水泥平房","春"在粤语是捣的意思,三个"春"并置貌似奇怪且多余,但这里的 ABB 词型作为状语修饰后面的动词"春",又是粤语方言常用的表达,将"我"低头钻入其间的那种"久在樊笼里,复得返自然"后的冒失乱闯、四处探寻

---

[1] 林棹:《潮汐图·后记》,上海文艺出版社 2021 年版,第 280—281 页。

以及未及四顾的亢奋,表达得淋漓尽致。这只来自中国岭南的东方巨蛙漂洋过海到达西方世界,坐标的多重性意味着"南方"的多义,"'南方'是复义或说含混的,在世界性视野中,'南方'则是一个复数。……'南方'始终携带着自身坚固而深层的精神质地,却也因其汇通与开放,又往往是变动不居且形态多样的"[1]。在小说中,我挣脱锁链游荡城市,却只见疫病中四下无人,而眼中处处闪现的,还是珠江和广州,东方与西方、野蛮与文明的镜像,在"我"的视域中不断发生颠倒,"帝国只在乎发明。帝国梦想重新发明世界……我就是一座咕嘟嘟冒泡有机粪池,我和我的展台冒犯了你和你的世界,你如遭雷击,我对你微笑,你震惊得无以复加"。从世界范围内来看,如果以中西方的这种二元论来辨别,中国可以视之为东方,但这样又涉及到东方主义式的话语修辞。在这里,我更愿意将"南方"看作是二元对立与多元共生的。说得具体一些,关于南、北方的认同及认知,似乎是已经形成某种既定的内在属性,这种文化规制、地域认同以及主体想象,背后是一系列制度的、风俗的、人文的综合性话语,而且与不同的文化形态越界互动中,形构自身复义的内蕴。

三

《潮汐图》似乎讨论的是,如何在一个异质的视域中,探询新的伦理与情感的生命形态。很难想象,一只南方的清朝巨蛙,被俘获、豢养,却仍能获致如此宽阔的视野,创造了同时具备历史性与世界性的

---

[1] 曾攀:《"南方"的复魅与赋形》,《南方文坛》2021年第3期。

意义系统。因而我更愿意将之视为新南方写作之一种,其生长与发端于中国南部,囊括亚热带气息与海洋元素,视角独特而开阔,具备跨区域与跨文化的特质,更重要的,小说在大部分时候都秉持着自身的语言、修辞和价值体系。

粤语有自己的音韵系统,音节音调丰富、简洁、古朴,后置与倒装偏多,较常使用单音节词。小说里一口一声"仔""妹"等,充斥着一股粤地南国味儿。单音节词入句落篇,用得好便显得利落而精准,有助于传递人/物情态,推动故事进程;在此基础上,如果加以结合粤语特殊句式的使用,更易获得一种结构性的修辞质地,洞察事物核心,也洞悉人物内面。"他们看我、画我,哇啦哇啦使番话。我听不明白,因而趴在局外。横掂我也不是人! 我摆万千种姿态做个模特儿,趴在局外,看冯喜坐在两个番鬼中间,似纸薄。"且不说"使""横掂"等粤语词的使用,最后将"似纸薄"后置独立成句,是粤语常用的句式,不仅精当地描述人物的身形和场景,而且还暗示了冯喜的命运。不仅如此,粤语方言常见的双宾、判断、被动、比较等句式,都在小说中多有体现。

不得不说,小说以粤语写世俗,出了奇效。"大竹升终端,水哥正踮着,噏一柄大烟枪。猛然望去,竟似雾中巨蛙。"故事也是世俗甚乃是世故的,无论是做人还是做兽,总系艰难,要过好"日辰",因而更要认真敞亮地讨生活。"安乐地"一节,写好景花园和明娜的生活世界,不断强调"真是奇",以一"奇"字,揭示明娜作为某个"世界中心"的奇异地位,以及她所要的呼风唤雨的情状,那是历史上的大不列颠帝国的姿态。出于猎"奇",明娜执意想要观看的"我"对万物的吞噬,却由此撕开了一个巨大的缺口,殖民历史的予取予求以及殖民者的孤高自傲,在此可见一斑。在澳门花园,雌性巨蛙获得了喜爱与宠幸,也遭遇了猜疑与冷嘲,更在其中接受教化而不断深入"人"的世界,"一个住烧灰炉村的汉字先生来教我们读写。我花了很长时间才学会握笔,因为我比智人少一根手指而笔杆子显然不是为我这种生物设计的"。值得一提的是,人通过对蛙的凝视、改造,实现自我欲望,形塑自身想象,这个阶段中更关键的是作为自然界的"我",于焉获取了一种独异的主体性,蛙的眼乃至它的身体,成为观看、察觉与"体"验外在世界的新的视角,那是一个管窥喜怒哀乐的南方风俗镜像,并以此反观历史之罪与人性之恶。从另一个层面看,与历史巨轮无差别地运转相较,巨蛙眼中却充满踟躅、犹疑,那常常蕴蓄着批判与质询。

小说中,H通过精确细致的研究,判定巨蛙为雌性,不仅如此,"他努力追寻一个答案——我是什么,应将我送去哪一科、哪一属,应为我起怎样一个'学名'"。H将我送至澳门好景花园,彼处被视为"现世诺厄方舟"。而世界号从珠江驶向澳门,联通粤澳之旅,这是重觅新生的历程,小说最后部分名为"游增",佛家游增地狱之谓也。别离与死亡,是疫病之下的萧条败落,也是新世纪与新世界的大破大立。

如果稍作想象,可将此视之为大湾区的一种转喻。这并非无的放矢,正如作者在小说中说:"好景花园就似方舟大船,有功有过,有拾有遗;它命运不能自保,要靠时势、风水、神功。你我何尝不是小小方舟?这比喻由地底打上天,打遍东西南北寰宇,都打得通。"所谓"新南方"也正意味着一种"打通",其中区域整合、跨境合作,实为一次重塑再生,无不构成一幅"潮汐图"——海水涨落,莫不受引潮力牵制,相生相克,互对互结,一生二,二生三,三生万物。有意思的是,小说里头唯一重复的节次是第三部分"游增"中的"我们中的三个",前一种"三个"是大羊驼、马来貘和"我",是一起住在帝国动物园的左邻右舍;后一个是在小说最后,"狗和我,我和教授,教授和狗——我们三个循着湾镇边界走,无一个抓锁链,无一个戴镣铐"。在旧世界落幕与新世纪即将开启的时间中徜徉、寻觅,也许这也意味着一种"三生万物"的未来景象。

不仅如此,从巨蛙"我"的眼界,可以见出一幅南方的风俗"画",而画面感正是小说所立意营造的,正如作者在谈到自己受纳博科夫的影响时所言:"最直接最首先的冲击当然来自他的意象,他召唤的画面和风景,他的英语长句像好风天的海浪一样推开每个浪尖都闪烁金光。"[1]新南方写作事实上代表了新的日常经验、文化想象,是要描绘一幅彼此融通汇聚以实践再创造的新"图"景。《潮汐图》里写道:"从一只夜鹭想象一群,想象它们神秘的群集之地。烈日之下,黄埔古港的虚影自南海神庙古树荫涌现。"而南方之"新"充满了种种文化的转喻以及隐喻,正如小说中言:"世间故事,皆为比喻。"新的政治、经济、科技、人文的规约,是这种种经验的叠加与转换,无论是粤港澳大湾区、"一带一路"倡议,还是海南国际贸易岛、海上丝路,又或是"中国—东盟"合作、西部陆海新通道等战略性概念,都意味着以叙事和想象,将南方转译为一片深邃、开放的热土,那里是一个敞开着的迎待生成种种可能性的场域。

四

杨庆祥曾指出新南方写作在文化上的"临界"问题:"新南方的一

---

[1]《作家林棹:"找到了靶。人变成箭"》,https://new.qq.com/omn/20211217/20211217A090QR00.html。

第二节　粤语方言与新南方写作

大特点是文化的杂糅性，因此新南方写作也就要处理不同的文化生态，这些文化生态最具体形象的临界点就是方言，因此，对多样的南方方言语系的使用构成了新南方写作的一大特质，如何处理好这些方言与以北方方言为基础的标准通用汉语语系之间的关系，构成了一个挑战。"[1]在《潮汐图》中，粤语方言也许并没有完全覆盖小说的叙事，但重要之处在于不同话语间的贯穿与打通，且与叙事文本自身的推演相融合，"随着蛙从广东前往澳门的旅程，粤语的味道在悄然改变；再抵英国，方言更轻，几乎已是白话文了。从语言流转的维度，我们也看到时间的计量方式之一"[2]。但确乎可以说，粤语方言提供了一种路径和方法，其中意味着形式的开新，在这个过程中，新南方写作真正回向本土性的开掘，与此同时又始终朝向阔大的外部世界，寻求更宏大的呼应和回响。"飘浮在空气里的词语可以定义那个地方。假如要搭建一角有实感的、十九世纪上半叶的广州，粤方言是一个必选项。《潮汐图》的粤方言其实是'方言的虚拟'，是一种高倍稀释的喷雾。喷雾配方是需要反复斟酌、试验的——采取何种浓度？使用何种溶剂？'汉语'的内容、内涵太丰富了。"[3]因而可以说，新南方写作同样蕴含着补充与丰富现代汉语写作的意义，其不仅是拓宽汉语表达的疆界，更是汉语朝向自我之丰富复杂的腹地的一种内爆，将方言背后主体的、民间的意味激荡出来。新南方写作构筑新的共同体的过程，同样是相

---

[1] 杨庆祥：《新南方写作：主体、版图与汉语书写的主权》，《南方文坛》2021年第3期。
[2] 黄月：《林棹长篇〈潮汐图〉：想象巨蛙，告别巨蛙，一次事先张扬的虚构》，https://www.sohu.com/a/511022947_121119373.
[3] 罗昕：《林棹：相比童年对个体的影响，我更关心它被理解的可能》，https://baijiahao.baidu.com/s?id=1670797571704572876&wfr=spider&for=pc.

互形成的注疏,是彼此之间的互阐互释,于对照中形成意义的激荡,释放并激发文学功用和文化动能。粤语文化源远流长,近代以降,中国南方即领风气之先,粤语方言创造过丰富璀璨的文化,直至上世纪八九十年代到达顶峰,形成了可供后之来者挖掘与借鉴的传统。因此,透过林棹的《潮汐图》,我更倾向于将之视为曾经辉煌如斯的粤语文化,在沉寂或曰沉潜之后,正在经历承继中的开新。正如小说最后,被疫病侵蚀下的世纪末的颓废尽显,巨蛙与人类迎向某种末日式的终结,顽强踏上平凡的新生之路。

对于一只巨蛙来说,"生吞"是它认识世界的方式。"'生吞'作为一种进食行为,除了两栖类(《潮汐图》中的蛙)之外,绝大多数的爬行类、鸟类也都'生吞'。人类进食需要咀嚼,我们是在打比方的意义上使用'生吞'的,是跨物种借词。"[1]而对于小说,跨语言、语种的表达,需要形成强大的吞咽、咀嚼与消化的能力,并不是那么容易实现的。《潮汐图》中南北两套话语在里面穿插交融,又杂糅着外来的语言与符号,其中颇有些生硬之处,或者说有的地方还未能完全包得住、化得开,其修辞的系统性与一贯性也有可以讨论的地方。但值得注意的是,不同言说方式的交叉与交融,甚至排异,恰恰在小说中形成了五方杂处的场景,以及世纪末的喧嚣。那是一个尚未定型的与朝向未知的时刻,粤语方言既沉入其中穿插藏闪,又脱离语言本身的实用而回实向虚,为整个叙事文本服务,由是创生出了一个极具包容性的、面向当代且推及未来的"新南方"。小说写道:"现在,珠江老了。离自己的尽

---

[1]《作家林棹:"找到了靶。人变成箭"》,https://new.qq.com/omn/20211217/20211217A090QR00.html。

第二节　粤语方言与新南方写作

头很近了。这就是珠江重拾童心的缘故。珠江旅行到力所能及至东之东染了一身病:慢性中毒痴呆、栓塞、衰竭。它卸下所有留在西边的记忆和时间,在八个地方死去:虎门、蕉门、洪奇门、横门、磨刀门、鸡啼门、虎跳门、崖门。"作者在不断叙述着这条古老而现代的珠江,后者在近代以来的"现代性"的注入中,试图"重拾童心"实现一次返老还童,而至于当下的"新南方"视阈中,则是以生机勃勃的在地化阐述,试图完成文学与文化的推陈出新,以地域性的书写逐渐走向某种具有普适意味的总体性写作。"改革开放的前沿区域也在'新南方',它最先也是更好地接纳着外来文化和文明的冲击与共融,最先领略和感受改革开放的有力和有效,也最先走在了'时代前沿',因此它的先锋性意识也是极为强劲的,深入骨髓。"[1]毫无疑问,《潮汐图》是具备一定先锋意识的偏于修辞性的文本,传统的南方观念与外来的世界意识相互交织。这其中所展现的"新南方"是多元一体的,既有跨区域、跨文化的考量,同时也是一个麇集着历史、政治、文化、语言的综合体,里面涉及的领域学科非常丰富,开辟的疆域亦将极为辽阔,在这个意义来说,新南方写作始终是开放的,在沟通传统中,也牵引未来。

《潮汐图》将一只"蛙"投入历史的滔滔洪流,去体验生离死别,以及那些未竟与未知的存在,用那种既有的已知去探寻某种宽阔的无法去估量的存在,也即透过已知而求取无限,这也是新南方写作的重要征象。如海德格尔所言,"此在本身在本质上就具有空间性,与此相应,空间也参与组建着世界"[2]。林棹也认为,《潮汐图》就是"空间

---

[1] 张菁:《关于"新南方写作"的一些浅见》,《广州文艺》2022年第2期。
[2] [德]海德格尔:《存在与时间》,陈嘉映、王庆节译,生活·读书·新知三联书店2010年版,第131页。

(珠三角)优先"[1]。"新南方"既是时间的更新,也是空间的开拓;"写作"是实有,更是虚构,经验并创造着世界本身。"巨蛙已是我的旅伴、同桌、室友。我们一起行过真实和虚构的珠江、它流经的真实和虚构的土地、它汇入的真实和虚构的大洋。"[2]只不过这个疆界是通过"蛙"的视角呈现出来的,是一个虚设的奇诡的场域,而如是之变形或曰变异的"空间",却不断撞击着存在中的现实历史。"塞巴斯蒂安去向极地,他的最后消息落向赤道,旧的冯喜冻在冰上,新的冯坐在这里,门洞边上,尽一个岭南人的全部努力去想象冰川、白夜和极寒。"冯喜是小说里的一个画家,在他的身上兼有"旧"与"新",是一个岭南人坐落于传统之域,探向未知世界的兆象。而在冯喜那里所勾勒、摹画和创生的,是一个新的需要尽"全部努力去想象"的南方。

五.

"风"的意象是《潮汐图》的核心,从千帆竞发的珠江,吹拂至大日不落的帝国,风是风貌、风气,也是风格与风尚;是南方的风情万种,更是"蛙"眼之中对世界的讽喻。巨蛙与 H 相逢相知,那是自然与人间、东方与西方、南方与世界的遭遇。与冯喜去黄埔看大船,二者筑成深厚情谊,"某日,蛙头上脚上成片破损,眼顶烂,背脊伤。冯喜问起,蛙仍然拿芜女做挡箭牌——实情是,三个事仔暗地里讲闲话,笑冯喜是

---

[1]《作家林棹:"找到了靶。人变成箭"》,https://new.qq.com/omn/20211217/20211217A090QR00.html.

[2] 林棹:《潮汐图·后记》,上海文艺出版社 2021 年版,第 281 页。

'骗鸡''番鬼契弟',蛙发狠,扑上去就搅咬起来"。冯喜教它认字、识数,带着它游遍西东。此外,在讲述老鲍的故事中,同样写了"我"与老鲍的重逢,"静默地,漂净仇恨地,到来,先抖出气味,再现出身形,和我,和我们,在这永远无法抵达的不存在的地方,重逢"。百转千回,海里岸上,人生何处不相逢,别离之际,再见之时,或一笑泯恩仇,或热烈再重燃。此外,巨蛙先后与契家姐、迭亚戈等相逢又别离,却不忍忘却,时常忆想感念,一方面与旧的过往和传统的关联,另一方面也各自奔向新的前路。一只南方巨蛙,游弋于岭南、澳门以至英国,暗合了新南方写作从地方移向世界的经验,其间,海水涨落,朝之为潮,夕之为汐,潮涨潮落,也如人世之相逢别离,那是一种不可违抗的自然/人间;而林棹手绘一幅"潮汐图",以粤语方言烛照包罗万象的文化景观,那里仿佛重逢的是曾经涌动的磅礴绵长的情感灵魂,却又徐徐展开了一个方兴未艾的"新南方"。

  Beyond乐队的一首脍炙人口的粤语歌《AMANI》,"权利与拥有的斗争/愚昧与偏见的争斗/若这里战争到最后/怎会是和平/我向世界呼叫/AMANI NAKUPENDA NAKUPENDA WE WE/TUNA TAKA WE WE"。该曲发行于1991年,歌中呼吁人们携手救助非洲的难民儿童,召唤没有争斗的和平。《潮汐图》里那只来自中国南方的巨蛙,辗转于世界,几度易主,历尽沧桑,它渴望自由,视野宏阔且爱憎分明,对同类甚至异类怀抱和平与爱,最后在疫病的困境中,与人类共克时艰。它永远面对世界,永远保持热切,永远朝向未来,这同样是新南方写作的精神和意义。

第三节　南方的世界与世界的南方

一

我一直认为,朱山坡的文学坐标,不仅仅在南方;他的叙事,也不局限在小镇。这在《蛋镇电影院》中得到了更深切的印证。通过蛋镇的建造,朱山坡试图从南方散向四方,从边地探向世界。在此过程中,蛋镇成为一个传统与现代交叠的文化装置,其因虚构而实在,完成想象性的文学生产。蛋镇以朱山坡的家乡小镇为原型,但他赋予它更为丰富的意味,"蛋镇,意味着封闭、脆弱、孤独、压抑、焦虑乃至绝望、死亡,同时也意味着纯净、肥沃、丰盈、饱满,孕育着希望,蕴蓄着生机,一切都有可能破壳而出"。人们往往以为,朱山坡在《蛋镇电影院》中试图重写一个南方,然而在我看来,蛋镇叙事已然不是浮于浅表的小镇故事,更非落于窠臼的南方写作,其以"一切都有可能破壳而出"的开放形态,意欲孵化的是一个现代中国,更是循此走向无远弗届的世界。

从《跟范宏大告别》《陪夜的女人》《灵魂课》,再到《马强壮精神自传》《懦夫传》《风暴预警期》,朱山坡一直留意的是南方蛮荒之地的心灵光泽;而在《蛋镇电影院》,朱山坡实现了他小说美学上的"破壳",那是一种叙事形态与文化意旨上的新的孕育。实际上,朱山坡从人性的深处,走向了历史的纵深,抑或说,在蛋镇,人性与历史同时得以昭彰。

小说集《蛋镇电影院》看似散乱,实则勾连密切,其中之人物、场景、结构、物事,往往互有牵动,语言的形态与叙述的基调亦是一致的,在纷繁复杂的叙事线头中,《苟滑脱逃》可以说是一个最重要的引线。其一方面通过苟滑串联起整个蛋镇世界,南方小镇的精神伦理与虚实情境的文化构筑于焉得以成型,并透露出多重线索的交织与多元价值的交错;另一方面则以苟滑意料之外的奇诡脱逃,将蛋镇牵引出既定的前现代轨迹,将叙事的藤蔓伸向具有现代意义的中国乃至世界。从这个意义而言,朱山坡从传统的南方一隅,走向了国族的现代经验,于封闭的地域中"脱逃",以一种匪夷所思的速度和状态奔赴世界,形塑了南方小镇的现代性映射。

二

综观朱山坡的《蛋镇电影院》,表面割裂的故事与人物之间,却有着同一的旨归。小说集一以贯之的是直白坦率的语言,不做过多的修辞,只是不断陈述、叙说,就像一只鸡蛋,在心无旁骛的孵化中,凸显生命的沉重与无言,而这正是"生成"的真正过程。朱山坡也以这样的笔触,孵出了他的蛋镇。那么问题在于,蛋镇究竟是个什么样的地方?那里有双宿双栖、似有若无的凤与凰,有矢志不移赴美圆梦的胖子章,有锲而不舍、感人至深的深山来客,有说一不二、有始有终的越南人阮囊羞,还有奇异失踪又离奇返回的荀滑,等等。通过蛋镇,朱山坡完成了从奇观到日常的表达,并试图超越技艺的趣味和地域的局囿,探寻更为遥远的地方。

在这其中,《荀滑脱逃》更像是一个古典小说,荀滑是一个"可爱"的略带古典主义气息的盗贼,有他自己的中庸之道,"他从不希望通过窃取他人财物发家致富,只求一日三餐,从不大吃大喝,每顿都像乞丐一样吃得很节俭,有时候一碗稀饭就足矣"。而且,盗亦有道的他"内心柔软,即便是欺负乡下人也留有余地",其身上自有一套偷窃的伦理,他截取的是不义之财,也时常表露出某种古道热肠。整部小说存在一种多重伦理的叠加:荀滑毫无贪婪的中和伦理、蛋镇宽恕容忍的地方伦理,以及电影所代表的超越世俗的精神伦理。具体来说,尽管荀滑以盗窃苟存,但他始终秉持原则,怪诞的是,只要他不出格不越界,全蛋镇都默认且容忍之,"连派出所都默许了",且荀滑从不在电影院行扒窃之事,在他看来,看电影是一种庄严而不可亵渎的仪式。在这诸种伦理中,荀滑与蛋镇构筑了一个遗世独立的南方乌托邦。然而,越是在传统的世界中,便越能清晰辨认现代性的中国脉络与世界元素,在此过程中,电影的存在,成为小说最隐秘同时也是最显豁的变量。

小说的转折发生在电影院里的行窃案件,荀滑的命运由此发生变化,他迅速被推到风口浪尖。此后不断有人报案,扒窃频频发生,从作

第三节 南方的世界与世界的南方

案的特征来看,似乎不是苟滑,然而他并不能解脱嫌疑,"苟滑委屈得像一只即将被宰杀的母鸡"。最终,一个养鸡的乡下老头一年的收入被窃,悲伤至极,头触电线杆而亡,民众积怨开始爆发,涌向电影院对苟滑兴师问罪。十万火急之际,苟滑竟然完成了一次出人意表的终极脱逃——跳进电影屏幕,消失在众人的视野,也从此在蛋镇销声匿迹。无疑,这是一次穿越。但是朱山坡还算节制,不是为了穿越而穿越,更准确地说,这仅仅为一次"脱逃",苟滑既逃避怒火中烧的蛋镇人的抓捕,同时逾越现实,逃离蛋镇,更重要的,他逃向了不可知的远方,从那里"盗"回了蛋镇的未来。

需要指出的是,苟滑的脱逃术一方面是从父亲那里继承的,借以在日常行窃中避开抓捕和惩罚;另一方面则是一种形而上的脱逃,直接逃离现实的蛋镇而跃入虚构的电影场景。后者无疑凸显了叙事的难度,那就是苟滑如何脱逃,难度在此,巧妙也在此,苟滑竟然由"实"入"虚",钻进了电影当中,从二十世纪现代中国的长历史来看,这无疑是蛋镇的一次变革自身的现代"脱逃"。

不仅如此,从小说的角度,《苟滑脱逃》实际上也是朱山坡的脱逃术,那就是新的返虚入实,新的意义转轨。在朱山坡那里,只有在蛋镇能够实现这样的脱逃,因为除了存在多种伦理的重合,蛋镇还存在着多种虚构的叠加,也即小说的虚构、电影的虚构、人物的虚构等相互交织,架构了蛋镇的不同层级,从中可以见出一个纵深的文学世界。除此之外,朱山坡还试图将蛋镇抽离既定的轨道,置入现代中国的国族经验乃至世界主义的话语之中。换言之,在《蛋镇电影院》中,蛋镇成为现代中国的独特象征,也同时构设了蛋镇走向中国与中国走向世界的双重隐喻。

三

《荀滑脱逃》故事的最后，荀滑跳进银幕中的火车得以脱逃，更出人意表之处在于，十一年后，他又搭乘《东方快车谋杀案》中的火车回到蛋镇。这看似荒诞滑稽，然而其中叙事之诡谲又或者说荀滑内心之轨迹，需要回溯至我们和荀滑到陆川县看火车的情景：

> 坐在铁轨旁边，从中午一直等到傍晚，才有一列绿皮火车从北面徐徐而来。残阳的余光照在火车身上，车厢通体金黄。我们被长得几乎看不到尽头的火车吓得目瞪口呆，又莫名兴奋，拼命向火车招手。出乎意料的是，火车并非想象中那样比闪电还快，而是开得很慢，好像它是故意慢下来让我们看个究竟的，甚至让我们跳上去，带我们前往遥远的地方。

自此以后，荀滑的内心开始萌生随火车远行的念想，直至被怒不可遏的蛋镇人逼到绝境，他终于如愿以偿，跳进了火车，奔向"遥远的地方"。事实上，这是荀滑，甚而是蛋镇人的一种现代想象，需要特别指出的是，这样的脱逃，需要奇崛的想象。诡秘的逃脱，本身就说明了蛋镇走出自身传统因袭之难，甚或说在区域发展不平衡的中国，其现代化的路径中透露出了无处不在的多元与多变。

在这其中，火车不仅代表着现代化的进程，而且还喻示了远方与未来，其中更不为人所察觉的是，那是一列从"北方"缓缓驶来的火车，打破了南方人的生活，搅动了无数南方的灵魂。而荀滑内心所循向的

第三节 南方的世界与世界的南方

北方列车及其所指示的无法测定的远方,代表着多元现代的中国,亦是无边无垠的世界。正如荀滑所言,"如果不绊倒,我早应该到了广州",他甚至深感遗憾地说道:"那是我离世界最近的一次。"可见,荀滑的定位不仅是中国(广州),而且在于更为遥远的世界。

而最终帮助荀滑摆脱妄想走向世界的,是蛋镇的另一核心元素——电影院。"既然有了'蛋镇',那么,必须有一座电影院。在我眼里,蛋镇最有价值的建筑物当属电影院,如果没有了它,蛋镇就没有存在的必要了。"电影院在蛋镇不单是一个娱乐场域和一种文化地标,更是心灵的寄托和精神的慰藉,这一点如朱山坡自述所及,"只要我进了电影院,一切都变得如此美好。当片头曲响起,连最悲伤的事都可以忘记。而当响起片尾曲,不得不从座位上站起来,离开电影院时,我总是犹如从梦境中醒来,怅然若失,依依不舍"。电影院矗立于朱山坡以及他的蛋镇内部,成为一道景观、一重心绪与一种想象。其间不容忽视的是,蛋镇的"电影院"联结着蛋镇内外,沟通了虚实世界,是地方性叙事中欲望与情感的装置,是现代中国的重要镜像。宕开一处说,《蛋镇电影院》中涉及的中外电影及其所映照的历史情绪、所生产的话语形态与所诱发的界域想象,俨然成为小镇之世界主义的文化中介。

四

蛋镇意味着什么? 而且,一个南方小镇,为什么需要电影院? 这是朱山坡的《蛋镇电影院》里最重要的命题。在《荀滑脱逃》中,荀滑从蛋镇跳进了电影屏幕,跳上了如蟒蛇般的火车上,但是我们忘了,蛋镇原本就是虚构的所在,那么或许可以如此理解,荀滑就是从虚构跃入虚构。于是,小说事实上探讨的不是苟滑的脱逃,而是他跃入虚设之境后怎样,这是颇有意思的地方。从蛋镇到远方,从南方到中国以至世界,小说以一种后现代的叙事,对照着自前现代到现代的南方轨迹,也凸显了从寓言时代到消解时代的文化征兆。而从虚构跃入虚构,是为了捕捉这样的转圜,完成形而上的对接。

值得一提的是,苟滑离奇脱逃之后,没有一去不返。回来之时,他乘坐的是《东方快车谋杀案》中的东方快车,那是一列往返于欧洲和中东的豪华列车,很明显,苟滑实现了他的世界之旅。而且归来之际,他从游手好闲的小偷,摇身一变为翻云覆雨的实业家,从蛋镇的索取者,变成回馈与贡献者。小说中,虚构的转圜与场景的切换,不过是为了重塑蛋镇的当下和未来。更重要的,脱逃之后归来的苟滑,走向"遥远的北方",那是南方之外的另一部分的中国,苟滑沟通了南北,甚或说,苟滑从蛋镇而连接了整个中国。而且,"有朝一日,他要建设一条长长的铁路,起点就在蛋镇,让所有的人都有机会到世界去"。自此,朱山坡明显超越了单纯的小镇叙事与南方书写,在他那里,蛋镇蠢蠢欲动,意欲抽身"脱逃",寻向更广阔之境。

苟滑栖身的蛋镇,是一个封闭的地域,他的脱逃而去,既是一种历时性的时空变幻,同时也是其本人的内在蜕化。小说末尾,作为他者的苟滑再次出现了,值得注意的是他归来时的形象:"此人西装革履,风度翩翩,像一个谦谦君子。"这里透露出两个信息,一个是他的衣着——西装革履,另一个则是他的风度气质及"形象"。相对于以往偷盗维生且遭众人唾弃的苟滑来说,这无疑是野蛮与文明的强烈对照,前现代的蛋镇人物也因此获致了一种现代之"象"。

重新梳理小说《苟滑脱逃》,可以见出,从传统的蛋镇,到充满现代意味的电影与电影院;从前现代的荀滑等人物形象,到扭转局面的工业化象征——火车,再到荀滑归来时操持发展的实业:香蕉林、煤炭业等,令小说充满了悖论和张力,这一切最终通过荀滑匪夷所思的脱逃到达顶峰。如是这般的碰撞涌动,正是蛋镇得以破壳而出的关键。但是,小说力量的释放源于荀滑那充斥着后现代意味的脱逃,蛋镇的电影院需要释放出无边的魔法,才得以将荀滑送向中国和世界,这似乎是一种叙述的困窘,也是现代南方的困境。

小说最后有一个细节,"然而,人们不但没有撤销对他作案的嫌疑,反而还怀疑他扒窃了全世界"。这里的"扒窃",如若再做深一点的理解,可以将之视为百年来"开眼看世界"与"师夷长技以制夷"的经过,对应的是二十世纪中国的现代历程。对于蛋镇来说,这样的进程是有迹可循的,如朱山坡所言,蛋镇"基本上是以家乡小镇为蓝图绘制的,并给它赋予了深刻的寓意"。如果联系到他的家乡北流,一个地处亚热带的南方小镇,那里不仅盛产香蕉,在铁、铝、锌等矿藏上也有着独特的资源,荀滑以一种魔幻现实主义的方式归来之后,却以现实主义的因地制宜,寻求现代化的切实响应,从而将蛋镇联系到了更为真切辽阔的外部世界。

五

荀滑的脱逃以及脱逃之后带给蛋镇的巨变,俨然是前现代的蛋镇背离自身形态的表征,更进一步说,其更是二十世纪以来中国现代化进程的一个历史镜像。小说中无处不在的"电影",也是二十世纪初从西方引入中国的,第一部国产电影是 1905 年拍摄的《定军山》,任庆泰执导,谭鑫培主演,在清末的中国引起轩然大波。时间再往前推十年,则是电影的最初发明者,法国卢米埃尔兄弟的《工厂大门》《火车进站》等影片问世的时代。《蛋镇电影院》的叙事便发生在现代电影工业蓬勃发展的百余年间,铺设的是现代民族国家向前推进的历史时刻。

不仅如此,在朱山坡《蛋镇电影院》集中构设的"蛋镇"中,不断通过各种形式,将隐含的现代性时间或世界性讯息透露出来。《越南人阮囊羞》中时常透露出来的对越自卫反击战及其在蛋镇人中留下的后遗症;与战争相关的,还有《凤凰》中的章卫国,小说最后的烈士陵园,他的墓上写着1979年3月29日,文本中杳无踪迹的谜题,终而为确凿的历史所证实;《胖子,去吧,把美国吃穷》中特意提到的香港电影《胭脂扣》,以及胖子章念兹在兹的美国情结;小说《深山来客》中,身患绝症却至死不忘看一场电影的鹿山人,最后定格在了国营照相馆;《荀滑脱逃》中,荀滑乘坐的是象征着工业文明的火车,往返于蛋镇与世界;此外,《在电影院睡觉的人》中的电影《布谷鸟》《骑风火轮的跑片员》里面提到的《小花》等。不得不说,蛋镇内部涌动着丰富复杂的外在元素,已然胀破了南方小镇的狭小局域,走向更为深广的境界。在此意义上,朱山坡通过《蛋镇电影院》,完成了从"心灵—地理"向"地理—心灵"的转圜。也就是说,小说叙述的中心是阔大的界域中的内部世界,而不是特定时空的内心呈现,朱山坡由是练就了如荀滑般的"脱逃术",以此破除标签化的文学地方性叙事,走向更为广袤的天地。

六

除了由内而外走向世界的《蛋镇电影院》尤其《荀滑脱逃》,朱山坡

第三节 南方的世界与世界的南方

的《萨赫勒荒原》则展开了另一番途径。小说的调子很沉郁，境界却雄阔，写非洲津德尔地区医疗队的中国援非医生老郭突然病倒身亡，"我"临危受命，接替有着人性光辉且颇具威望的老郭进驻医疗队的故事。萨哈是中国援非医疗队的司机，他负责开车带着我，横跨尼日尔东西部全境，穿越萨赫勒荒原，前往中国医疗队在津德尔的驻扎地。

故事围绕着萨哈和"我"漫长而艰苦的旅程展开。两人行驶在苍茫辽阔的荒原中，共同踏上"世界上最孤独的公路"，彼此的情感纽带，是中国医生老郭。以老郭和"我"为代表的中国援非医疗人员，冒着生命危险，远赴津德尔加入援非医疗队，以高尚的情操，在异国他乡救死扶伤，践行一次"舍生取义"般的旅行。尤其是献身彼处的医生老郭，还是"我"的博士生导师，他的经历深深感召着作为后之来者奔赴非洲医疗前线的"我"。对津德尔地区的人民来说，尽管生活在水深火热的环境中，但他们善良、坚忍，渴望健康和公平，始终铭感中国医生的付出。后者，尤其郭医生，他帮尼可祖母做过白内障手术，使她重见光明，萨哈两个儿子罹患脑膜炎也是他治好的，感念于此，尼可祖母曾沿着萨赫勒荒原，不可思议地一连走了十二天，要去医疗驻地见见这位中国恩人；得知郭医生被病魔纠缠，她诚心为他祈祷，甚至要带老郭回村为他做一场法事驱魔。而"我"则深切地为萨哈之子尼可的悲戚与匮乏所触动，但萨哈一心为公绝不徇私，拒绝我送给尼可的炼乳和黑麦面包，因为他渴慕的是一种精神与文化的"公平"。可以说，中国医生与尼日尔人民之间，在无边的苦难里结下了生死之交，他们深刻关切对方的遭遇和命运，可以不畏死生共赴患难……如是等等，皆为世间大义。

不仅如此，小说从医疗队切入，事实上还有一层涵义，即对于生命的礼赞。非洲人民历尽劫难却始终怀抱精神的坚毅,而中国医生视死若归地投入非洲最艰苦之地,甚至以牺牲自我为代价,如小说所言,"中国援非医疗队工作量很大,经常超负荷工作,生活环境恶劣,营养跟不上,常常有累倒在岗位上的,更大的危险来自疾病的侵袭。非洲有各种传染病,一不小心便会感染上,这给中国医护人员带来很大的威胁"。故事最后,震撼人心的一幕出现了:当萨哈和"我"驱车进入沙漠荒原的腹地,眼看着要一味往孤独寂寥的路径走去,然而萨哈的一个急刹车,撞见他的儿子尼可及其祖母,尼可拦住我们前行的道路,他要传达祖母对郭医生的关心,萨哈与"我"却不忍将老郭之死直言告之。当我们安抚好尼可重新出发,我突然意识到,他患上了疟疾,遂极力要求萨哈掉头返回,却遭到了拒绝,在萨哈那里,寻求的只有公平与公义,他感念中国人民的交谊,不为谋私利、得好处,甚至可以为此置家人生死于度外,只因自身有着更为宏远的诉求。蓦然回首之际,尽管没有救助儿子的萨哈,"已经泪流满面,泪水重重砸在方向盘上",但依旧义无反顾地驶向更需要中国医生的津德尔驻地。

不得不说,来自中国前赴后继的援非医生,以及在磨难中抗争的非洲人民,共同形塑了跨文化间的理解、尊重,那是弥足珍贵的敬与爱的叠加。这不仅代表着中非之间的文化认同,更呈示出对于生命共有的珍惜、护佑与礼赞,两国人民如萨赫勒荒原般宽广坦荡的胸怀,超越了国界与文化的阻隔,其对彼此命运的关切和协助,代表着小说中所展开的殊途同归之意旨,其中无不透露着命运与共的情义。萨哈与"我"以穿越萨赫勒荒原的方式留驻其间,那片贫瘠荒芜的土地却培育着中非人民的深情厚谊,其中之行迹与心迹,勾勒出了人类命运共同体的精神图景。

第三节 南方的世界与世界的南方

说起新南方写作,题材范围大体在于粤港澳、海南、广西、福建等,乃至延伸到东南亚,但朱山坡在小说《萨赫勒荒原》里,出人意表地写到非洲,这就很有意思,也带来了新的问题:这样的跨度和想象,还能不能纳入新南方的范畴?在我看来,就像林棹的《潮汐图》,来自中国南方的巨蛙,从广州到澳门最后到达英国;陈谦的小说则从中国的岭南小城南宁写到美国硅谷;陈继明的《平安批》写潮汕人"下南洋",辗转东南亚等地;又或者王威廉的《野未来》,将触角探向"后生命"及其未知之境……新南方写作固然有其地域属性,但又常常逾越既定的边界,探询更广泛的链接与认同,又或者说,"南方"仅仅意味着一个起锚点,"新"就新在其往往落脚于星辰大海,无远弗届而不设阻隔。《萨赫勒荒原》以援助非洲的医生为叙述主体,师父郭医生与"我"前赴后继,穿越萨赫勒荒原,在非洲的医疗驻地救死扶伤,这是见证中非情谊的行旅,也是缔造人类命运共同体的尝试。新南方写作的重要意义便在于如是之开阔与开放,蕴蓄并发端于南方,为新的联结、融合打开共情的空间,构筑情感与心理的对话场域,并在未来命运中召唤意义认同及其价值话语。

七

想象与虚构对于小说来说,早已是题中应有之义,似乎不容讨论,这样的"常识"俨然规定着叙事文本的本质和意义。但细细想来,想象力与穿透力似乎又存在着某种悖论。想象力当然可以天马行空,亦指向现实中的细部贯穿或联想,然而,这样的历程又不是浮泛、飘忽的,在"无边的现实"中,或可触及那个"沉重的时刻",在灵光乍现与主体浮露背后,亦可牵引庞杂繁复的历史。在这个过程中,虚构的想象如何获致穿透传统/现代、历史/人性、理智/感性、性别/家国等不同维度的内质,将精神深处的幽微或宏阔推至水面之上,这是小说的难度,也是叙事的意义。

对于朱山坡来说,一个小说家的自我辨知、定位、认同是内化于他的创作过程的。朱山坡对短篇小说技艺的了然于胸,体现在他吃够了何为"虚构",以及虚构的何为与无为。在他的短篇小说集《萨赫勒荒原》中,一是天马行空的虚幻;二是矢志不渝的冒险,这里面其实有非常密切的关系,正因为小说是一场虚构,所以叙事者才敢如此放肆而又矢志不渝地以身犯险,而无论是人物主体所进行的冒险之旅,还是身处的境地,写作者试图使其趋向一种极端命运的边界和临界点,从而显示出从现实到虚构的过渡。

如前所述,《萨赫勒荒原》写援非医生的生命历程/历险,苍茫无依的沙漠/荒原中,无处不布满着疾病和死亡、险境与危机,"越往前走,越辽阔、越荒凉、越凋败。村落和车辆越来越少,天色越来越明亮。已是深秋,满眼萧瑟,举目苍茫"。"我想象中的萨赫勒荒原跟看到的完全不一样。它太辽阔、太平坦、太荒凉!不像新疆的戈壁滩,也不像内蒙古的大草原,这里简直看不到人类活动的痕迹。路边全是荒凉的灌木、荆棘和草甸,并朝着四周蔓延开去。一堆堆,一丛丛,像是一个又一个部落。每一棵树、每一只鸟、每一根草,都仿佛相处了千年,早已经看腻了彼此,却又不得不互相为邻,紧挨着搀扶着度过漫长的岁月和亘古的孤独。"小说的重心放在人物身上,越是这样的严酷环境,越能显露主体的质地,彷徨无助中也更可见出命运的抉择和灵魂的守持。

《索马里骆驼》这部小说,骆驼本身便具有某种异质性色彩。从这个意义而言,我更倾向于将骆驼这一物种或说物象视为一种想象的介质。通过"骆驼",小说试图引导我们去想象,同时也意味着人类的情感自身想象,从世界的宽度和广度层级去重新构思人们未曾有过却极度向往的生活。"但当我骑上骆驼的那一刻,就感觉高高在上,一切都变得不一样了。我仿佛看到了一个崭新的遥远的世界,很短的时间里便迷恋上骆驼雄厚坚实的背脊。"不仅如此,骆驼还始终牵引着我们的情感,在父母冷漠地离"我"而去之后,"我"感到无比的孤独与悲哀,"我的电脑屏幕背景就是一头骆驼行走在无垠的荒凉的草原上,孤独,冷漠,坚决",在辽阔的孤寂中,骆驼成为其中的见证和映射。"母亲像骆驼一样勇敢和倔强,索马里员工称她为母骆驼。"小说还有一幕与骆驼相关:"电话中的人告诉母亲,那女人,竟然在昨夜投河自杀了,没有留下遗书。她带走了儿子的布骆驼。人打捞上来了,布骆驼还在像沙漠一样宽大平静的湖面上漂泊、跋涉。"这里,生与死之中悬浮的生命意识一下凸显了出来。实际上,透过小说的叙事,我们可以清楚地体悟到骆驼尽管作为一种动物,但其对人类的生活情感精神实际上存在着一种补充、纠正以及重构的作用。小说里,我的父母因为种种可以预见或不可预见的事件或事故而不断争吵时,是骆驼的出现扭转了他们的关系。"第二天的结果是,天刚亮,我便看到父亲正在鼓励母亲骑到骆驼上去。"一方面是父母之间粗暴的情绪与短暂的感情,生活、婚姻以及人与人之间的那一种脆弱的易碎的感情;另一方面则是骆驼的坚韧持久,由此延伸出来的漫长的跋涉和身体的坚持。"父亲说,如果有足够长的梯子,骆驼靠四条腿能一直走到月亮上去。"因此,骆驼的出现既是对父母的感情,以及他们一代人的精神见证,同时也是一种对于人类处境和出路的隐喻。宕开一处说,这关系到人类与自然、现实与历史、生命与时间的种种辩证。小说的下篇是张建中和金灿荣的索马里生活,"凡有损中国人形象的电影都不要放。印度女人断然拒绝了她的要求:这是印度电影院,不是中国电影院!放什么电影由我说了算。两人不欢而散"。张建中在拯救了印度女人之后,作为报答,她把电影院让了出来,从此,金灿荣拥有了这座电影院,随后金灿英将之更名为中国电影院。

值得注意的是,在朱山坡那里,电影院有着多维的虚构,也是多重的隐喻。《荀滑脱逃》里面便是电影拯救了被众人追讨的荀滑,也以一种内在的断裂性拯救了俗常的虚构。小说本身、电影本身,主体与电影的交互等,使得电影院不仅是人物情感和生活的容器,更成为一个意义和价值的孵化器,"我继承了母亲的事业,骑着骆驼走进那些偏僻的部落,放中国电影,从索马里人纯朴的笑声和眼泪中我得到了快乐。走在无垠的荒野上,我体会到了母亲的孤独"。在那里,电影成为一项共同的事业,内蕴着不同人物主体共同的语言、追求,甚至指向差异文化的认同,"我雇请印度女人回到电影院工作,让她当经理。在电影院,除了只放中国电影的规矩不许违反之外,她拥有其他所有权力。她老了。她对电影院忠心耿耿,兢兢业业"。小说最后,我在柏培拉和印度女人的外甥女相爱,她是一个妇科医生,曾经是联合国援非医疗队的成员。"我"和她"一起骑着骆驼走在无垠的荒野,去往未知的部落,将电影送到人间深处。同时,顺便给当地缺医少药的妇人看病,他们从她的身上看到了我母亲的影子,也称她为母骆驼",精神的延续和文化的流脉,渗透出了一种命运共同体的价值属性。

《一张过于宽大的床》写父亲千山万水地寻找适合木材,为"我"做了一张大床,这张床陪伴并见证了"我"的生活与生命。"这张床很踏实,连做梦也很安全。我没有其他癖好,做梦是我最大的乐趣和享受。父亲做床的时候可能也没有想到,这张床是最好的造梦空间。梦境千姿百态,奇妙无比,比现实精彩太多。我太喜欢做梦了,而且,我不喜欢任何人以任何理由把我的梦境中断。"有意思的是,父亲制造的这一张宽大无比的床,容纳或接纳着不同的人,仿佛具有庞大的容量,收纳世间冷暖、人情世故。当然,这张床上也充满了轻松和自由,"蒋虹的离去让我的床恢复了宽大,我像太平洋里一条无欲无求的鲸,尽管偏安一隅,却无比自由,轻松,踏实,每一个梦都得以飞翔"。但与此同时,这一张宽阔无比的床也时常让我陷入寂寞和孤独,因为我与这世间格格不入,也因为我对感情始终坚守。除了我的前妻、女友,还有胡安之和他的女友,邻居老太太的女儿女婿,迷途不返的酒后女人,我的表姐,以及我梦中的迷途知返的唐小蝶等,在我看来这一张大床,更像是一个意义的装置,"通过这张床,我明白了许多人生道理。比如,孤独和痛苦都是身体的组成部分,是无法割掉的,更不能归咎于床过于宽大;世界之大,有时候莫过于一张床;无论床多宽大,也只是睡在方寸之间……道理弄明白了,人生便过得很豁达、惬意"。因而,表面上的一张大床,实则不断创生出那些难以言明的、无处安放的情绪及情感,并且试图探索种种未知的与未竟的可能,叙事者试图以此分梳现实与历史、人心与人性中的繁杂无序,这是言说中难以描述和尽述的部分,但是在小说里得到不同层面的触及,有时候一个人物一处线索、一种语言一类腔调,往往能将外部的众声喧哗投置于某种伦理序列之中,这是纷繁复杂的现实历史得以清晰显现而不至于昏昧不明的一种有效方式,但同时也意味着小说本身所承担着的细节雕琢和叙事精准的重要性。回到《一张过于宽大的床》，直至故事最后，年迈的"我"与梦中情人唐小蝶结合，为了情感的心声而达成彼此的妥协，"我"把父亲的那一张大床换掉，卖给了一个北京来的有涵养的家具收藏家，买了一张无所适从的新床。然而，那张象征着"我"的人生安稳和灵魂安放的旧床，再也找不回来了。一边是情感和现实的困境不得不去处置那个旧有的难以承载意义和精神的所在，另一边却是追忆和重返的必要性与种种不可能性。

这在《闪电击中自由女神》中同样体现得尤为明显。小说里，极具冒险精神的潘京作为一个摄影爱好者，像追拍飓风、巨浪和流星一样，抓拍到闪电击中自由女神是何等快意和自豪的事情。他曾经对雷电怕得要死，因为幼时闪电曾吞噬/收走了他的父亲，但是禁忌本身往往指向图腾所在，如今的潘京却在疯狂地追拍世界各地的闪电，因为他构想闪电将在美国归还他的父亲。与此同时，"我"是南方某报的深度调查记者，被报社派往竖城暗中调查非法排污的证据，于是深入最有嫌疑的竖城中兴化工厂，厂长阙崇才是我家的仇人，可以趁此机会公私合计。从某种意义上来说，闪电所喻示的那一种审判的力量，甚至具有一种古典主义的色彩，其中关于道德、伦理、法律考量，使得闪电具有一种纵深的内涵。闪电甚至具有一种大义凛然的气质，映射和表达着一种主体内在的秉性和特质。譬如我作为调查记者，"生命的体验、对正义的坚守和对自由的渴望比学历、才华都重要"。也因此，闪电形成了某些形而上学的概念，深邃、迷幻、迅猛、决绝，"闪电是宇宙的灵魂"。拍摄闪电也成为摄影记者的精神出口。但更别忘了，闪电背后是暗夜，小说以此更显露出人性背后幽深的积重难返的黑暗。令我震惊却又仿佛早有预见，我最后在阙崇才家中见到了我的母亲，她

第三节 南方的世界与世界的南方

成为了他的"另一个老婆",某种程度而言,她也参与了对我父亲的陷害。闪电到底是露出了它邪恶的一面,充满了摧毁的本性,亮出狰狞的面孔,"像一把利剑劈向黑茫茫的大地",揭开历史与生活的真相。然而也要指出,小说似乎写得太满了,过于追求戏剧性与人性之幽暗的背后,也许会像"闪电"劈下之后,指向更深的黑夜。

另一个短篇小说《卢旺达女诗人》依旧是写援非医生,但与《萨赫勒荒原》和《索马里骆驼》有所不同,这次朱山坡写的是一个饶有兴味的情感故事。玛尼娜来自非洲卢旺达,是"我"在援非时期的工作伙伴。在一次死里逃生的经历中,"我"和玛尼娜的感情迅速升温。然而在玛尼娜的炽烈与"我"的冷淡/冷静之间,埋下了巨大的鸿沟,两人最后也分道扬镳,玛尼娜再次远离,回到卢旺达。在玛尼娜那里,爱情如诗歌一样近乎超越了一切,却最终还是败给了世俗的情感,但是在玛尼娜身上不仅显露着女性的执着,更显现一种诗性之光,这无疑又穿透了情感本身的褊狭。

与那位卢旺达的女诗人玛尼娜一样充满理想主义色彩的,还有小说《夜泳失踪者》里面的樊湘。樊湘为了保护崇仁阁与市长据理力争,从而导致自己工作调动之事搁浅,被打入"冷宫"。但他矢志不渝地专注于自己的事业,他关心的,不是所谓的市长、馆长,而是自己修补了多少文物,还有多少没有修补。他的心迹并非世俗的而是超拔的,以至最后潜入惠江夜泳,追随谢布衣而去。就连樊湘的清白与否,小说都没有明确交代。也许,小说本身就是制造悬案的,而不是为了破案。这样的断裂/悬置本身,揭示的并不是现实的解决方案和法则规约,而是主体内部的精神逻辑,是穿透世俗世界与普通现实的新的灵魂叙事。

在小说《野猫不可能彻夜喊叫》中,"我的朝南大阳台确实是晒东西的理想之地。我一个人生活,没多少衣物可晒,也不侍弄花卉盆景,因而几乎用不着大阳台,它空荡荡的,甚至可以容得下几个大妈跳舞",相应地,"我"因为一个人住,房子也显得过大了。在这个小说里,也有一个"过于宽大"的阳台,再联想到他所写的过于宽大的床、四处游荡的午夜之椅,我意识到对于朱山坡来说,他的小说寻觅的是一种需要去安置的精神,并且探询不得不去换喻的现实存在,如"一个好阳台堪比一个好男人",这就意味着他不得不去舍弃现存的境况和现有的价值,去另辟蹊径或另起炉灶。然而现实又有多少可以腾挪、变换的空间呢?因此,在朱山坡的小说里更多体现的是一种精神的困惑和意义的逼仄。小说里闫小曼先是晒被子,然后是晒盆景,以及建议晒"我"画的竹子、"我"的假发等,最后她到"我"的阳台晒她自己。直至最后得知闫小曼其实是得了重度抑郁症,精神处境/困境只有在日常的无力中才显现得更加明晰,也透露着更为沉重的主体时刻。

前面提到了《午夜之椅》,这个小说也很有意思。"午夜之椅"作为凡俗之物,自然可以放置在世间很多地方,但是在小说里见证了人心变幻和世间沉浮。寻常不过的物与情,有时竟然难以安置于一个人的家中或一个主体的内里,难以消解生活的焦灼与痛楚,"我不卖那张沙发椅子,也不能作为赠品。那张沙发椅子的产权必须永远是我的。这是作为一个画者最后的尊严"。艺术的尊严依赖于坚守,"你不要跟人间烟火味靠得太近,会被熏死的"。凡人难以免俗,远离烟火又谈何容易。小说讲述的是个体情感的无法安放,"很明显,这个我称为家的地方只是我暂时寄宿的地方,除了我的衣服、画笔、所剩不多的颜料,只有一件东西属于我,那就是一张灰色单人沙发椅子",所谓之"安放"是意义的锚定,源于人的辨知及其后的笃信,人世纷繁,泥沙俱下,到底需要沉下去、沉得住的内里,安身立命也好,至少甘愿为此付诸心力,于是生命不至于浮沉无定。

朱山坡的小说是一种硬核虚构,意思是,他懂得如何真正在结构上思考一种整体性的小说意图,并以此析解那些意义生成的瞬间,于是,在他的小说尤其是短篇小说,想象力时刻在运转,但同时又不是蹈虚的空转,而是寻找更深层的悲剧的命途、救赎的方式,循此指向世界的广度以及形而上的价值维度。

第四节 海洋文学中的空间想象与地域理念

一

似乎不需要讨论的是,海洋文学在中国文学的版图上并不占据主流位置,甚至是被压抑、遮蔽并被边缘化的写作题材。当然这其中有非常复杂的内外缘由,这里说来话长,就先按下不表。值得注意的是,当下的海洋写作不断涌现新的作品,也附带着牵引出新的历史课题。应当注意到,当代海洋文学的出现及重估,并不是一种偶然现象,世界局势的紧张尤其是局部冲突以至战争频仍,后疫情时代的精神趋向等因素,都对情感的重新连接,对于更大程度的开放的渴求,以及对空间叙事的新的走向与想象,以此探询文化之间的重新融通等,提出了新的问题。

基于这样的情形,我们之所以又一次回到地方,与以往的任何时候都有所不同。一方面因为地方性含有很多被我们遮蔽和忽略的文化蕴藏,尤其是其中的风俗景观、方言俚语、精神传承以及价值认同,在新的历史境况中渗透非同以往的意义,又或说那些镶嵌于地方的种种元素,要么出于内在的质地产生突变,要么源自外部的刺激不断加深,两者互为表里,重新诠释与定义了当代中国以至世界的"地方性";另一方面则是因为"地方"是我们所熟悉的空间,我们可以切身把握的现实/历史,也即当诸多宏大的总体性的理念不复存在,或者是说它面临失效和重建的时候,我们需要依赖/依托这样的经验/体验,循此去掌握空间的秘密与地域的诗学,以重新获得精神的安稳与主动,并沿此求索和延展,最终自然还是要重新走向开放,重新走向新的联结和熔铸。

二

王德威的《写在南方之南:潮汐、板块、走廊、风土》是新南方写作概念延展中的全新理论建构,特别是拓宽了此一地方性文学的视阈和外延。他站在世界文学以及文学地理学的高度,重组一种"新"的南方文学景象。潮汐、板块、走廊、风土,其背后是从"南方"不断推衍出来的新的文化命题/难题,这是需要重新观照和重新理解的"南方",那里庞杂、繁复、神秘、开放,充满着未知的色彩与未竟的变革。"逾越的征候来自律法的压力和反抗,我们必须检视两者的联动关系。律法的有效性因为对逾越者的指认和监控得以确认。而法网最绵密处,逾越的发生和判定甚至让当事者都始料未及。穿越则在既有的物理界限之上,提供了'复魅'和'赋形'的可能。那是幽灵的重返,也是叙事和创世的又一次开始。"而且不同的地域链接与联结，意味着文学的想象牵引与文化的全新勾连，更重要的，这样的"南方"是想象世界的新的方式。特别是其中提到了海洋文学的问题："新南方写作引人瞩目的地理特征首推海洋。相对北方土地，闽粤桂琼面向大海，自然激发出波澜壮阔的想象；海洋的深邃与广袤，还有航行指向的冒险与未知，在在萦绕写作者心中。如曾攀指出，不论是陈春成的《夜晚的潜水艇》深海梦游，或林森的《海里岸上》的现实体会，都以海洋的神秘与疏离为底色。陈继明《平安批》写一代华人下南洋的原乡情怀；黄锦树《开往中国的慢船》则反其道沉思原乡人的离散与迷惘。最近颇受瞩目的林棹《潮汐图》以十九世纪的巨蛙传奇为主轴，展开海上周游与水底奇遇，从珠江三角洲写到大英帝国，的确让我们见识作家无远弗届的奇思妙想。这与主流的写实现实主义传统已经不可以道里计。"这是一个不同于传统中国甚至是近现代以来的中国文学的新的探索，当代海洋文学写作挑战着传统的现实主义的诸多向度。

作为兼具大陆型与海洋型的国家，中国关于海洋叙事的脉络并没有引起足够重视，这在一定程度上当然出于文学本身的原因，海洋文学在文学史的若干时刻并没有能够真正流光溢彩，一方面出于乡土文学正统的压抑，也使得海洋文学自身传统脉络隐匿甚至断裂，造成了表面上的先天不足；另一方面则是传统的海洋书写往往仅作为陆地写作的简单延伸，奇观化与乡愁式的书写还是多有存在。关于海洋写作，事实上有广义和狭义的区分，王德威、高嘉谦编的《南洋读本：文学、海洋、岛屿》，将广义上的海洋文学做了定义，分为半岛、岛屿、海峡、海洋四个部分，非常清晰地分梳了海洋写作的若干维度；而狭义的海洋文学，则需以海洋为背景，以航海及其主体为表现对象。实际上，海洋恰恰意味着新的连接方式与整合方式。比如说粤港澳大湾区,作为大西洋和太平洋的开放门户的海南国际旅游岛/贸易岛,如海峡两岸、东南沿海、北部湾等,海洋已然成为地方性叙事的一种新的延伸。这个延伸我们以往没有注意到,或者是没有足够重视,现在重新提出来,其实意义很大,特别是后全球化叠加后疫情时代,如何重拾价值的衍化与延伸,寻求不同维度的开放与更深程度的自由,追索情感的归属与新境,已然迫在眉睫。

这就是为什么现在要提出海洋文学,重新想象地方尤其这里重点谈及的"南方",以之作为重新想象中国乃至世界的重要媒介。不得不说当代海洋文学的兴起,意味着新的契机的出现,包括此前讨论的世界范围内的文化缘由,地缘政治的探索与求索,催生了新的理论视阈如新南方写作、新南洋文学、新海洋文学等;同时当下新的文本如林棹的《潮汐图》、陈继明的《平安批》、陈春成的《夜晚的潜水艇》、孔见的《海南岛传》《水的滋味》、林森的《唯水年轻》《海里岸上》、小昌的《白的海》、孙频的"海边三部曲"(《海边魔术师》《海鸥骑士》《落日珊瑚》)、杨映川的《独弦出海》、李师江的《黄金海岸》、"闽东诗群"的海洋书写,包括中国台湾的夏曼·蓝波安等作家的海洋叙事,以及东南亚文学中诸如黄锦树的小说等,这些作品的出现也带出新的问题,特别是如何借"海洋"想象并重建当代中国与世界的文化图景,撬动当代中国乃至世界的文学版图。

三

在这种情况下,还有问题不容忽视,那就是什么是好的当代海洋文学?以及我们需要什么样的海洋文学?在我看来,一是能够重启地方、国家与世界想象。如黄锦树《开往中国的慢船》《迟到的青年》《死在南方》,复魅海峡、海洋以及新的南方,在黄锦树那里,半岛、岛屿、海峡、海洋等诸多元素得以融汇并传递到海洋之主体中去,"地方"可以远赴世界,也可直抵灵魂;孔见、林森、庞白的诗歌、小说作品,以及小昌的《白的海》等则想象出了一个奇崛而异质的南中国海,重新发现海洋、发现历史,在恐惧与追逐、禁忌与图腾中重觅生命的意义;林棹的《潮汐图》以蛙之眼重新观看世界,巨蛙从广州到澳门再到英国,经历了生命的、战争的、宗教的多重洗礼,以此反思劫后余生的人类未来;李师江的《黄金海岸》将小人物的命运嫁接到大历史,那一片弥足珍贵的"黄金海岸"既可以让人富裕起来,让人发展起来,同时也可以让人膨胀起来,最后人物都走向了他们自己的悲剧,个体的小历史如何真正融入时代的大历史,是这部小说给予我们的一个很深刻的启示。二是文化重塑与价值探寻。如陈继明的《平安批》传递出传统中国不断延伸出来的文化价值观,郑梦梅身上的孝悌、忠义以及舍生取义、舍我其谁的家国情怀,不断树立在"下南洋"的百年历史中的一个庞大的个体/群体,那是革命性的想象,也是地方性的开拓;孙频的《海鸥骑士》则从父辈的旧传统推及自我的世界,借助海洋重塑新的主体,小说从间接经验过渡到直接经验,"我"追随父亲直接参与到海洋的生活/历险之中,寻找父辈,也是在寻找一种海洋的传统与灵魂的意志;杨映川的《独弦出海》将学成归来的南方"新人"身上的治理方略铺展开来,海滨青年矢志建设家乡,投身于海滨城市/半岛区域的新创之中。三是具备足够的前瞻性与回应多维度的对话。海洋既是链接的新形态,同时也显露出多元竞争/角力/对话的地方博弈,"开放"意味着联结的同时也构筑了新的场域,不同的地方、不同的地域联合,以及差异化的地缘政治/经济/文化的外部充满着协商,而其内部不断面临新的变革。四是跨学科与跨领域的尝试,以及跨区域与跨文化的表达,如夏曼·蓝波安的《大海浮梦》,台湾达悟族与四川羌族在海上相遇,怀抱各自的信仰,奔赴各自的前路,但是他们在交汇的时刻,又显得惺惺相惜,在浩瀚的星空下,在博大的海洋中,他们那种文化的认同仿佛天涯若比邻,在苍茫、辽阔的海上紧密相连,构成某种命运的共同体。与此同时,海洋文学本身还包裹着生物学、植物学、海洋学等不同学科领域的融合与分化,如何重新理解一个海洋、一种海洋,将是新的地方写作路径不可回避的难题。

也要指出的是,这样的对于世界的认知以及由此形塑的新的地方性理念,透露出对海洋文学新的期许。当代海洋文学的写作都有一个大的主题,那就是重新发现和认知大海。现在已然有不少作品创作出来了,但还远远不够,作品中可以改进的地方也还有很多。尤其是海洋书写过于迷恋风物,陷于风俗,叙述拖沓冗长,流于琐屑等不足还是屡见不鲜,其到底是要讲究叙事的推进、分化、涌动、再生,也可从中构筑史诗的宏阔。海洋文学所包孕的地方的整合、文化的碰撞,都是我们以往的地方性叙事所没有或者是所欠缺的内容,如果以海洋为媒介创造新的意义和可能,便意味着它必须孕育出符合当代性并能够解决我们内在的精神和文化的困境/困扰的价值属性。海洋文学需要形成这样的精神的装置,以试探种种可行性与不可行性,并回应生活的愿景和文化的途径,回应我们所匮乏的,以及我们所不可理解的,甚至对于种种不可能性与不可想象性的答复。

后全球化时代的困境在于以前的自由畅达、流动流通,一度封闭了之后,事实上并不能在一下子完全打开,其打开的过程,重新流通的过程,注定了是一个非常缓慢而曲折的过程,甚至有些通道和路径,封闭了以后就不可能再打开了。所以,我们面临非常多的通道和路径的重新勾连,这不仅仅是世界性的问题,也是我们地方甚至是我们内在的情感和精神的问题,是当代中国乃是世界的文化课题。在这种情况下,海洋作为当代中国地方叙事的全新延伸,创生了一个异质性空间,同时也可以说包孕着新的地域整合与地缘想象,那里当然不乏作为文化场域与竞争抢滩的多种可能,也可以熔铸新的家国想象和世界书写,因而我更倾向于将海洋文学视作一种意义装置,其催生了不同于既往的地理意识与空间想象,并且创制出新的主体经验和未来维度。

四

林森的《海里岸上》(《人民文学》2018 年第 9 期)、《唯水年轻》(《人民文学》2021 年第 10 期)这两个中篇小说是他近年的代表作品。据作者所言,《海里岸上》和《唯水年轻》是他的一个写作系列,今后也许还有新的延伸。就写作的角度而言,这"不仅仅是新的素材、新的题材,它同时也需要找到与之贴合的结构","《海里岸上》呈现了两个空间,于是'海里'和'岸上'两个叙事场所,便交错进行,呈现一种潮汐涌起又退下的模样;《唯水年轻》想写人在如水的时间中的变与不变,想写被时间之流所塑造的心灵与意志,在结构上,也就有了不断逆时间往前追溯的样式——从当下,远溯到那场造成小说叙事场景的万历三十三年的大地震"[1],这里我想说的是,好的地方性写作并不局限于一

---

[1] 林森:《如斯水》,《小说选刊》2021 年第 11 期。

种地域的风物、风貌、风情,更在于风气、风尚,及其表达的风格,也即在新南方写作之中,"写作"是重中之重,冉丰富立体的地方呈现,最终需要付诸文本的结构形态以及修辞伦理,否则便只是地方志书写与旅游指南。

值得注意的是,林森基于海洋的书写并没有陷入奇观化的窠臼或导游式的庸俗,也并非仅仅局限在细枝末节的生活俗常和热带风情的简单描摹。"涉及地方性的书写,最容易带来的,是进行奇风异俗的展示,沦为被观看的'他者';可我们要意识到,文学之所以是文学,就在于它能提供某种能与他人交流、引起共情的价值。从这个角度来说,写作者最不应该提供的,便是'猎奇式的展示'。"[1]去奇观化的写作并不排斥海洋的景观和观察,在林森那里,海里与岸上往往产生着深刻的互文,年轻的与年迈乃至逝去的人们则是彼此映衬,故而,小说里的大海是对象,也是镜像,映射出更为深刻的生理与心理、死亡与存在、他者与自我、历史与当下等的多重对照,此外还在叙事结构的交错熔铸中,凝而聚为一种方兴未艾的磅礴气象,也因此海洋叙事构成了海南地方性书写的重要路径,并在新南方写作的脉络中脱化成型。

五

具体来看,《海里岸上》写卸甲归田的一代船长老苏,只身生活在海南岛上的一个小镇,那里曾经凋敝、陈旧,但如今高楼林立,游客如织,"显示出某种迸发、昂扬的新面貌",有意思的是,南方之"新"一开

---

[1] 林森:《蓬勃的陌生》,《南方文坛》2021年第3期。

始便已隐约透露出来,然而故事展开了必要的曲折。老苏兀自生活,需要为被超大台风刮倒的木麻黄树操心操劳,但他并未完全沉溺于常俗,常常跳出其间,如不断打造自己记忆中的那艘船。老苏所生活的海南岛上的这个渔港,"多少年来,一代代'做海'的人从这里扬帆航向广袤的南中国海"。但他步履匆忙,无暇他顾,也与出海的氛围格格不入,"他已经很久没有机会到海上去了"。可以说,以老苏为中心的生活与记忆形成了小说的双重结构,其由海里和岸上的两条线索交织牵引,一边是老苏的现实日常,一边是他的经验历史,由是凝结出一种完整的生命历程。

  海洋曾经是老苏的光荣和梦想,"一九五〇年之后,老苏刚刚上船不久,那时基本不去南沙,而随着船在西沙和中沙捕捞作业。二十多年以后,响应国家战略的需要,他踏上了前往南沙的征途"。那些年里,捕捞不仅仅是捕捞,也是凭着一股中国人的热血,在自己的海域巡游,他们在事先准备好的木牌上写下大红油漆文字:"中国领土不可侵犯。"但随之而来的意外,成了他的阴影和噩梦。老苏的一次掌舵出海改变了他对海洋乃至对生命的观念,那次曾椰子潜下海前喝了酒,结果失去了往日的警惕,在水下遭遇不测,血管爆裂,鲜血渗出,最终升上来之后献出了年轻的生命,"曾椰子只死了一回,而老苏则在梦中,一次次这么死去,又活过来"。不难看出,老苏与海搏斗半生,见证了海里种种的悲欢离合、死生沉浮,无论是他麾下的曾椰子命丧海里,还是后来的大吨位渔船在台风中倾覆导致船上渔民葬身鲨鱼腹中。他在生活寻常中看似悠闲自在,实则背负着海里岸上的一场场风暴,就连老友阿黄,最后也在医院查出了肺癌,"可能是当年海上捕捞,长期在水中憋气,对肺部造成了很大的损伤,应该是老毛病了,不过是到了现在,才集中爆发了"。这几乎是一代渔民与"做海"人的生命历程、情感结构和文化认同,也是指向他们精神归处的意义风帆与价值之锚。

再者则是小说中提及的两性因海洋而分隔,导致欲望的悬置和情感的架空,那里充斥着残酷的日常,但也往往现出温情的维系。譬如老苏回家之后,会跟自己的女人讲述海上的遭遇,激起"阵阵的惊叹与尖叫";与此同时,女人则谈起岸上的种种际遇,"老苏知道,在岸上的女人,并不比出船更轻松"。最终,随着老苏"手发抖",以及老伴的离世,他不再出海,然而也无人继承他曾经的事业,只能被迫把渔船出售,海鲜店的老板却将其改造成了移动餐厅,这令老苏追悔莫及。可以见出,小说奏响的是南海一代船长/渔民的挽歌与悲歌,但关键在于他们的精神底色并没有褪去。尽管老苏已无法再出海,但他最后主持祭海仪式,可以说重新询唤出了他的英雄主义及其身上流露的文化传统,且得以循此昭示并激扬后之来者。

不得不说,小说尽管流露更多的是对大海的热爱,但其中对海也充溢着复杂的情感。老苏在南海也曾经乘风破浪,但深感后继无人,"想到祖先多少代人以海为田,儿子这辈却远离了,老苏还是涌起一阵阵怅然。父亲从祖父那里接过《更路经》和罗盘,后来传给自己,自己要递出时,眼前空荡,没人接手"。不仅这样,大儿子还到海里捞砗磲贝倒卖,砗磲是海里的灵物,后来被禁绝销售,他们陷入财务危机。老苏试图从侧面帮助儿子解围,实际上对其早已深怀不满。但当儿子提出一起吃点马鲛鱼,又引起了极为生活化的一面,"海里的东西他吃了多少年,马鲛鱼是永远吃不腻的,那种鲜味,能掩盖所有的烦恼,从舌尖溢散全身,瞬间把人包括在风平浪静的海水里。老苏有时候也会想,出海那么危险,一代代人把命丢在水里,却还要去,其实和这水中之物的味道关系极大,当舌尖触到一块煎得略微焦黄的马鲛鱼,所有海上的历险,都那么值得"。然而,小说最后,老苏还是献出了他的《更路经》和罗盘;老友阿黄在患病后出走,不知所踪。老苏唯有遵从阿黄遗愿主持祭海仪式,祝福所有开渔出海的船只顺风顺水。

六

《唯水年轻》中,自小生活在海边的"我"是一名水下摄影师,经常辗转于各处的大海,浸泡各式的海水,但下海又是"我"的家族难以抹除的苦难,"我的曾祖父和祖父都曾消失于茫茫大海,曾祖母不让父亲下海,父亲则不让我下海——出海成了我们家的禁忌"。然而,这样的禁忌也是图腾。一日,我正在潜海,忽然听闻曾祖母去世,于是匆忙赶回家乡,"人们总会在葬礼时,埋件什么水里的东西才安心。这事,当然由家里的男丁负责",于是我的潜水技能得到了发挥的余地。小说里说到一个细节特别有意味,我潜入海中,海水"围绕在我身边的结界",这使得我"彻底安静下来了,好像这是独属于我的空间,给了我莫大的安全感",就犹如"婴儿在母体",大海对她的子民既是保护,也是一种孕育。

对于一名水下摄影师来说,拍摄是一种纪念,对于文化留存来说,自然意味着抢救和发掘。我潜海摄影,更代表着另一种想象的方式,"我在水下拍摄,镜头和眼睛多是对着珊瑚礁、游鱼和水草,那些活物里,藏着大多数人对海底的想象"。但更多的,是付诸于视觉,"我"在水中摸索、观察、寻觅,最后,"我呆呆地看着拿上来的那块东西,不知道合不合适陪曾祖母下葬——那是一块石杵"。而于父亲而言,他对海的恐惧与"我"对海的向往之间,形成了鲜明的对照,我更愿意以"新人"的形象塑造的角度进行辨析。长寿的曾祖母则是文化传统的象征,她对"我"的认可和支持是最大的,这仿佛又形构了一重隐喻,似乎越是真正的传统,便越支持和催生现代。"船在港口靠岸后,从渔船归来的年轻人相互簇拥着,犹如过节。船上狭窄的空间,限定了他们的步履,虽然他们可以在海水中划游,但那种摇晃与动荡,总是没那么踏实安稳,他们要回到岸上之后,才把憋在身体里的一切发泄出来。"缘海而生、而长的年轻人,在水里获得全新的体验与生命,很多人以海为生,以海为趣,大海意味着生活的保障、精神的依托,也是他们代代守护的生存方式和文化传统。

不仅如此,通过小说可以得知,"年轻"的不只是以"我"为代表的青年乃至海滨的人们,还有海里的物种如飞鱼,它们在大海纵横驰骋,毫无顾忌,它们有自己的生活,也形成了自然的生态链条。小说里,飞鱼的猛然一撞,使得歪歪扭扭的牌坊上,掉下不可名状的覆盖物,上面写着"海不扬波",这是先民曾经的遗存生活印记,也是人们面向大海的祈愿和祷告。"我"即便不止一次地在海底置身险境,甚至面对家族的诅咒附身,曾祖父和祖父不知所踪,也许为大海所吞没,又或许如曾祖父谜一般的一去不返,留下一封书信,却语焉不详难以追溯,唯留曾祖母一人独守数十年,还包括父亲的恐惧和怯懦,这些都无法撼动大海的诱惑。小说由此徐徐描述了一个在海洋中激荡的家族谱系,甚至不乏跌宕曲折的传奇色彩,先辈们在海中驰骋,不知是被别国的士兵还是神出鬼没的海盗所袭击,在海上,船员感染可怕的疫病,尽管在海里出生入死,但古老的大海一直装载着他们的生活与理想,即便这个过程也会给他们带来噩运乃至死亡。

作家东西在《南方"新"起来了》中提到"新南方"的区域定位为"正南方",也即"海南、广西、广东、香港和澳门"等地,"一是因为这个区域的年轻作家确实活跃,二是受国家粤港澳大湾区建设的感召",在这个新的时代语境中,"'南方写作'也迎来了一次'新'的机会"[1]。这里,海南则要建设世界级的自由贸易港,这个层面在小说中亦有所反映:"海南宣布建设自由贸易区之后,他们公司也在加快布局、探索,在我们家附近的那片龙宫推出潜水游,便是其策划的一个新项目。"南方之"新"并不是高悬的形而上存在,而是一种生活物象和生命景象,如大海的因子融入所有滨海人家的日常一般,"新南方"也将成为主体自内生长的血液般的存在。

小说自然写出海的辽阔与水的年轻,但同样走向人性的与生命的纵深,"对我来说,小时候的每一次扫墓,都是一场心惊肉跳。我知道祖父、曾祖父的墓穴都空荡荡,可那隆起的土堆,有着消灭一切的力量,我想不明白,活生生的喜怒哀乐,凭什么全部掩埋于这些土?凭什么归于无?凭什么一丛又一丛坟上杂草这么繁茂于风霜?这两个无法被陆地捆绑的男人,消失在我们看不到的地方,那好,既然看不到,凭什么说他们死了呢?难道不是他们厌倦了这海边村子的小,于是出海远征,在我们看不到的地方开枝散叶"?事实上无论命运几何,以曾祖父和祖父为代表的人们早就将海洋作为归宿,因而也最终通过海水的名义和海洋的象喻留存下来。包括村里人对死者的敬而远之以及冥寿之后的热情祝福,表示了人们对于生死的恐惧与敬畏,这是热带南方的乡俗民风,也是人性心理的现实反馈。

---

[1] 东西:《南方"新"起来了》,《南方文坛》2021年第3期。

第四节 海洋文学中的空间想象与地域理念

与此同时,小说的另一条线是水下龙宫,龙宫的形成,是因为早前的一次大地震,海边的村子全部沉入水中所致,"那次地震在明朝,至今已不止四百年了。那回地震太大,海南岛伤亡惨重,沿着海边数过去,有七十多个存在,全变了海底村庄",在小说所讲述的故事里,那是我的拍摄任务之一。"不管设备多重,一入水,我就活了过来。我是独行侠,觉得入水是一个人的事,那种被海水包裹、独自游荡的自在。"入海与拍海,是个人的意趣,也是海的诱惑及精神的寄托。值得注意的是,这里的龙宫与《海里岸上》老苏在海里恍惚望见的"海底宫殿"形成了互文,"他们明明知道后果会怎样,可海水更深处",龙宫也好,宫殿也罢,都是一种喻象,在现实与幻象之间凸显对海洋的无尽向往,那里深邃而斑斓,丰富且驳杂;那里既埋藏/埋葬着种种过往的历史,同时又召唤着当下以至未来的航程;那里充满不可回避的危机和险境,却始终吸引着海里岸上的人们趋之若鹜,践行内心的渴望。"对我来说,这样的潜水摄影,已经不是谋生的工作,而是修养身心的方式。陆地上的声音都被隔绝了,没有了人影,这是我的世界。"漫长的海底世界与悠远的家族历史纵横交错,因明朝万历年间的大地震沉入海底的村庄建筑,与"村庄太大、太长,没完没了"彼此映照,历史与现实纵横参差,梦境和心理打结缠绕。不得不说,《唯水年轻》写出了一段家族史与心灵史,但与众不同的是,他们的界域是海洋,底色是年轻,这便是新南方写作的意义所在,历史的讲述总是指向现下的境遇和未知的探索。"新南方"的"新人",始终不丢却探索的欲望,他们试图涵纳并转化历史,甚至意欲化解包袱和因袭,就像小说里"我"的父亲,曾经如此恐惧大海,但最终还是试图超克家族的魔咒和灵魂的恐惧,冲破自己对于海水的抗拒,学习潜水,下海看看龙宫,那是他的心愿,也是心结。

潜入未明的命运,奔向未知的境地。除了下海,父亲还问及如何办护照,想要到东南亚去寻找自己的父亲。可见,以生命的行迹打破地域的局限,这是小说内在的叙事旨归,也是大海之浩瀚与博大的表征。

小说颇有意味的是最后一段"唯水年轻"摄影展前言:"当我潜入水中,看到海底建筑,便觉得,这片海,确实老了;可荡漾的水纹天光,又那么年轻。这一次展览中,除了海底村庄的照片,还有一些岸上的,彼此夹击,共抗时光。摄影者也颇怀私心地放入与曾祖母、曾祖父、祖父、父亲相关的一些照片;尤其是曾祖母,她坚硬地撑住数十年时光之潮的冲刷,她并未苍老,她如水——唯水年轻。"值得一提的是,这是关于摄影的前言,也切题小说的主旨,年轻固然指向不老与不死,也是一种精神状态的征象,是文化精神的重要延伸,如果联系新南方写作,这里的"年轻"更意味着南方的复魅与新生,是在南方新的场域中构筑新的语法,在不断更新和创生的地域性修辞里重铸生命的初心和本真。

七

《海里岸上》结尾有一幕,在得知阿黄拖着绝症病躯出走之后,老苏独自一人来到海边,似是祈祷,又是祭奠。"永远有波浪不断涌上,又立即退去。"同样的,"在《唯水年轻》中,不断老去、逝去的生命,在永远年轻的'波光水纹'面前,难免脆弱,可写作者所想做的,不就是在这样的脆弱中,抓住某一瞬间以寻求生命之意义吗"[1],大海的包容、深沉、怒吼与低吟,可以抹煞一切,也能留存所有,往往以某种超越性存

---

[1] 林森:《如斯水》,《小说选刊》2021年第11期。

在,如蒋述卓所言:"更为重要的,应该是新南方写作的超越性,它不能仅仅局限于地理、植物、食物、风俗与语言,而应该是在一种多元文化形态环境中所形成的观察世界的视角与表达方式,代表着面向世界,面向未来的无穷探索。"[1]潮起潮落,推陈而出新,大海涌动着历史与岁月的印记,折射出精神的跌宕及守持。在海岸线之上,一个全新的"南方"正缓缓浮现,寄身于斯的"写作"呈示了纷纷扰扰中海里岸上的生命求索,亦是沉沉浮浮里唯水年轻的全新世界。

---

[1] 蒋述卓:《南方意象、倾偈与生命之极的抵达——评林白的〈北流〉兼论新南方写作》,《南方文坛》2022年第2期。

第五节　历史的书写与诗学的超越

一

　　林白小说时常在多重维度上与现当代中国文学史进行对话,无论是性别议题,还是地域书写及家族历史,又或者是心理、情感、精神等诸多命题,都呈现出女性作家在面对文学历史演变时敏锐而壮阔的气象。长篇小说《北流》即从二十世纪以来的中国文学母题"作家返乡"开始写起,聚合宏大历史与个人成长史,通过回忆、追述等纵深性的描述,显露小说所内蕴的回忆录和自传性的文体特征,以丰富的细节和真实感触勾勒彼一时代特有的历史多元性。

　　小说里,跃豆、米豆姐弟俩在山上劳作,小说标记:"这一年是清晰

第五节 历史的书写与诗学的超越

的刻痕,防空洞、山岭、翻起的新泥、鸡丁锄、山上的战壕、防空演习、啸叫的警报、珍宝岛……深挖洞,广积粮,不称霸。"而精神病院的病人奉命挖防空洞,嬉笑怒骂,则是极尽讽刺之能事,就此展开了对历史的反思。李稻基年轻时上过桂林的宪兵学校,"我"便想到桂林求证此事,"特意请教了一位专门研究宪兵历史的人士,回复说桂林并无宪兵学校"。这个细节展示了叙述者对历史真实性的追求,同时也暗示着一些历史事件可能存在误解或遗漏。"我"作为一个"稳妥"的叙述者/讲述者,"泽红父亲王典运亲手交给我一份他的自传",上面翔实地记着中国历史:抗日战争时期,有广西学生军到中心校教唱抗日歌曲,组织指导演出话剧。"'文化大革命'开始后,教育科拉我回去批斗",不仅如此,"我"原原本本地呈现他们的行迹,"忠于"历史、"忠于"故事的众多主体。可以说,《北流》小说以翔实的描写和回溯式的扩展,使得所叙之事、之人、之物更为饱满丰富,更准确地呈现中国历史细节和人物真实面貌。

在这其中,女性的成长史往往伴随着阅读史、生活史和情感史,而且伴随着强烈时代印记的文艺参与感,小说提及罗明艳家的藏书,歌剧《白毛女》《红色娘子军》,以及电影《铁道游击队》《地道战》《地雷战》等。这些仿佛是无地域差别与性别差异的前史,事实上她们携带着来自历史的讯息,四处寻觅新的安身立命又或姑且存活的资本。又如读《尤瑟纳尔研究》《红楼梦》等,女性在历史和革命暗流中经受心理的奔流和沉滞,心性与意志也于焉得以不断淬炼。"我"起念写《须昭回忆录》,"探寻这段还不算太遥远却又与当代有各种牵绊的历史,那些在复杂迷离令人纠缠不清中又困难又无畏的女性总让我饶有兴致"。不仅如此,《北流》写的是家族的四代女性:远素姨婆、远照、李跃豆、梁北妮等,贯穿整个二十世纪的百年中国,尽管远素姨婆是远照的三姐,年逾百岁已超其一辈。但从她在我们面前唱抗日时期的《抗敌歌》,到远照的《白毛女》,再到李跃豆的《问题出现我再告诉大家》,梁北妮的《身骑白马》,四代女性四首歌窥视出中国发展的斑驳历史、生活的宏大图景以及心理流变。李跃豆、泽鲜、泽红虽为同代但有着不同的体悟。李跃豆与汪策宁结婚、离婚,抛掷贞洁、赤诚,与霍先保持单方面的猎奇而自虐,孤独又奇诡的"私奔"。泽红"身体里那朵爱情的蘑菇长得飞快,茁壮、浑圆",爱驱使她放弃全广西最好医院的骨科护士职业,放弃南宁户口,与家人闹翻,同有家室之人私奔。她"英雄史诗"般的爱恋在"那个"去世后变得难以抒写。泽红的私奔既浪漫又存在致命的危险。与之相比,泽鲜的私奔是另一种彻底的无畏和传奇,她与爱人放弃了工作,离开社会,进入主流外的生活,而灵魂伴侣式的关系使得私奔变得飘虚。劳伦斯在《意大利的黄昏》中记录27岁的他与32岁的弗里达背起酒精炉,翻越阿尔卑斯山徒步私奔,自在从容,相比之下,二十世纪八十年代,李跃豆、泽红、泽鲜三者的"私奔"有违大流,迷惘又张狂。

不得不提的是,乡土记忆与个体情感史对于林白/李跃豆来说,既是自"我"的遗产,也精神的债务。回到故乡圭宁,表哥罗世饶拿出与程满晴的四十一封书信,这些信件无疑是罗世饶试图形构的纯之又纯,近乎虚妄的爱情传奇载体。"我"觉得这些信件腥腻腻的,仅是他的个体记忆,与"我"这个作家无关,决计悬置这段个人历史和喷薄的情感。但"注卷:小五世饶的生活与年代"这部分的翔实描述映射出"我"对拒绝这段历史"再现"后的情感补阙。同样是书信,韩北方与"我"在六感时的书信与报纸文章毫无两样,缺乏前者的热烈澎湃,更多的是若即若离,故此"我"早早丢弃如同附加假面的记忆及情感。信件将消失在虚空中的乡土记忆和个人成长史重新凝聚回原形,起到同样功能的还有"我"插队的六感日记,"经过四十年,腥红变成了葭灰,塑料面的光泽已然消失,但另外的光泽从内部生出。它们变得有些神奇,尺寸大得不可思议,在似梦非梦中,它们大如桌台,对空气也有了浮力"。对于日记的销毁与否,似乎已不可考证,"我"也似是而非,打开里面记录着"我"知青时代的成长史与生活史,在那里"我"堕落成"落后知青",逃避劳动、在男知青家里过夜、和落后知青潘小银混在一起、给支书送胎盘、看不起贫下中农、对大队文艺队的排练演出撂挑子,条条严重乃至致命,记忆的遗产演变成精神的债务,林白写出了个体的、同时也是历史的负重前行及其中的踟蹰徘徊。

二

在《北流》里,将如是之主体话语与历史话语纠集起来的,竟是一个名不见经传的"九线小城"北流的方言。具体而言,小说的方言涉及地方性知识、地域习俗/习惯以及日常生活,呈现人与历史的关系,换言之,则是通过人的思维、言行等方面映射出人对历史的回忆、遗忘、修正等。方言是《北流》的重要元素,北流河的四下漫溢,正映射着方言的野性,但并不代表毫无皈依,实际上语言的存在总是对应着现实历史的运转。又如"无限"所代表的数学符号与政治口号——"把有限的个人投入到无限的为人民服务中去",揭橥人在现实历史中难以辨析的情感和秘密。

北流是李跃豆对世界的初始感知和日常生活体悟的原点,关于这部分的历史,正统的普通话难以准确表达出回忆中的繁复和纠葛。在"入北流"这段成长史里,方言面临着三重权威,一是正宗的粤语,二是普通话,三是来自自我的压抑。萧继父为了显示权威,"为了更像真理在握,他使用了正宗粤语","一旦用了代表权威的广东话,这事就不可逆转了"。但是倒过来,北流话也会对照普通话,"在粤语地区,整个粤语体系都不会有一个'的'字,'的',是一个古怪的、北地的、异己的名堂"。"异己"的还有李跃豆下乡支援春插时,"第一次听到'用饭'这只词,书本上也未见'用饭',它如客远来,文雅文明,如此讲究,如此一尘不染,却又如此突兀,是个不速之客,多少不合时宜"。这种"异己的名堂"象喻着遥远的、神秘的、高雅的、新奇的力量,就连说着一口标准普通话的北京医生,也代表科学和真理的绝对权威。普通话道统的规范性和粤语私人化相互缠绕,恰恰构成地方性叙事的空间张力。

方言的使用对应着普通话,其产生的异质元素塑生了泥沙俱下的个体情感/精神记忆。如远照提到杨眼镜这个人,首先想到的就是"那个人会背诗,会同她的跃豆和米豆荡",随即将这种虚妄的回忆和情感捣碎。谈及陈地理带着几分戏谑:"睇无见眼前的东西,谂的都是几万几亿公里远千万亿万年之前的名堂,虚空又虚空玄之又玄。"最后陈地理失踪了,仿佛进入某一个平行时空,不知所向。回忆庞天新林场轶事,时代新语混入方言叙述,"你谂下,大容山林场,想不望树都不可能","祖国大好河山,风景这边独好,红橙黄绿青蓝紫,谁持彩练当空舞,雨后复斜阳,关山阵阵苍"。记忆从无到有的变化,层层加码,实际上是历史到现实、真实到虚构,一个既存空间到另一种向度的情感衍变。在这个过程中,一方面,方言便于黏结人物间的情感和记忆;另一方面,方言与地方对应,具备沟通的作用,连接着地方与"世界",扩大

第五节　历史的书写与诗学的超越

个体历史与乡土记忆中的异质空间。"疏卷:火车笔记(二)"这部分以方言引出富含民间色彩的"蛙""粪"记忆,由此洞开魔幻的生活世界。"蛙"主要是以魔幻现实主义的方式呈现南方的人物/植物气息,竟也构成某种气象,如"那个从未有过的韩北方,他手持长青藤(像条青皮蛇,又细又长,在他脖子腰间四处跳荡,弹性非凡)乘着巨大的树叶从天而降"。"粪"一节则是藏污纳垢的民间气息/气味,即便如此,小说也溢满着幻想,轻快的故乡之思,欢畅而灵动:"幻想自己像《铁道游击队》扒上飞奔的卡车,一闪身抓住车厢接缝处的铁把手,右脚一蹬,左腿一跨,成功降落在车厢里,车厢里的猪太挤,没有落脚之地,即使有,也会踩中猪屎,我不要,我要骑在猪背上,一路飞驰去梧州。"林白以方言观照南方的空间文化与地理政治,很多时候是一种境况的描述,更多是个体的遭境、应对、抉择,以及历史与现实的间离性存在。庞天新被安排去了"世界革命",因为再遥远的世界,总有回来的希望。吕觉秀的丈夫与情人私奔之后,科室主任冯其舟想起的是《安娜·卡列尼娜》的开头:"奥勃朗斯基家里一切都乱了。"后来吕觉秀寄居在冯其舟家中,冯其舟臆想与她去的是更远的南方——深圳、海南,"坐飞机越过琼州海峡,降落在一片椰子树环绕的机场上,像圭宁一样湿热的风还会一样湿"。这一节命名为"美,而短",显然透露着异质空间里冯其舟与吕觉秀短暂的个体记忆及情愫。

三

《北流》以其百科全书式的风格和丰富多样的气象,展现了独特的诗学建构。通过对物和语词的处理,作者创造出了一个具体而生动的文学世界。"人与世界的关系是通过'观'建立起来的。"观物不仅仅是在小说中写出物的状貌,更是以物观历史、观人,通过物折射某一时代的生活习惯和社会状况。当代作家已经在如何更好地处理物与时代及人的诗学关系做出了很好的尝试。林白在各种南方名物之间建构起一种复杂的关系网,实践超越个体/地方/历史的诗学表达。如小说序篇即安排了二十首植物诗,"植物是笼罩全篇的氛围,是打开记忆的通道"。植物成为承载记忆、唤起情感的符号,它们连接着过去和现在,构建出丰富多样的诗意关系。这种处理物与时代、人与物之间的诗学关系的方式,使得小说更加深入地呈现了人与生活世界之间的纽带,以及个人与历史之间的相互影响。返乡第一日,"我"透过树影认出市博物馆就是住过几年的旧医院宿舍,"找到芒果树就算找到了往时"。看到开在深夜的昙花,"洁白、短暂,仿佛比莲花更高远",由此回想莫雯婕、覃继业夫妻昙花一现似的生活。南方的中草药也是"我"热爱的,"知道有火炭藤雷公筋月亮草鱼腥草芝麻草车前子,等等",甚至觉得五色花是逃避劳动的奖赏,是烂脚召唤来的灵魂伴侣,它们贯穿并环绕着成长历史,并且构成了"我"不可或缺的情感记忆。

除了植物,建筑和食物也是记忆/历史的载体,反映时代更迭,关照人物情感以及社会的发展秩序。小说讲到骑楼底下的烧烤店售卖各式烧烤用品,烧烤架子"何等时尚的事物,圭宁也有了"。商业化时代的经济在小城镇流通,旧街里充盈着新鲜时尚的店铺和物品。二十世纪八十年代"在黑暗宇宙中拔地而起""七个音节铜钹般震动"的广西民族出版社,以及四周棕榈树和一片空地的七一广场、七星电影院、民族大道等跟随时代的巨轮不断前行,"颠倒着风驰电掣"。它们见证了"我"在南宁立足,恣意且随心的生活。对当地氮肥厂,小说也是寥寥数语便交代了它和人物的命运:"紧接着氮肥厂也江河日下,氮肥厂一分钱都发不出来了、氮肥厂要放长假了、氮肥厂要裁人了、氮肥厂要卖给私人了,全员下岗买断工龄,生活一下肮脏得不成了样子。母亲再也不能给他找到像样的工作,大哥也再不能帮他。他的数学系计算机专业从此不再提起。"食物作为深深烙印在舌尖的记忆,与情感总是携手并行,不仅咸萝卜、肥猪肉、酸菜鱼,包括小说中比比皆是的南方边地美食,狗肉、石螺粥、河蚬粥,等等,常有念想,紧接着便切入"青春期的敏感与暗恋"。食物与爱恋如同某种气体,既轻又重,灌注全身。

不仅如此,语词是《北流》诗学建构不可忽视的一部分。小说的"大词小用",与"小词大用"渗透着历史、时代与生命气息。譬如"主宰"一词的"大词小用":"她第一次听到圭宁话讲主宰这个词,词重,新鲜,本以为专门使来连接国家和民族,此时同房屋连在一起,竟然很对,房产证写谁的名字,谁就是这幢屋的主宰。"与其说是一种修辞的策略,不如将之视为生命的姿态,不如此不足以撬动现实的人生与时代的负重。包括跃豆为米豆主持长达一年多的"公平""正义","她那些激烈的言辞如同真理的火焰,又如锋利的钢锯,把七年全年无休的牢笼撕了个口子"。在老家山区度过的几个月,是跃豆人生/生命的低谷,她深陷其中,对亲情、伦理纲常极致冷漠、疏离。为米豆争取"自由",主持"公正",则是她再次试图撬动坚硬如石的生命境况。而"时世"一词的"小词大用"更是时代生活与精神特征的微缩:打鸡血成为时代风尚,强身健体延年益寿治百病,"庞护士感到这鸡血也发了邪,不知是时世给鸡血打了激素,还是鸡血给时世打了激素"。又如"消毒",谈到远照,"她严谨执行消毒规程——一个从 1952 年开始就严谨消毒的人,她的人生被消毒这件事严谨了、规程了"。这里面更是凸显一种小镇卫生学,渗透每个人的生活,每家每户不可或缺的消毒柜,烧水烫碗的滚水消毒法,到现代医学意义上的除菌灭毒,"细菌不单是科学的敌人更是二十一世纪的敌人",甚至以创建全国卫生城市为名,灌入使命与精神。包括后来小说提到的颠佬,也归纳入城镇的"消毒史"之中。另有"新名词",诸如"客厅""游泳",意味着特定时代的事物/政策出现,打破传统的社会原貌。譬如二十世纪六十到八十年代,客厅是遥远且不切实际的存在,喻示时代的生存场域和空间,因无法求证生活的幸福和满足,"早年是极荒疏的"。

四

《北流》人物原型足够边缘,极其无名,但是林白对自我以及她个人视阈中的小镇历史的一次彻底呈示,代表着女性主体的凝望和再思,这是非同寻常的。她将所有的故交亲友召唤出来,写的是成长史中的人物谱系和关系网络,事实上是在系统性地对应自我的衍变。尽管其中众多人物仿佛能从现实生活中找到迹象,但只能从零星的线索和痕迹中推测他们的失踪、死亡或离去。然而,这些推测并没有削弱人物形象的谱系和规律性,相反,它们渗透着主人公的内心世界,展示了他们内心的困惑、抉择以及对自我意义的探求。在林白的自我对照中,这些人物的心迹、心绪和魂灵,以及惶惑和抉择被一一检视,从而形成一个诗性的对话。概言之,通过从人物边缘和默默无名的角度进行描写,《北流》扩展了小说的形象诗学与谱系诗学。这种选择使得人物更具普遍性和代表性,进一步突出性别特征、小镇历史以及家国经验的共通性。

第五节　历史的书写与诗学的超越

小说由此还涉及以什么样的主体涵纳并再现历史。小县城的女性蠢蠢欲动且毫不妥协,远照、罗瑞、晏本初一代,跃豆、泽鲜与泽红一代有不同的抉择和评判。1958年"大跃进",远照、罗瑞、晏本初背着新生婴儿下民安六感抗旱,后又去大炼钢铁,在时代的洪流里勇毅奋进。年轻时候秉信现实精神的远照,晚年后,相信时运翻转,相信天命,开风水铺成为梦想。二十世纪九十年代,泽鲜与泽红两人,一个通过宗教,一个通过私奔,前者被定义为非正义的存在,后者则被责怪为没有追求更高的精神层次。有意味的是,在李跃豆观念里,"私奔"则表现为诗学的附会,如她引述的诗歌《遐想》:"假如二十七岁,或者三十二岁/徒步/从德国巴伐利亚出发/穿越瑞士全境/抵达阿尔卑斯山南麓的/意大利//携带一只酒精炉/越过重重关隘/在山脚下的某个湖区/住上半年……"又如她带在手边的劳伦斯的《意大利的黄昏》,不得不说,相较于高蹈的宗教与寻常的生活,诗学似乎更为适切地超克历史的遮蔽。因泽鲜私奔,李跃豆此前对喻范多有微词,直至看到王维的诗"新晴原野旷,极目无氛垢",她对他和他们的生活开始有了改观,因为诗歌的存在过滤了他们的拥挤和脏污。喻范一家人的出现,则是以《红楼梦》为喻指,小说隐约有个文学/诗学的底子在,而李跃豆本身就是一个小说家,她以"文学"的视阈叙写历史并形塑人物,注重的不是正大气象的礼法,而是野气横生的地域和生命。对于至野之境的珍稀之人,跃豆认为:"之之云筝也是这偏僻之地的珍宝。或者,她们竟是藏着珠宝的一小片静谧湖泊。"再观罗世饶与程满晴的爱情,从轰轰烈烈到彼此错过,又从鱼雁传情到恩断义绝。对照着那个1979—1985冰冻初融的年代,"我好比处在一条昏暗长河的河底,希望则是倒映水中的稀落的星光"。小说不断地打乱并重组时间,不是以历史的顺序而更多以人物的命运为叙事经纬。这也形成了人物的交错纵横,细细想来,如此像是北流河的涌动,没有定规,四下漫漶,但主干支流并举、汇拢、奔流,有如历史的真实,如丛生的杂草,凌乱而真切,同时兼具野性与诗性。

相对而言,男性形象更多的是在时代/时间的裹挟下"到世界"去,找寻自我主体性。二十世纪六七十年代,大学生凤毛麟角,远章上了江西共产主义劳动大学,毕业后,多处不认文凭。他从江西丰城辗转到广东高州、茂名,越过深圳河,在新界登陆,终在香港,凭矿产专业找到跟随地质队去西贡岛屿测绘的工作,飘零的生命得以艰难扎根。赖诗人百无聊赖,四处找寻精神"恋人"春河,更像是找寻内心的诗意自我。他认为青年离开小镇,从偏远的小镇去更大的城市,是走向世界以及走向未知的可能的一种不竭动力,因此前往南宁,逃离发臭的生活本身。小说"注卷:小五世饶的生活与时代"曾讲到陈地理,他对小五说,小五属于"时间的支流",在小五看来,那"就是陈地理窗口的苦楝树杈"。这个支流虽然旁逸斜出,但是灌注着无限的生命和无数的人们,如是这般的"无名"与"支流"的状态,成为多少人生活的全部。事实上,《突厥语大词典》开始与《李跃豆词典》对接的时候有些来历不明,直到小五和陈地理之间的"共同的秘密"出现,他们作为隐没于历史的小人物,就像小五懵懂着茫茫然,并不知未来他会到新疆伊犁,还会上天山采雪莲。新疆与北流,至北与极南,但都是茫茫然不为人多所知晓之地,都是需要转译的少数/弱势话语,也许他们都是陈地理臆想中的从天上坠落的流星,但同样都是"时间的支流",他们身上映射着人生沉沉浮浮的隐秘真相。

五

　　《北流》试图回到那个精神的原点,捕捉生命与精神的源头式存在,语言、意象、众生"爆炸式"呈现,换言之,林白以最大可能的限度,以河流的奔涌方式呈现一个新的南方,一个庞杂四溢的"生活世界"。而这个限度,落实在"注疏"体例上。从总体结构看,《北流》注卷是"入北流记",疏卷是"出北流记"。出与入是彼此的注疏,也是各自的笺释。笺注除了互阐与互释,全都指向一个地方,那就是北流。小说为什么从圭宁也即广西北流,切换至疏卷的香港,其中无不是对照与互释,我更倾向于在"新南方"的视角中加以阐释。"新南方"从文学地理意义上看,向岭南,向南海,向天涯海角,向粤港澳大湾区,乃至东南亚。北流接壤广东高州、化州等地,对接粤港澳大湾区,与粤文化同根同源,是新南方写作的腹地。这里,林白以"北方"作家的南方游历/旅行视角返乡/离乡,叙事的枝枝丫丫如同北流河漫溢,浸润纷繁自然的天地以及无穷的生活,包裹着寥廓视野与无尽想象。

　　细读文本可知,"注疏"不仅在于小说整体结构,更是落在文本修辞的细部,小说在段落的设置上,往往是长段落与短段落的结合,短段落经常只有一句话,兀地出现,或是前者所述的衍异,又或是宕开一处的释析,如"她曾以为自己早就超越了它,却始终没有"。又如"她喜欢人气。谁说靠人气不能浇灌衰老的生命"?而"注卷:备忘短册",专有名词之后,附带的是一种极为民间化与个人化的笺释,但这其中并非要去下一个定义,恰恰相反,是消解既定的权力秩序,重新编织记忆与经验的网络,散点透视同时漫无边际,指喻着无穷的边界与无边的想象。"备忘"本身是要将其中最沉重或最轻盈的部分摘取下来,并试图黏合在一起,寻求某种可以囊括所有的总体性,实际上在《北流》里并不存在旁枝斜逸的零星断想,未必追求完整的结构和完备的话语,多是不可归类与不可化约的所在,是遗落于另册,需要别有析解。

新南方写作需要汇通和融合,不单是地域、文化、空间等理论的更新与辐射,还包括文本、语言、结构等内在的经络。《北流》的注疏结构将个人与时代的繁复关系,南方植物的野性生长,北流食物的记忆入侵,方言与普通话的内部秩序,地方与世界的碎片黏合等,构设为无限地保持流动和鲜活的状态,而正是这般的奔涌流动,"南方"及其所包裹的新的诗学视阈,才能迸发出超克时代、历史以及个体的可能性因素。

第二章

边地、乡土与区域融合

第一节 边地书写及其异质性

一

边地是"新南方"的重要地理特性,这里主要以广西当代文学为谈论的对象。纵观中国现当代文学发展史,广西文学始终与国内文艺的大思潮保持着或隐或显的共振关系,其中难以合流与化约的剩余物,便是异质性的所在。而且与广西周边尤其是粤港澳大湾区、"中国—东盟"的合作等,都显露出边地文学自身的活力和创造力。可以说,当代广西的乡土叙事在将自身投入国族乡土变革的历史过程中,不断显露出偏倚或超离的质地,并从内在的文化土壤生长出新的块茎,野气横生,旁逸斜出,在边缘化与同质化的双重夹缝中确认并表达"新南方"的内蕴,其从边地出发而又试图突破边缘的困囿,真正于叙事结构中熔铸一种异质性的存在。

事实上,广西文学不仅分享了当代中国文学发展中的形式革新与文学潮流,重要的还在于开掘内部丰富多元的文化传统,尤其乡土世界与民族文化的叠加,加之文化突围过程中不断展示的先锋话语,在乡土叙事中注入生动的魂灵和凌厉的姿态,最终实现在语言、形式、伦理上的标新立异。在我看来,当代广西乡土叙事所突显的边地书写的异质性,主要体现在城乡之间的二重参照、善恶的俱分熔炼以及灵魂肉身的歧异分合之中。

需要指出的是,边地的异质并不仅仅局囿边缘之境本身的价值呈示,恰恰相反,是要突破边地的畛域,甚至于取消边缘与中心的两项对立,进而重构一个文化的镜像与征象,真正面对并处置广西、中国以至世界的命题,直面现代主体的生存处境和精神归处,思考传统/地域/民族文化的固有与开新,以"异质"为标识性出发点,从"新南方"走向大境界、大天地。

二

T. S. 艾略特指出,真正与传统建立关联的写作,并非可以轻易达成,"必须用很大的劳力",不仅需要形成"对于永久和暂时合起来的意识",而且需要通过创造性的书写,推动"新与旧的适应"。值得注意的是,当代广西的乡土叙事便是通过独异的语言形式,借由以城市为代表的现代性因素的勾连介入,使传统的乡土世界得以完成当代重构。陆地的《美丽的南方》《瀑布》《故人》等小说,以乡土广西为核心牵引大

第一节 边地书写及其异质性

历史的风波与风云;李栋、王云高的《彩云归》,李英敏的《椰风蕉雨》《壮嫂》,陈肖人的《黑蕉林皇后》等透露出来的浓郁的民族气息,既寻常普通又充满奇崛神异;韦一凡的《劫波》《姆姥韦黄氏》、潘荣才的《板雅坡上》、常弼宇的《歌劫》、梅帅元的《红水河》等,将广西本土的寻根文学探索推向深入;李逊的《河妖》《蓝蚂蚁》《伏羲怪猫》、张宗栻的《山鬼》《大鸟》《流金的河》等,诡秘丰富的地方性叙事着上了浓重的先锋色彩。以至二十世纪九十年代末及新世纪,当代广西乡土叙事中的异质性愈加显豁,后现代书写不断解构着既定的乡土视景及其价值系统,城乡二元分化/对立式的聚焦叙事是其中最重要的表现形态,隅居其间的人们既流连怀恋边地乡土,又不得不遭受身心异离的精神处境;对城市满怀向往,同时又难以抵御其中的现实冲刷,如是之双重疏离,构成边地叙事的精神与文化张力。

乡土叙事在二十世纪以来的中国占据非常重要的地位,而在新世纪的边地广西,如何得以创造新的可能性与异质性,成为甚为迫切的命题。东西是一个思想型的作家,他的小说犹如一根硬刺,能够刺破生活与情感的虚伪,穿透温情脉脉的现实假象,直视命运的悲剧与苦难。其尤擅将人心与人性撕毁之后,重新拼凑给人看,这样的形态因而显得变异扭曲。在东西那里,城乡之间的转轨所造成的文化、经济的落差,实际上形成了一种时代的隐喻,其中不仅意味着每个个体情感结构的变动,更代表了一代人的生活方式与价值选择的想象性转圜。而东西小说的异质性就体现在生命的嫁接与意义的拼贴上,《篡改的命》将乡土与底层的生命拼接入城市与上层的轨迹之中,揭示了新世纪前后当代中国社会阶层分化与聚拢过程中的血泪史。在《没有语言的生活》《我们的父亲》等小说中,东西展示了对乡土人性及其言说形态的探索,形而上的"语言"之思不仅塑造了人的生存和交往方式,而且构成了人的主体精神甚至伦理意义,生存与死亡、存在与缺憾等命题不断被述及,当代生活着意的却是个体即时性的精神情状取代了乡土传统价值的永恒循环,内在亘古不变的伦理被消解离散,尤其在城市的生活延展与乡土世界的自洽存在中,东西寄托了更为深沉的思考。

李约热的《李壮回家》以叙事者"我"的视角,讲述弟弟李壮离乡/返乡的精神历程,小说的最后,当李壮中秋归来时,家乡已不复存在,而城市也击垮了李壮,在现代都市文明与故乡精神崩坍的两重冲击中,人物精神的整全性荡然无存。此外,李约热的《侬城逸事》还提供了一个城乡二律背反的叙事框架,人性与人心之不可推测成为现实常态,然而小说最终还是通过精神的强度重新整合地域和文化的偏差。鬼子的《被雨淋湿的河》以"我"的视角,将丧妻的陈村及其子女晓雷、晓雨等线索交织起来,乡土世界无论是人际还是土地伦理,都遭遇了沉重的危机,左突右奔的乡村青年毫无依凭,成为边缘人与多余人,甚至失去赖以存活的土地,最终走向毁灭与控诉。在《瓦城上空的麦田》《上午打瞌睡的女孩》等小说中,完整的人性被拆解为零落的碎片,法律与公正被潜在的罪罚所代替,然而在此过程中,现代性遭遇的阻隔不断在乡土与城市的二律背反中呈现出难以忽略的存在。光盘的《重返梅山》通过爷孙两代人之间的参照性叙述,将来自城市获得了商业成功的"我"转回传统乡土,与爷爷及其革命历史相遇并产生深切认同。

可以说,广西作家在面对城乡之间的二元分化时,表达出了因袭尤深的乡土价值系统在现代话语的冲刷下略显疲态与倍感不适的颓败感,不同的价值参照系在当代广西的乡土书写中得以并置而存,呈现新的现代性姿态,由此分化出异质性的精神旨向和叙事伦理。可以说,城市与乡土的各自延展及其在交叉交互中引发的精神坍塌与重建,成为了新南方写作中独特的乡土镜像。

三

广西的乡土叙事有着非常鲜明的地域性特征,上岭村、野马镇、蛋镇、红水河、鬼门关等,表现出区域重塑与文化再造式的切割,然而事实上彼此又存在着深刻的内在勾连,不仅如此,当代广西乡土叙事中还往往引入外部的他者视角,构筑新的参照系,尤其城乡及乡土内部不同根茎之间形成合力,成为人物主体命运新的精神坐标,这是从外部而言。从内部看,传统与现代的交相冲击对于边地乡土乡民的人性善恶,往往通过苦难的关切和悲悯加以表达,在此过程中,善恶不是截然区隔的,也不是简单的法律审判和道德评断,而是乡土伦理的现代映射,是文本世界内部的价值取向,不仅关涉人性命运的艰难抉择,更牵引出新旧时代交合中的挣扎和坚守。

凡一平的《上岭村的谋杀》,在不同的价值判断系统尤其是审判关系之中,乡土世界的伦理指向开始变得模糊,生死由谁定夺,善恶何以区分,小说在可疑与可信之间摇摆不定。《天等山》《寻枪记》《我们的师傅》等往往独具一种浓郁的民间草莽之气,个中人物时常被置于法律的、政治的与商品经济的多重冲击之中,通过传奇性叙事呈现当代乡土世界的伦理围困。杨映川的《狩猎季》讲述了生活在城市中的李绿、周启等人与处长董固业之间的官商勾兑,他们结伙上云霄山猎鸟,而与他们相对照的,是李绿的农民舅舅、舅妈,作为鸟类保护者的表弟许宽道以及高校教师苏玉石等形象,城乡之间形塑了两种人物形象序列,以此完成价值与文化的批判。王勇英的《水边的孩子》《弄泥小时候》等作品,将善美的乡村风情与纯粹的孩童视角相融汇,形构了边地乡土的新世界。

在现代性的视域下,乡土在精神伦理之中更显得模糊,但是模糊不代表不可区隔,恰恰相反,模糊本身意味着能够不断辨析着原本混沌的所在,当代广西的乡土文学将丰富复杂的元素纳入考量的范畴,由是而产生了种种难以抹除与归化的异质性,也就是说,善恶不是简单的与既存的道德断定,更不是律法和家国意义上的截然判别,而必须融入更为多元的价值序列之中,不断与之周旋、与之商榷。东西的《后悔录》、凡一平的《撒谎的村庄》、李约热的《我是恶人》、朱山坡的《懦夫传》等作品,将谎言与真相、勇毅与懦弱、善良与邪祟之间的复杂纠葛展露无遗,但又并不完全沉湎其中,而是在大的历史时间与城乡空间中加以审视,或解构,或翻新,不断实现超越与克服既定的价值范畴,由此构成边地乡土的异质性叙事。

四

在城乡、善恶中不断周旋的人物躯体/灵魂间的交流互阐,同样成为新南方写作在聚焦人物主体内部时的一种文化表达。现代性叙事在边地表达中不仅体现在表面的民俗、地景、生活形态,更是切入人的情感和意志的深层,窥探他们的精神焦灼与现实期冀。田耳的《金刚四拿》嵌入边地乡土的生与死的场域,罗四拿从城市返乡,最终成为村里声望颇高的"抬棺八大金刚",在小说中,接续传统的因素不再只是出自乡土传统自身,而是具有某种现代性的表达,罗四拿的进取、坚定及其身上呈现出来的精神视野,照亮了"五四"以来知识青年的返乡之困。在黄咏梅的小说《何似在人间》中,廖远昆是松村最后一个为死者净身的抹澡人,"如今他没了,松村的死人该怎么办"?小说最终沉思的是对于乡土中国来说的传统的失落,失去了死生之际的修饰、抚慰与摆渡,生命将何以保持最后的尊严和想象。作者对抹澡人充满缅怀和敬意:"他在河里泡了一整夜,松村的河水为他抹了一夜的澡,他比谁都干净地上路。"小说何其阔大而丰厚,天地自然与灵魂存灭深切呼应。朱山坡《陪夜的女人》讲述的是照料行将就木的老病者的饮食起居的女性,乡土世界人性的辉芒在人身体的明灭中闪烁;而《蛋镇电影院》则是将乡土的写作延展至城乡结合的小城镇,荀滑、凤凰、阮囊羞、胖子章,等等,无不身近意杳,从边地走向无远弗届的世界。陶丽群的《七月之光》展现了人物精神与生理的创伤如何通过情感的抚慰与精神的强力得以修复,也就是说,个体的灵魂能量竟然能够将身体的缺憾加以疗愈,这是一种自然与文化的隐喻,在万物重生的意义系统中,灵肉得以并合重整,其中的异质性如大山般奇崛。黄佩华的《生生长流》,红水河畔绵延百年的农氏家族,"身"世飘浮与乡土之灵完好契合,是壮乡的浮世绘,也是民族的精神史。

新世纪以来的广西乡土文学,一方面不断延续二十世纪八九十年代以来的现代性发抒,另一方面也呈现出了新的时代精神状貌。中国乡村主体在脱贫攻坚实践中完成了新的建设,无论是乡土的地景风情,还是农民的生活实际和精神面貌,都历尽转变,从而使得边地文学视阈中的乡土中国展开了新的形态。李约热、红日都曾经有过长期下乡扶贫的经验，担任脱贫攻坚的第一书记，这就意味着在《人间消息》《驻村笔记》中，写作者真正将身心投掷于乡土世界，他们将灵魂与肉身寄寓乡村和农民，将小说推向更广阔也更深邃的境域，红日采取的是一种自然主义式的日记体叙事，将琐屑繁杂的驻村扶贫进行非虚构的再现；而李约热则以小说的虚构，超越了日常的碎片化表达，直抵边地的灵魂腹地，《村庄、邵永和我》中，作为第一书记下乡扶贫的叙事者"我"试图感化终日颓丧的邵永，然而后者始终无动于衷，事情的转机出现在一次突发危机之中，瑞生的孙子意外断了三根手指，危急时刻，却忘了把断指带去医院，面临着终身残疾的危险。此时我踢开了邵永的房门央其带往医院，出乎意料的是，途中的邵永心急如焚，内在的良善猛然涌现，焦急峻烈之中，露出了"野兽的眼神"。邵永表面上似乎是颓废的青年，但生死关头爆发了内在的野性和灵魂的热火，灵肉合铸之际，人性之深度鲜明地呈现。

五

不得不说，当代广西乡土叙事蔚为大观的异质性景象，不是标新立异、哗众取宠，更非局限于简单的叙事策略和话语姿态，而是始终凝视南方以至整个中国最为迫切的命题，啃一啃那些现实中难以下咽的骨头，正视不可直视的幽深曲折的人心人性。广西文学固然并不否认自身的边地与边缘处境，也坦然地面对着城与乡、善与恶、灵与肉等现实遭际中的弥合分裂。萨义德曾提出"边缘人"的概念，其既是知识分子的精神立场，也是文学叙事的伦理姿态，如是亦构成了当代广西乡土叙事的精神核心：立于边缘以形成冷峻的审视，处于边地而建构批

第一节　边地书写及其异质性

判的视野,毫不回避社会与文化的当代性难题,将其中不可取消的共谋与纠结、异见与分化、退让与隐匿和盘托出。

可以说,在当代广西乡土叙事的内在格局中,无论是革命历史、寻根探索、先锋实践,还是当下脱贫攻坚、乡村振兴的新现实状态,边地的书写不断在探寻不可复刻的异质性存在,这是边地文学在左突右冲的精神求索中的文化价值所在,那些野气横生、纠葛矛盾、抗斗争夺、百折不回的形象,且歌且泣地在悲欢苦难中追及分裂或整全的自我,同时又在灵魂的妥协与进取中投入外在世界的变革浪潮。

第二节 边境叙事、区域融合与乡土重建

一

纵观二十世纪的中国乡土文学,往往重在历史、文化与政治的多维呈现,乡土直接参与或间接裹挟其中,在传统与现代、野蛮与文明、落后与进化的认知框架中建构和重塑自身;另一方面则是理想化的乡土叙事,"希腊小庙"般优美精致的桃花源,构建醇美自然的地方风物,以及乌托邦式的乡间人情,进而将现代中国的乡土叙事推向新的天地。

及至新世纪,乡土文学进一步走向分化,其依旧延续着文化隐喻与历史中介的路径,而理想化的乡土表达已日渐稀薄。在改革开放以

来的经济性影响与国家政策干预的政治性推助下,中国式的乡土日新月异,生存环境、生活方式与情感模式都经历了质的迭变,因而亟待一种新的乡土叙事,以实现乡土精神的再造。在这样的历史语境中,陶丽群的《七月之光》或许可以提供另一重镜像。其小说人物身上凸显的自然、生活与情感的三重维度,尤其是三者的重叠和互渗,对应着当代中国"新南方"的现实巨变,也构成了乡土精神重建新的旨归,也即与自然的共存同思中寄寓生存意志,兼以朴质、专注而包容的生活,在情感的至性发抒和同理推及中,重建南方乡土场域的精神之境。

二

《七月之光》中,老建是大山之子,他生于大山,长于大山,在那里开山筑路、安家落户,山林环抱着他的生命,给他滋养,彼此共存,这不仅仅是生存的倚赖,更是精神的融合,"他更喜欢和林子里的安静融为一体,像暮年的生命一样寂静"。恢宏壮阔的自然成为老建不可取代的生命盆地,小说中呈现了一个纯粹的乡土世界,这首先得益对"自然"的表达。对于老建来说,无论是生存形态,还是思维方式,都趋向于天地之脉,进而汇入自然的共同体之中。

如果读惯了以往的乡土作品,是很难进入陶丽群这个小说的。老建完完全全被包裹在大山之中,没有想过如何融入自然,因为他本来如此,也从未对抗之,因为那简直徒劳且狂妄;更没有去改造之,因为那些借改造或创造之名的破坏早已不鲜见于历史。史怀泽(A. Schweitzer)主张自然中心主义的生态伦理学,提出了敬畏生命的伦理学思想,"伦理的基本原则是敬畏生命"。在敬畏之中,人真正成为自然之子,也才能产生真正意义上的乡土精神。"这是山里人祖祖辈辈流传下来的关于生命的观念。人还活着,在山上刨食,人死了往山上一埋,横竖都在这山上了,生死都不可怕。"自然与人性相互结合,乡土与人情彼此互动,自然的灵气和崇高,孕育出个体的灵性和丰厚。

罗尔斯顿在《哲学走向荒野》提出"价值走向荒野"的生态中心主义,自然成为"中心"来源于其本身存在的价值系统,其中运转着一个有机自足的生命体。《七月之光》也印证了艾伦·卡尔松的"自然全美"的理念,自然与大地的伦理学在小说的叙事中,投射出乡土世界的价值取向。故事中的七月,是万物蓬勃的七月,其中之"物",是天地万物,这其中自然也包括老建。他一世的知己是洛,然而因为战争,他错过了她,从战场归来,老建下体残缺,无儿无女,而洛已结婚生子,这是一个精神的死结。无论是战争的苦痛还是情爱的遗恨,老建经历了衰败、颓丧、挣扎与惶惑,而正是在自然之中,那片大山和乡土接纳乃至疗愈了老建,也让他接受了来自越南的孤儿,最重要的,那个孩子的存在,真正沟通了他和洛两人之间深处的灵魂。可以说,在那片乡土,他们敬畏着万物自然,执拗于乡土生活,也体悟着世间情感,在天地间,在七月,万物生长,他和她得以重生。

三

老建和洛的生活简单朴质,不浮夸,也不空洞。"山里日子过得艰苦,田地全挂在山腰上,出门尽是爬山,晚上喝上两口玉米酿的农家酒,能解乏,夫妻对饮也是种乐趣。"有多少乐趣、多少苦痛,便付诸多少情感,不做虚浮的表情和夸饰的神态,眼里的热土和脚下的山河,始终呈现在他们的深层意志之中。

尽管生活在群山环绕的乡间,事实上老建在竹排山的生活也并不寂寥,洛、呆呆、英吉利,甚至包括他的弟弟一家以及乡众村甿,都能够给予他安定宁和的情感。尤其是用情至深的洛与从天而降的越南崽子,填补着老建的残缺和遗恨,故而即便"日子像石头一样嶙峋",却始终寻常自足。

当然,老建也有着自"身"难以排遣的苦痛、悲伤和困惑,来自中越战争的创伤——无论是精神上的还是身体上的——一直在折磨着他并等待着他去稀释、克服甚或超越。老建一方面将自身化入自然之中,另一方面则始终对生活充满热切。他来自乡间,爬山开路,情绪如高山般豪迈,在他身上,旺盛的生命力已不再由八九十年代以来的欲望化书写凸显出来,而是来自乡土自身的生活场域的人情浸润,以及依托自然世界的精神滋养。

老建虽然心思淳厚,但这个人物并不好把握,尤其置于当下的乡土文化语境。叙事者有意塑造这样一个超然世外的老建,但他符合相对而言较为传统的乡土世界的精神状态,借以对抗无处不在的现代并反身建构真正的自我。老建的内心装得下万物生长的自然,过得了寂寞空旷的生活,同时又能全副身心投入世间情感。不得不说,自然、情感、生活,这是老建乃至乡土世界的精神序列。《礼记·中庸》讲"中也者,天下之大本也;和也者,天下之达道也。致中和,天地位焉,万物育焉"。融入自然,抱朴还素,尔后有所作为,这是一种古老的智慧。而抱朴守拙的老建同时又持有丰沛而充盈的内心状态,在当代中国乡土世界的精神重建中,无疑得以生成某种重要的启示。

四

小说中最饶有兴味的,便是老建和洛的情感,他们之间没有名分,没有性,完全由情感所包裹和润泽。"两人把饭桌支在宽敞的堂屋里,屋门打开,凉爽的山风穿堂而过,洛给老建夹菜,碰杯,小口饮酒,脸上是驳杂的漫长岁月赋予的宁静微笑,一低头一抬头的端庄,老建喝着喝着就喝出了帝王心。当帝王也不过如此,有菜有酒有知心的女人,还有这片只属于他的阔大天地,夫复何求?"他们之间若说存在着欲望,已不是莫言的《红高粱》、苏童的《米》、毕飞宇的《玉米》的表达,因为在他们身上不再需要以欲望去解构抑或建构什么,两人只是单纯地感知和享受彼此的情感爱念,并将其与天地自然化为一物,这样的情感,纯粹、真实而阔大。

福克纳曾经写过一部长篇叫《八月之光》,来自乡村的莱娜怀孕后被情人抛弃,幸得本奇的帮助,生下孩子,两人同心相爱,抚养幼儿,过上了幸福生活;陶丽群的《七月之光》同样涉及孩子的认同与接受。那个来历不明的斗鸡眼的幼童,是一个有着智商缺陷的只会喊爸爸的"傻瓜",被取名为呆呆,但这个形象已然迥异于寻根文学《爸爸爸》式的文化焦虑,呆呆的到来以及最后被老建接纳,尤其是在老建和洛两人的合力照顾下,投射出了一个完整的家庭,也让他们获得了一种内在的新生。在此情况下,老建的下体奇迹般得以恢复,这是故事的结局,也极具隐喻色彩。海德格尔指出,人类的拯救离不开"四重存在":即"最根本的四位一体——大地与天空、神性与道德——结合成一体"。陶丽群在小说构筑了一种关于南方乡土精神的新的可能——相对纯粹的自然属性、整全的生活意志与丰厚的情感润泽下的主体塑成。

更值得一提的是,呆呆疑似越南崽子——也许这可以视为基于区域融合的产物——然而老建和洛最终接纳了他,由此透露出一种朴素而厚重的情感,他们甚至超越了战争的仇恨与偏见,形成了一种关于"新南方"的真情与本心。这同样也是老建重焕生机的重要因由,因为内在的精神障碍得以彻底排除,由是而产生的情感显得深厚且无杂质,如山崖般庄严而无需多言,超克了身体与观念的厚障壁,与天地宇宙浑然同一,历经沧桑而弥坚,证见了壮阔的精神与深沉的灵魂。

五

利奥波德在《沙乡年鉴》中提出"大地伦理"(land ethic)的概念,人类的文化建构,应当"像山那样思考",由是生成土地伦理,构筑家园意识。这意味着人类不仅要尊重大地共同体中的诸般形态,而且要尊重共同体本身。小说《七月之光》中有一幕,老建在喟叹人生的愤懑悲戚之际,朝向遥远的群山放声呐喊。"遥远的群山传来一声嫩生生的回应。老建怔了一下,他再吼一声,他的声音跌落群山之后,那嫩生生的回应声立即回响起来,连接着传来好几声回应。老建笑了,这难缠的娃娃!他又吼了一声,算是回应,然后无奈回望了一眼悬崖下的白牙屯,开始下山。"老建投向自然的呼喊获得了回响,这是一种象喻,人与群山之间交融的情感,其间之声息绵延不绝,应答着人们的哀乐悲喜,更给予精神的反馈与生命的慰藉。

宕开一处说,年迈的老建,成为当下中国乡土世界的某种映射,更代表着社会迁徙与现代化发展的态势,然而在小说中,乡土的精神并不因此凋零,反而显得蓬勃而坚固。无论是自然,还是生活与情感,老建从来都置身其中,他身上有一种坚毅和执拗,面对现实寻求内在的映射,呼应情感,呼应生活,呼应生生不息的自然,循此生出触角以对接现下与历史,并从中获致内心的回答和精神的响应。这便是新南方写作之于乡土精神重建的题中应有之义:七月之中,万物蓬勃,天地赋灵,那是一种大地般的伦理,是与宇宙同思的精神表喻,其并非虚空之象,而往往沉入乡间,踏落土地,得到切实的应答,形塑整全的精神,构建畅达的生命。

第三节　小说的声色与南方的质地

一

小说最忌无神与失灵,其可以是沉郁、沉寂甚至是沉重的,但最怕一潭死水的叙事,语言没有生气,暮气沉沉的,话一出来就耷拉下去,陷在庸常和无聊里出不来。对小说来说,无论言行、情境,又或是意趣和境界,没有声色,便了无生趣,局面打不开,气提不上来,最终沉沦在琐屑的事实和语句里,人物构不成主体,故事降格为事件,小说整体变得凝滞而空洞。因而,好的小说,语言需要一个个内爆点,即便在最黯淡的地方,也能溅出光色,哪怕在最寂寥之处,也能听得到来自内部的涌动。

鲁迅1927年在香港发表讲演，题名为《无声的中国》，其中说道："人是有的，没有声音，寂寞得很。——人会没有声音么？没有，可以说：是死了。倘要说得客气一点，那就是：已经哑了。"[1]鲁迅对"死了"与"哑了"的现代国族痛心疾首，他毕其一生，都在追求一个有声的中国，一个真正发声的自我。而将近一个世纪之后的当下，我们不仅需要发出"真的声音"，还要将当代主体及其生活的丰富复杂甚至是含混纠葛和盘托出，以回应新的时代诉求。对文学来说，则需要更切近当代人之世界的语言与修辞，重新调节叙事的焦距和光圈，聚焦更为喧嚣也更为斑斓的当下，创造生机勃勃且掷地有声的灵魂。

在如是之境况下，田耳以其"声色"尽显的小说叙事，提供了一个极佳的启示。"作家所处的境况跟画家、音乐家和建筑师没有什么不同。作家使用的特殊材料是词语和句法，他们创制的句法不可逆转地上升到他们的作品里，进入感觉。"[2]田耳小说往往以旁枝斜逸的"词语"与出其不意的"句法"，在流畅平稳的叙事中，蕴蓄不安定的气息和潜流，凸显错落有致的节奏，营构出别具一格的叙事和人物的"感觉"，这是其作为小说家如音乐家、画家般展露声色的重要方式。

在中篇小说《一个人的张灯结彩》里，小于是个哑巴，但小说处处不落她的声音。小于的发声并不源自嘴巴，其一方面出自嘴上的动作，"刚才进来的那年轻男人想接下家，小于又呶呶嘴，示意他让另一个老头先来"。当然，她也有惯常的手势，甚至举手投足之间，都自有声响。"钢渣用自创手语跟她说，你还看什么书咯，认字吗？小于嘴巴

---

[1] 鲁迅：《无声的中国》，收入《三闲集》，见《鲁迅全集》第4卷，人民文学出版社2005年版，第12—13页。
[2] [法]吉尔·德勒兹：《什么是哲学》，湖南文艺出版社2007年版，第440页。

嗫了起来,拿起笔在桌子上从一写到十,又工整地写出'于心慧'三字。"可以说,小于无话却不失声,无言但从不失语,甚至她的理发店都自有伦理,"小于招徕顾客的一道特色就是慢工细活,人再多也不敷衍,一心一意修理每一颗脑袋,刮净每一张脸,像一个雕匠在石章上雕字,每一刀都有章有法。后面来的客人,她不刻意挽留,等不及的人,去留自便"。她将温情和爱意倾注于"恶人"钢渣身上,义无反顾,有情有义,金声玉振。直至最后钢渣被捕,小于仍坚守当初的约定,"小于果然在,简陋的店面这一夜忽然挂起一长溜灯笼,迎风晃荡。山顶太黑,风太大,忽然露出一间挂满灯笼的小屋,让人感到格外刺眼"[1]。哑巴小于无法言语,却分明在清楚地叙说着自我的爱与期待、挣扎与忿恨,内心的响动与灵魂的光亮始终在淌溢。这是田耳小说的声色,抑或说,纵然不动声色,亦可铿锵有力。《庄子·人间世》曾借夫子之口提到:"若一志,无听之以耳,而听之以心;无听之以心,而听之以气;听止于耳,心止于符。气也者,虚而待物者也,唯道集虚。虚者,心斋也。"[2]以耳为听仅为"听"的一种方式,还可听之以气,听之以心。小于便是如此。除此之外,她更听之以身。身内有心,身心一体。小于一言不发,仿佛一无所知,却以空灵之心,去虚应世界,故而内心通达,浑身透亮。

可见,田耳小说的"声色"有一种翻转的能力,以期凸显一种性情,另出一番境界,甚而再塑一重生命。哑巴小于虽丧失官能,却是内心纯粹且字字珠玑;《被猜死的人》中的梁瞎子只有一只独眼,但最为诡

---

[1] 以上引用出自田耳:《一个人的张灯结彩》,见中国作协《小说选刊》选编:《2007 中国年度中篇小说》,漓江出版社 2008 年版,第 75 页。
[2] 见《庄子·人间世》。

谲聪明;《天体悬浮》中的周壮纵是聋哑,却是案情最关键的所在。而小说《衣钵》中,象征着传与承之关系的父子之间,即便是沉默,也是铿锵有力的。"这么多年来,每当李可和父亲在一起不言不语的时候,他便能感觉到祭祀般的神圣。"[1]李可对父亲以及道士之衣钵的继承,毋须言语,已胜万言。与此相类似的,还有《金刚四拿》,小说在循环往复的生老病死中,展现年轻一代的保守与出格。自小生活在乡村的罗四拿外出闯荡一事无成,重新回归乡土,但他在传统与现代的纠葛中挣扎,始终想做一番事业。最终通过斡旋和争夺,成为了自己始终执念的"金刚"。不得不说,自"五四"以来,乡土成为了一代代青年的怕与爱,然而,出走与归来的固有模式,在"话讲得铿锵,理也占得稳"[2]的罗四拿身上,出现了翻转。可以说,罗四拿的出现,代表了小说的伦理旨向和精神意图。主体价值的重新锚定,更使通往乡土的归途不再显得缥缈与虚无。

田耳的长篇小说《天体悬浮》,大部分时候讲述的是符启明与丁一腾的派出所工作以及两人的情感生活,铺设的是灰暗的生活色调与枯燥的警员世界。"悬浮"者,除了斑斓透亮的"天体",还有现实的苍茫人生,叙事的色彩与小说的基调之间,有着一种鲜明的对照。直到夏新漪之死,将小说推向紧张,也推进转折和高潮。其中有个细节,夏新漪是符启明的旧好,但面对夏的暴毙,符无动于衷,甚至"符启明跟我们说到现场看到的情景,绘声绘色"[3]。田耳寥寥几句,便将符启明表情与内心的声色展露,由此揭开了符启明亦白亦黑、亦善亦恶的面

---

[1] 田耳:《衣钵》,《收获》2005年第3期。
[2] 田耳:《金刚四拿》,《回族文学》2015年3期。
[3] 田耳:《天体悬浮》,作家出版社2014年版,第181页。

纱,甚至其中的凶杀、凶宅等关键要素,还暗示了小说后半部分的案情和终局。可以说,符启明的从警与经商,及其从白道到黑道的蜕变,其中的浑浊与混沌,包括丁一腾等人的人生转圜和精神起伏,他们只有在仰望星空时,才得以消解、宣泄乃至升华。"我听着音乐,心情真就一点点地静了下来,把眼睛杵向望远镜。启明星不知几时冒了出来,坦白地挂在那里。"[1]每每在注视天际之时,人物仿佛逸出了原本设定的基调和轨道,在这音乐之"声"与天空之"色"中,从嘈杂的外在世界回到内面的自我。

> 我静静看着他用电脑操控着赤道仪,一寸一寸搜索深空,扫荡天体。此刻他大概有了什么发现,遂离开座位,把眼睛杵向目镜。某一深孔天体正向他揭开神秘的面纱。他持续盯着那陌生的面目,神情越来越远离身边的一切,仿佛脱窍而去,悠然遁走,在星空漫步。[2]

从"南方"自存伦理之认同的外在世界与"新南方"视阈下的自我天地之间,小说以叙事之声色,令人物回归自我的声与色。李敬泽如是评价田耳:"他的内部飞跑着一只狐狸,这只狐狸也有可能因为诱惑而上套——田耳的多变有一部分出于对文学趣味之风向的窥伺和试探。他不是一个固执的叙述者,他对听众的反应有敏捷的预感和判

---

[1] 田耳:《天体悬浮》,作家出版社 2014 年版,第 94 页。
[2] 田耳:《天体悬浮》,作家出版社 2014 年版,第 304 页。

断,他随时准备着再变一个魔术,赢得喝彩。"[1]田耳的小说似乎存在着一种辩证法,在沉默处敲击声响,在空白处调色制图,从而使得俯冲而不至于坠落,一跃而起也毫不突兀,这是语言的声色,也是小说的"魔术"。可以说,对于丁一腾与符启明,包括围绕他们周围的沈颂芬、王宝琴等人来说,头顶的星空映射的是他们现实的惨淡和喑哑,成为照亮他们生命的声色所在。架起天文望远镜仰望星空之际,正是他们从繁琐与俗常中脱化之时。人物于焉倾听灵魂的响动,图绘内心的理想。在这个过程中,天文望远镜恰恰代表着理想与未来,虽然遥不可及,但天空的深邃与星际的神秘带来的震撼,净化了内心,也涤荡了灵魂。即便望远镜最后被符启明征用以完成他的窥探与复仇,但毋庸置疑的是,整个小说,始终映照着他的运筹帷幄和意气风发。即便身败名裂和锒铛入狱之际,他也未曾舍弃初心,将自己剩余的所有赠与丁一腾。"本来想把一辆帕萨特送给我,但那车已经查扣了,只有这台斯普雷利,送给我。'你不用,就给你老婆,她毕竟也是会员。有了这东西,她的江湖地位将会与日俱增。'"[2]要知道,调查符启明并将其绳之以法的,正是曾经的警察同事,后来转行辩护律师的好兄弟丁一腾。对此,符启明毫无怨怼且大义凛然,他知悉自己的命运且泰然处之。在符启明那里,头顶的星空塑造了他的灵魂,更影响着他胸襟坦荡的快意人生,引人入胜的星空与他一生的情怀、意趣和抱负之间,是若合符节的。

---

[1] 李敬泽:《灵验的讲述,世界重获魅力》,见田耳:《一个人的张灯结彩·序言》,作家出版社 2008 年版,第 1 页。
[2] 田耳:《天体悬浮》,作家出版社 2014 年版,第 362—363 页。

二

田耳的小说关注较多的是当代中国"南方"的严酷生命与荒诞世界,但即便是面对冷冰冰的人生苦难,他也能以饱满细腻的声与色,揭开深沉内敛的面目,于喑哑和晦暗中,开出花来。小说《一天》是一种自然主义式的写法,与其说是一场虚构,不如将其视为一次社会实录。作品直面疼痛与死亡,在单妮的悲剧中,以禹怀山、范培宗为代表的学校方,与单妮家属之间进行较量,其中的切磋、争夺和妥协,如一出戏剧,集中呈现事件的冲突和矛盾,也如浮世绘般透露各方人物的性情意图。"《一天》真是杰作,那是拆了舞台,站在旷野上,听八方来声,细微处嘈嘈切切,绵延时如洪流般从天地间涌来……"[1]田耳倾向于表达人世的基调与底色,在他看来,人物的声口,命运的色调,毋须太多的修饰,"我们太多地违拗了这些最基本的东西,生活就在那里,远胜于我们费心的营造"。因此,其小说的声色,还包括"粗砺的气象,毛边的质感,泥沙俱下的品格"[2]。愈是静水流深的叙述,就愈金声玉振、色彩斑斓。金圣叹推崇《水浒传》人物形象塑造:"《水浒》所叙,叙一百八人,人有其性情,人有其气质,人有其形状,人有其声口。"[3]然而必须指出的是,并不是说人物说话就会有自己的"声口",更多的声音是被掩盖、被篡改的。鲁迅在《破恶声论》里说:"盖惟声发自心,朕归于

---

[1] 金理:《小说之心:论田耳的中短篇》,《南方文坛》2018年第3期。
[2] 田耳:《原原本本回到那一天》,《钟山》2017年第5期。
[3] 施耐庵著、金圣叹批评:《金圣叹批评本水浒传》,岳麓书社2006年版,第13页。

我，而人始自有己；人各有己，而群之大觉近矣。"[1]柄谷行人也曾提及自我的"内面"："风景是和孤独的内心状态紧密联接在一起的。这个人物对无所谓的他人感到'无我无他'的一体感，但也可以说它对眼前的他者表示的是冷淡。换言之，只有在对周围外部的东西没有关心的'内在的人'（inner man）那里，风景才能得以发现。风景乃是被无视'外部'的人发现的。"[2]个人要发现内面的主体，听悉和照见自己的灵魂，需要避免叙事者有意无意的屏蔽，更需要在文本内外设置一种民主的维度，人物的着色与修饰方可真正显露出自身。田耳小说更多关切的是寻常人心与凡俗人性，那是将面具卸下的时刻，通过"声发自心"，以理解灵魂的音响，发现自"我"的内面，自此，方可"人各有己"，达至更深的感觉和认知。

相比而言，小说《被猜死的人》更显得晦暗，养老院中的生与死原本可以呈现出其自然的面貌，但是由于梁瞎子们的出现，他们对死亡的博弈和赌注，一定程度上重新设定了老人们的生死，其中之阴谋与邪祟，显得颇为可怖。然而作者便是将视角内置于如是之阴影中，倾听其间之声动，也注视内里的形色。"梁瞎子睁着阴鸷的独眼，将四个老人扫视一遍，最终目光落在老李脸上。"[3]当猜谁先死的赌博从外部进入内部时，搅动了原有的游戏格局，变得更为残酷而荒诞，从梁瞎子与老李互猜死亡并且以老李之死告终时，养老院的境况便发生了根本的变化，梁瞎子的地位也得以确立，一个独眼的"瞎子"及其阴沉、冷

---

[1] 鲁迅：《破恶声论》，见《鲁迅文集》第 8 卷《集外集拾遗补编》，人民文学出版社 2005 年版，第 26 页。
[2] 〔日〕柄谷行人：《日本现代文学的起源》，生活·读书·新知三联书店 2003 年版，第 15 页。
[3] 田耳：《被猜死的人》，《芙蓉》2013 年第 6 期。

峻的视角下的生死场域,主宰了小说的氛围与格局。小说的独到之处,便是以简洁的叙述写得有意与有味,于不露声色间,将表面平静、安宁的所在,写得惊心动魄,"声色"尽显。

小说《牛人》中,"我"作为"一个会唱歌的牛人",一次被请到婚礼现场,在现场的感染与自我的错觉中,引吭高歌,"我脑袋被酒泡坏了,唱得好不好已不得而知,但我十分下力气,把周围树上的鸟都掀出了窠"。而事实上,我只是一个卖唱者,不自觉地陷入自我的陶醉,享受着"做一个牛人的快感"。其中是否是"唱"的某种结果不得而知,但更多的是人物身上的迷狂,尤其是摆脱平日的压抑与愤懑后的释放。"离开锅村我还恋恋不舍,贪心不足地想,这种生意要是多有几次就好了,又有钱,又满足了虚荣。"个中除了虚荣,也许还有作为人的尊严,也即作为牛人歌者的"我",以令人称道的歌喉,感染了在场者,也博得了生命的一次高光与亮堂。这无疑是在小人物生命中难得的一次有声有色的际遇。然而这只是一种侥幸,更多的时候不得不沉没于灰色而悲戚的生活之中。田耳的重心是要写尽小人物的怯弱与卑微。当郭小毛和郭小唐见过我的"跪式唱法",以两张五十块的绿钞票诱我在曾经洋洋得意的锅村跪下唱歌时,我并没有抗拒,同样"唱得格外好",因为在我看来:"这也是应该的,谁叫郭小唐给了双份小费,唤起了我双份的职业道德呢?"小人物固然可以因为侥幸而沉浸于瞬间的欢喜,然而同样能够以自嘲与戏谑,搁置迫于生计的尴尬和甘苦。小说最后,所谓的"牛人"终究还是以自我的骄傲,扬眉吐气了一回,"这种出于本人意愿的下跪,是不要钱的"[1],那种掩抑不住的"牛"气,通过一

---

[1] 田耳:《牛人》,见小说集《衣钵》,上海文艺出版社 2014 年版,第 315、316、318 页。

波三折的人性波动和灵魂周旋,将小说推向新的境地。这就是灰调人生中的声与色,小说叙事则以如是之曲折徘徊,将故事撑起,同时将小人物的灵魂托举起来,提到一个适切的程度,个体与格调于焉不至于沉湎或沉沦,从而令整个小说显得异常饱满。

除此之外,田耳小说的叙事语言同样在声色具备中显示其生动与活力,这是田耳小说语言的独特所在。《天体悬浮》中,"我和伍能升从一条巷子走出来,前面一辆洒水车播放着《重整山河待后生》,并给路面洒水。我俩在消防栓后面等了等,再走过去,陈二九开着车子吱嘎一声横在我们眼前。这还是我们所里最好的一台广本,但是随时都冒出摇床的声音,我们都说是'车震'牌"[1]。即便面对的是生活的清冷和人世的寡淡,依然能够在小说语言的有趣有味中,见出有声有色的勃勃生机。《长寿碑》中,"老吕把我留下来,摆开架势要跟我长篇大论,但开场却是一声叹息。这我也理解,老吕栽培出一拨一拨文学青年,前赴后继地辜负着他的期望"。小说家的才情再跃动,再悲哀,再惨烈,言辞从来不是软趴趴的,气氛可以压抑,情绪可以低沉,但是语言不会趴在地上起不来。小说写老吕的一腔怨怼,属于文学的年代"无可奈何花落去",原本是垂头丧气的人物和情境,然从"摆开架势"到"一声叹息",再到"前赴后继",却见出语言的生气。戏谑也好,嘲弄也罢,田耳小说的叙事少有一蹶不振之感,相反,声色俱佳的语辞,成为小说最重要的标识。"在这种情形下,风格是必不可少的——作家的遣词用句,音乐家的调式和节奏,画家的笔触和颜色,从而从被体验

---

[1] 田耳:《天体悬浮》,作家出版社2014年版,第99页。

的知觉上升到感知物,从被体验的情感上升到感受。"[1]作家的词句与音乐家(声)、画家(色)有着内在的呼应,以此形成艺术之"风格"。在田耳那里,真正的声色使知觉与情感染上独有的"体验",一方面可以形构小说独特的气氛和境界,人物、事件及其背后的感受与感知物活跃其间;另一方面又能够逸出文本既定的内在结构,催生新的境界和风格。

三

鲁迅在《补白》中说:"月球只一面对着太阳,那一面我们永远不得见。"如若唯以光明示人,则势必"隐匿了黑的一面"[2]。田耳小说的声与色,是将被遮蔽的阴影下的处于隐匿状态的人与物揭示出来,为未被理解及备受压抑的另一面声张和图绘。小说《长寿碑》中,岱城为了申报长寿县,不惜让村民伪造年龄,其中甚至让龙马壮叫父亲为爷爷,令其家中硬生生多出一代人,以此增加百岁老人的数量。人们敢怒不敢言,龙马壮却借着酒胆发泄漫天牢骚:"接下去马壮喝得不行了,一张丝瓜脸挤出哭相,忽然说了一句,怎么偏要编我爹一九六〇年死的?我就是那年生的人,这么一编……我都是快当爷爷的人了,忽然又变成遗腹子,真不晓得哪辈子造的孽哟。"[3]以严书记为首的岱城管理者,操纵了一出弄虚作假的闹剧,而被控制与被遮蔽的龙马壮,

---

[1] [法]吉尔·德勒兹:《什么是哲学》,湖南文艺出版社 2007 年版,第 445 页。
[2] 鲁迅:《补白》,见《鲁迅文集》第 3 卷《华盖集》,人民文学出版社 2005 年版,第 110 页。
[3] 田耳:《长寿碑》,《人民文学》2014 年第 3 期。

不断地躲藏和逃避，只有在不为人知的时地，才得以慢慢显露自我。"读《长寿碑》中的诸篇，有如听钢琴，钢琴声满满地'占有'着听众，听众虽也尽兴投入，但时刻意识到这是密闭的舞台表演，于是气闷的时候就想去看四壁上的窗户。"[1]现实的荒诞占"满"了内心，产生了令人气闷的压抑，故而需要小说语言非同凡响的声色进行穿越，需要文学修辞的错位、跳跃与升华加以重饰。米兰·昆德拉认为，"行动具有自相矛盾的特点，这是小说的一大发现"，因而"寻找自我的小说只得离开行动的可视的世界，去关注不可视的内心生活"[2]。内心生活之所以隐蔽，一方面因为自我的藏匿和遮掩，另一方面则出于外在的阴影笼罩，而小说的存在，在于发现和开掘鲜为人知与有意掩盖之细部，以"声色"点亮暗处，唤起觉知。

《被猜死的人》中，田耳更以荒诞的方式，揭开潜藏的人性之恶。梁瞎子之恶固然是对"善"的盲视，"梁瞎子说着把眼皮都张开，让她看那只黑洞洞的眼仁。黑洞之中隐约浮起些浊白的物质"。其最后的悲剧也来自于猜死者内部的崩溃。小说结局，梁瞎子拖着行将就木的躯体走出养老院，"稍微坐一会，外面一点一点地亮起来，耳畔有个声音，心中有股情绪，都在催自己离开"。养老院的气氛与梁瞎子的内心所形成的声与色，一直在暗示和渲染无人胜出的悲剧终局。那个成就了梁瞎子的"淡淡晨雾中的养老院"[3]，终而也成为埋葬他的所在。那个意欲"主宰"死生的神祇，终究逾越不出自我的悲戚。不得不说，田

---

[1] 金理：《小说之心：论田耳的中短篇》，《南方文坛》2018年第3期。
[2] 米兰·昆德拉：《小说的艺术》，孟湄译，生活·读书·新知三联书店1995年版，第21页。
[3] 田耳：《被猜死的人》，《芙蓉》2013年第6期。

第三节 小说的声色与南方的质地

耳是沉入人物的生活现场写其声色,但最终也超越了琐屑,注视魂灵的亮度与命运的调式。

另一部短篇《打分器》围绕洱城街头的电脑打分KTV展开,写的是小城镇街头混混的生活和心理。田耳调动起各种言辞,对"打分器"进行叙说,无论是嘲谑其"善解人意",还是调侃"随着年龄的增长,它懂得了宽容",作为小说的另一个"主体","打分器"竟然也在其中自带声色,神气活现。其中,乔妹的歌喉成为小说叙事的内驱力,"不管是哪首歌,她的颤音都是一如既往地锯人,但我们已经皮实了。音响放大着乔妹的声音,往来的路人会来看一眼,紧一紧身上的衣服,然后匆匆离去",最终乔妹的颤音主宰或说篡改了她的命运,"她把颤音发挥到极致,每一串声音都闪烁着电锯的光芒"[1]。正是这串颤音刺激了老蔡,召唤出了他当初一败涂地的耻辱感,也让乔妹自己惨遭割喉之痛。小说截取了人物情感的断面,以火山喷发般的内在情绪,处置自我深处埋藏的隐秘的报复心理。短篇小说《夏天糖》同样是面对现实界的灰暗和压抑,令"我"不断试图逃离,意欲回到那个"豆绿色"的小女孩织就的回忆之中,然而,理想中的过往遥不可及,在"我"身边的,只有出卖肉身的成人兰兰,在巨大的压抑笼罩下,"我"沉溺于自身扭曲的想象和意念之中,难以自拔,最终以毁灭与自我毁灭的方式了结。

不得不说,主体要发出自我的声音,并非易事,被忽视、被埋没、被歪曲之处所在甚多。不仅如此,自我的重复、现状的麻木、言辞的贫乏等,都会将"真的声音"置若罔闻。因而在小说中,真正的声色,必然倾

---

[1] 田耳:《打分器》,见小说集《金刚四拿》,花城出版社2016年版,第21、25—26页。

注作者的叙事伦理,在饱含深意中蕴蓄内在的精神倾向。小说《衣钵》中,作者的意图似乎很明显,李可在一波三折之后,终于认同父亲,继承了道士之"衣钵",而其中之核心,在于发乎灵魂的唱作以及当中的性灵之音,"在父亲的说法里,声音有自己的灵性,它像雾霭一样喜好围着山绕,如果这山的层叠没有尽头,这一团团响亮的声音也会一直缭绕着传递开,原封不动地沿着山走,从这里到那里,没有损耗,没有消散的时候"[1]。在小说中,声色甚至构成了某种意象和符码,闪烁于小说结构的内部与人物主体的深处。"这一块或那一块挡在太阳底下被阳光镶了金边的云朵或许可称之为祥云。一个道士是应该在一片祥云的荫庇下进行仪式的。"无论是缭绕不绝的声音,还是镶了金边的祥云,作者通过外在世界的声与色,为"道士"加持,这是小说的内在伦理。道士的身前,是乡民的祈愿和庇护,其身后,则是乡土文化以及个体价值的蕴藉。"多少年了,人们听到的丧歌都很喑哑,钝钝的,于是都以为丧歌就是这样,只能是这样唱来,听上去就得有钝刀割肉之感。可是他们听到了另一种唱法,一种明亮清丽的声音,婉转得起来。"村民们在"雏凤清于老凤声"的丧歌中觉知李可父亲"原来是这么好的一个人",在此意义上,李可所传承与所扬举的,才可真正称之为"衣钵"[2]。民间宗教与文化遗产的传承,在现代境况下必然发生分裂,小说的独特之处在于,如是之分裂更多地出于主体内心的分野,李可正是不断地聆听自我的声音,进而几次三番调整内在的意志,终而承传了父亲的道士衣钵。鲁迅在《破恶声论》里说:"吾未绝大冀于方

---

[1] 田耳:《衣钵》,《收获》2005年第3期。
[2] 田耳:《衣钵》,《收获》2005年第3期。

第三节 小说的声色与南方的质地

来,则思聆知者之心声而相观其内曜。内曜者,破黮暗者也;心声者,离伪诈者也。"[1]也就是说,内在的光辉可以照亮"黮暗",而真正的"心声"则是破除"伪诈"的关键所在。在小说中,与"眼底晦暗之中的村子"相对的,是李可"看清了"的"白"而"宁静"的"几乎完美"的月亮。这种强烈的对照,恰是李可在乡间及在父亲那里接续的身心守正的精神传统。不仅如此,关乎李可灵魂的徘徊和搏斗,其中的摇摆与最终的锚定,以及由此呈现出来的重量与质地,必不是腐朽凝滞的叙事所能把控的,这就需要叙事者小说中创造更具声色的修辞,以对接生命的跌宕,聚焦灵魂的沉浮。

四

不得不说,叙事了无生气,辞句乏善可陈,已成为当下小说的主要弊病之一,这无疑需要小说家超越模式的捆缚,突破语言的平庸,逃逸习惯的框囿,对叙事如切如磋、如琢如磨,尔后,形构小说的声色,以此逾离陈旧而腐朽的现实,重铸一个新的想象世界。"逃逸就是划出一条线、好多条线,就是勾勒出整个地图学(cartographie)。人仅仅通过一种漫长的、破碎的逃逸来发现世界。"[2]小说中的声色便是某种意义上的"逃逸",逾越庸常的修辞,对俗不可耐的现象世界进行"解域化",跃出黯淡和失语之域,这事实上也指向了新南方写作的一种旨

---

[1] 鲁迅:《破恶声论》,见《鲁迅文集》第8卷《集外集拾遗补编》,人民文学出版社2005年版,第25页。

[2] 〔法〕吉尔·德勒兹、〔法〕克莱尔·帕尔奈:《对话》,董树宝译,河南大学出版社2019年版,第54页。

归,也就是如何通过文学发出"真的声音",与此同时人物主体是否能够真正塑成自我之声色,以发现并创生新的世界。

"写作的目标、终极目的是什么？仍然是生成——女人、生成——黑人、生成——动物等的另一面,是生成——少数者的另一面,还有生成——不可感知者的终极事业……写作就是丧失面孔、跨过或凿穿墙,很耐心地修饰墙,别无其他目的。"[1]文学的意义便是在沉寂中激起声响,在黯淡中牵引光源,小说之"声"可贯穿"墙",其"色"则能重饰"墙"。声/色便是"逃逸"重复与阻滞,透析和改造其所谓之障壁,凿破之而入"洞",那里隐匿着自我的秘密,也潜藏着他者的镜像,声色入之,是为穿越,为修饰,亦是生成。

---

[1] 〔法〕吉尔·德勒兹、〔法〕克莱尔·帕尔奈:《对话》,董树宝译,河南大学出版社2019年版,第66—67页。

第四节　边地姿态、问题意识及整体性重塑

进入新世纪,中国的先锋文学的整体性演进逐渐隐匿,取而代之的是碎片化的发展与潜流式的余绪。而且,经典化的过程也令"先锋"不断固化而形成种种规定性,尤其在"先锋文学的终结"[1]等声音的冲击下,先锋写作开始停滞不前,从显学逐渐弱化。因此,当下重提先锋文学,问题的关键就在于如何激活,如何延续,尤其二十世纪九十年代以降的先锋"续航"[2]如何重新确认并表达自身,以新的历史感与问题意识,寻觅现实落脚点以及形式话语的支撑点,在碎片的流变中

---

[1]　具体参见孟繁华:《九十年代:先锋文学的终结》,《文艺研究》2000年第6期。
[2]　关于先锋文学的"续航",具体参见吴俊:《先锋文学续航的可能性——从吕新〈下弦月〉、北村〈安慰书〉说开去》,《文学评论》2017年第5期。

重塑整体性的形态。这就涉及先锋文学对自身主体性实验的内在理路甚至对"先锋"本体的反叛,那种于时代的细微褶皱中展示宏大景观,又或者以无法归类的语言构成既定概念难以涵盖的修辞表达,本土化过程中不可复刻的地方性路径,以及写作者的叙事调性所创生的"先锋"内部的差异化形态,通过更为切入肯綮的思想性书写,解剖现实症结的话语探索,在此基础上重新粘连或再塑"先锋"的总体性特征,构成其存续与衍化的当代命题。

东西于先锋文学八十年代的终结与九十年代的开启之际登场,通过悬置的话语状态,凸显并处置历史及人性的症结,其小说以边地作为立场与方法,始终周旋于精神的困境、语言的被缚及形式的凝滞问题,凸显先锋的异质性并传递其有效与存续。丁帆在《中国新文学史》中指出,"东西与鬼子、李冯等是受到较多关注的广西作家。他们在九十年代中后期的写作,较好地处理了审美接受与物质欲望之间的张力",不仅如此,东西等作家的创作,"体现了九十年代汉语写作新的审美追求"[1]。先锋固然有着文化态度及精神美学层面的独异性,但并不是千人一面、铁板一块的,尤其对于汉语写作的丰富样态来说,亦因地域及主体性的差异而呈现不同。当代中国的先锋文学于本土化的过程中,甚至在变异与转化之后,也往往传达出诸多的复杂性。东西小说处理的是二十世纪九十年代以来的阶层、身份和语言问题,特别是以"南方"为基准和旨归,试图营造一个形而上的构思,以隐喻性作为文本的开端或整体性的统摄,也就是说,形而上并不是东西小说叙事的目的,而只是他开启新的探索的前提;其小说在形式的实验与语

---

[1] 丁帆主编:《中国新文学史》(下册),高等教育出版社2013年版,第364—365页。

言的冒险中,还时常透露出南方边地文化的幽冷瘦硬的苦难,在庄重的戏谑之外,以决然的反讽触及征兆的核心;而且由于东西个人的调性和趣味,尤其是小说中饱满情感却又漠然处之的智性表达,在极端化的处境中观测人性的拘囿与突围,故而在文本里形成巨大的思想张力,使其既可周旋于九十年代以来的时代精神状况,同时饱含充沛的情感以捕捉现实之"问题",在新世纪的当下开启新的可能性,并且试图在"先锋"之形式逐渐隐微或散碎存在的当代汉语写作中,尝试建构整体性的修辞形态。

一

2006年,东西在《为野生词语立传》中专门谈及韩少功的《马桥词典》:"由于语言的高度工具化,词语变得越来越简约越来越粗糙,一些复杂的感情和生动的场景再也找不到对应的字词。为了方便和通俗易懂,我们不得不马虎地删除多余的感情、活泼的动作、绝美的画面,赤裸裸地说出目的……"[1]不得不说,语言问题既是当代中国的困境,同时也是出路。因而,在东西身上,既存在着先锋思想向边地文化的渗透,同时也意味着后者的补充乃至挑战,尤其是边地丰富的语言样态对(先锋)文学新变带来的新的养分。事实上,九十年代以来中国社会开启了一种新的文化观照形态,其不再局限在革命、启蒙的二重循环,在物质、权力的当代性中主动或被迫汲取并释放力量。这便涉及革命到后革命、启蒙至后启蒙的价值及其话语转换问题。在这个过

---

[1] 东西:《为野生词语立传》,《南方文坛》2006年第2期。

程中,大历史向世俗性的小历史的蜕变,"新生代"的小说事实上代表着某种在而不属于的文化状态,他们身上的先锋意味无疑演变成了一种新的审视形态,尤其凸显在把握高速变动的未定型的时代精神状况之中。在这种情况下,东西小说事实上存在着某种内在的疏离:一方面,针对前期先锋文学来说,东西更多选择了回归现实,但这个现实既在于边缘之地,又同时针对普泛化的中国问题;另一方面,以话语的言说及其失效的呈示,思索九十年代以来悬而未决的文化移动,在小说中经常表现为一种精神悬置,经由言语的传递或遮蔽,整体性地把握新世纪前后的当代中国。

东西认为:"我是一个从农村走出来的写作者。写完这个小说后,有人说绝望。我想没有绝望的人是不会热爱生活的,所以实际上这是一个特别热爱生活的小说,在藐视绝望中充满希望。"[1]值得注意的是,九十年代以来的先锋表达剔除了八十年代的凌空蹈虚,也不再专注于形式的翻新,而是与时代接壤中寻求语言的内爆点。"《篡改的命》踩中了当代中国的经济、文化审美许多方面的一个非常重要的张力点,所以这个小说恰恰成了这个时代巨大的据点,没有很刻意地设计它,没有很刻意地在语言和精神上去追求它,反而成为一个非常好的语言。"[2]在一个非常世俗的层面升化出某种普遍性的意义,需要小说中从日常土壤中传递出整体的与符号化的抽象性,将沉重的芸芸众生往上托举,形塑总体性的话语形态。

《没有语言的生活》围绕"语言"这一核心概念展开叙述,讲述的是

---

[1] 东西、张清华、陈晓明:《先锋文学精神的继承者——谈东西和〈篡改的命〉》,《上海文学》2016年第7期。
[2] 见《东西作品国际研讨会发言纪要》,《南方文坛》2017年第5期。

一个关于言语失效及其拯救的故事。其将眼光对准边地乡土内部的人的生存境遇。在不断失语的过程中,王家宽一家被排除在语言系统之外,他与王老炳、村里人交流时往往显得词不达意,这个过程与其说意味着乡土语言的失落,不如将之视为乡土话语的现代/后现代转圜,其中体现出的价值观的更迭,在村民内置的价值判断与交流规则中,不断变换着新的价值和伦理标准,而此时语言的缺失,恰恰意味着乡土中国从现代到后现代社会转型中的精神困境。确切地说,这是边地乡土的一种失语状态,当代乡村不仅面临着来自城市化的冲击,而且内在的传统元素也在不断消解,尤其来自于城市的现代性渗入甚至意在翻掘乡土文化既有之根基。

东西先锋探索中的边地叙事,还体现在乡土世界的呈现及其小人物的书写上,尤其到了新世纪,东西的小说开始捕捉更为深层的现实历史讯息,对焦城乡之辩证中所映射的生产逻辑与分配方式,在从阶级到阶层的叙事转圜中,探究商品经济发展为主导的人性裂变。在这种情况下,附着其上的小人物的滑稽、怪癖、苦难等,成为叙事的中心,而由此延伸出来的批判漩涡则往往是历史及其权力。在小说《双份老赵》中,老赵凡物都有双份,凡事皆有后备,最后犯下了重婚罪锒铛入狱。老赵身上的心理疾病折射出来的无疑是一种时代之症,缺乏生活与情感的安全感,更进一步说,老赵身上的贪婪与欲念,代表了二十世纪九十年代以来社会转轨中的精神困境,物质的丰富与精神的匮乏相与共存,构成了当代人的价值危机。

需要指出的是,边地书写并不一定代表的是景观和题材层面的边地,而是一种姿态和方法的表达。东西曾提及他与毕飞宇、艾伟、李洱等作家,"继承了先锋小说的创新精神",但是与二十世纪八十年代中期在中国兴起的第一代先锋文学不同,东西认为:"我们一直是先锋小说的旁观者,曾经跟着先锋小说的作家们跑过步,但我们先天地注意故事和现实,然后再加入他们的创新精神。"[1]东西小说中从西南边地生长出来的先锋性,逐步摆脱了前期先锋小说的虚缈迷幻,而更注重写实,并于现实土壤中注入冷酷、苦难、幽默等元素,在这当中,东西一方面出身边地,另一方面则反作用于斯。对于东西来说,"在地化"有两重含义,一是先锋文学的中国化,二是落地于他生于斯长于斯的边地广西并延伸甚至抽象出新的整体性内质。除了桂西北对他的内在影响,他的精神质地中还有壮民族文化的因子。"如果排序,壮民族文化无疑是我身体里的第一个异质文化,它在我恐惧的心里注入胆量,在我自闭的性格中注入开放,在我羸弱的身体内注入野性。"[2]边地的少数族裔文化不仅对东西先锋探索中的本土化进行改造,而且不断化入作者自我的主体观念之中,并最终呈示在小说的形式修辞和话语方式上。具体而言,在东西那里,边缘成为一种反叛的方法,这与先锋的内质是不谋而合的。边地有着野气横生的语言,人们秉持撬动苦难的心性,对世界充满偏执的同时又不无偏爱,在命运的临界点中往往能爆发出种种潜能。由是反观《没有语言的生活》,在极端化的苦难中,乡土与民间的生气却呼之欲出,罪恶降临他们却筑河而居,建造坚硬的壁垒。《我们的父亲》中的父亲,"一不怕苦,二不怕死",来到城里看看儿女,无法接受他们的冷漠,却偏执顽固地怀抱情感。再看《篡改的命》,命运不是被篡改,而是主动为之,汪家试图逆天改命,不惜丧失

---

[1] 东西:《先锋小说的变异》,《文艺争鸣》2015年第12期。
[2] 东西:《壮族,我的第一个异质文化》,见东西:《叙述的走神》,上海文艺出版社2016年版,第11—12页。

自我,不在乎殒身其间。《目光愈拉愈长》里,马一定两次失踪,第一次遭拐卖,第二次则是主动出走,在他身上,代表着边地世界的精神突围,而对于东西的"先锋",剑走偏锋的凌厉风格,又何尝不是一种语言形式到文化精神的穿透。曾几何时,这与汉语写作甚至发展中的当代中国的世界处境和旨归是同构的。

二

九十年代的思想转圜,终究要通过种种制度与文化的话语加以呈现,而在如是之坍塌与重建共存的时代,如何反思历史化的修辞,重整种种繁杂无章的话语,成了"问题"的关键。而新世纪的汉语,同样被碎片化与娱乐化的语言所笼罩,"被殖民"的经验篡改并占据了日常生活,甚至使得汉语本身变得迷幻和麻醉,这是东西关注的问题。而他的先锋性也在于文学重塑自身以总体性地对焦当代历史的症结,这个过程散装的"先锋"显然是难以实现的,因而,如何重新组装以构筑完整性形态,保持形式的出新与语言的调性,这是先锋真正续航的难度所在。当然这里并不是说东西的小说完全做到了,但他尝试去做,而且在缓缓铺开这样的可能性。

先锋文学在地化的过程,既有外在的西方现代派文学的影响,又与国内意识形态环境的转圜关系颇深。但先锋文学在中国可以说一落地即发生分化,作者各自认领回去,马原、格非、孙甘露、残雪、苏童、余华、莫言、韩少功等在八十年代中期开始"变法",将"先锋"迅速中国化与个性化,"有一个或明或隐的基本意识,即先锋文学是当代中国文学与世界文学的一个呼应,是对世界文学的一种回应(方式),透露出中国文学走向世界、融入世界的一种主观意愿的明显诉求；同时，先锋文学也是对文学现状、更延伸点说是对一直以来的经典文学史或者说文学常态的一种新创和对抗"[1]。先锋文学在二十世纪八十年代的涌现，有其内外原因，最关键的，还在于当代中国文学内部的美学要求，是从革命历史话语脱化后的修辞转向。八十年代意味着革命历史的终结，似乎已成文学史的共识，而九十年代的文学则处于急剧的变化之中。"你们看一下中国文学群体的命名，到了先锋小说之后全部都是以年代命名的，叫'新生代'的作家，至少有几十位。我记得当年经常被评论家点名的'新生代'作家约二十位。后来，文学界对更年轻的作家都以年代命名，比如70后、80后、90后、00后，'先锋小说'之后所有作家都是以年代命名的。"[2]而从九十年代发散开来，直至当下中国的时代发展状况，东西可以说都有极强的参与性，从而在小说中形成一种真正的对话关系，"巴赫金谈到陀思妥耶夫斯基作品思想的时候，谈到一个非常关键的条件，那就是他和时代有一种对话的关系。我觉得东西小说的独特价值可能就在他的人物和时代之间具有对话的关系，和他人之间具有对话关系，这种对话关系很好地在他的作品中得到了完成"。具体来说，东西小说与二十世纪九十年代以降的当代中国之间的"对话"，既是一种终结中的收束，也是某种意义上的开启，而更重要的在于思想与智性的悬置，以此形成批判性的叙事文本，其固不是简单地审视反省，而是在历史的演进脉络中，将语辞嵌入深

---

[1] 吴俊：《先锋文学续航的可能性——从吕新〈下弦月〉、北村〈安慰书〉说开去》，《文学评论》2017年第5期。
[2] 毕飞宇、李洱、艾伟、东西、张清华：《三十年，四重奏：新生代作家四人谈》，《花城》2020年第2期。

层的社会精神及其文化肌理,呈示苦难命运中人性最难以捕捉的裂隙,再出乎其外,引譬连喻,从文化隐喻走向精神反思。

先锋文学于九十年代直至新世纪开启的新的语言实验中,开始及物与落地,对应当代中国的思想文化境况,回应人物主体的现实处境,于无边的现实中周旋于沉重而不可消解的时刻,正因为此,东西小说事实上并不追求结构的整饬,而是在叙事过程中凸显一种悬停与旁出,以期蕴蓄辨别、判断及反思的能量。不仅如此,东西在小说中还试图表达写作者对语言的不可获知与难以传递,这是一种内在的美学反拨。"今天的作家们已经学会了沉默,他们或者说我们悄悄地背过身去,彻底丧失了对现实发言的兴趣。"丧失了"直面现实的写作能力"[1]。与《没有语言的生活》相类似的,《反义词大楼》中,"我"最后也无奈沉默,落荒而逃。《我们的父亲》中父亲的下落最终成谜,精神寄托的意图难以展开。《请勿谈论庄天海》重心甚至不在庄天海本身,而在于"谈论",也即当代社会似乎是被曲解的名实之辨,直至最后,孟泥与陆警察剩下的婴孩,口里居然叫出了"庄、庄、庄爷爷"[2]时,充满谶语的荒诞底下,扭曲与变形的语言形态已然凸露。"东西的小说大多与'痛苦'、'困难'有关。对于生存的沉重、乖谬,他擅长运用变形、荒诞的方式来讲述,这包括情节、人物性格设计,以及叙述的语言。这为他的作品增加了反讽的力量。"[3]可以说,东西小说往往不着意作品的时代政治背景,而是将重心放在更为抽象的"语言",又或者说两者是合二为一的,"没有语言"不能简单理解为不能言说,而更在于语

---

[1] 东西:《我们的感情·前言》,上海文艺出版社 2016 年版。
[2] 东西:《请勿谈论庄天海》,见东西:《我们的感情》,上海文艺出版社 2016 年版,第 55 页。
[3] 洪子诚:《中国当代文学史》,北京大学出版社 2007 年版,第 360 页。

言不断被宣布无效、不断被篡改的现实中,同样意味着深层的失语。

二十世纪九十年代以来的历史境况充满了诸多的徘徊与犹疑,并不是新的时代冲击了文学,而是文学过于沉湎既往那个纯粹的精神容器,尚未构筑新的认知装置以容纳和解码新的历史语境。现在回过头来看,二十世纪九十年代以来先锋文学映射下的现实意义正在于,为当代中国文学提供了新的价值参照,无论是商品经济投影线下的拜物教,还是摧枯拉朽般的城市化进程,如张爱玲在《自己的文章》中所提到的"人们还不能挣脱"的"时代的梦魇"。事实上这样的阴影矗立在每一个年代,等待文学新的叙述加以溶解,需要新的抒情形态将其照亮。世纪末所隐现的昏昧不明,以及刚刚经历了一个世纪的启蒙与革命的交叉感染,亟待文学及文化加以价值重估。在此境况下,并非文学式微了,也非边缘化了,而是文学发现了另外的自我,文学出现了新的分身,塑成新的形态,亟待处置新的问题;也不是文学的能量被稀释了,而是文学的边界被拓宽了,先锋文学正是在这个过程遭受内外的危机,由此需要新的叙事姿态、问题意识与整体性视野去烛照。

三

东西和他的先锋尝试正是在这样的时代境况中生成的,其恰恰提示我们,九十年代应该构成一种文学史的方法论,先锋文学所代表的新的沉潜与蕴续、终结与新变,不是实验的收束,而是新的探索的开端。毕飞宇、李洱、艾伟等作家无疑是其中的代表。当代中国文学从爆炸式与集束性的井喷,进入平淡与观望,东西小说中决绝的调性,便是在如是之犹疑时代的精神现状中形构的,他试图调动后革命与后启蒙时代已经消解了的大词,甚至是通过元语言本身,以凝聚更坚硬更尖利的"先锋之刃"[1],这也同样是他探索如何破除九十年代以来先锋文学散碎流播并重新建筑其整体性的新的探询。"我在叙述的过程中,常常会言不由衷。叙述就像一匹马在奔跑。"叙述自由与叙事智性的纠葛,在东西的小说中构成了显豁的张力。叙述的走神令小说逾离既有的发展轨迹,颠覆既定的逻辑路径,而这个过程写作者是有所察觉的,"但是我知道这匹奔跑的马常常会离开我的意思,一路撒欢而去"[2]。信马由缰之后,则是话语的漫溢与言说的冒险,从而得以旁支斜逸,或宕开一境。小说《肚子的记忆》中的叙述走神与延宕,记忆成为不稳定与不确定性的意识流动。《反义词大楼》中麦艳民下落同样无疾而终,等等,在此境况下,"悬置"既是一种小说的叙事修辞,同时更代表着现实的处境和反应。东西曾提到先锋小说的"悬置","他们悬置历史与现实,虚化背景,也许这种写作方法是中国作家的宿命,只有虚写历史与现实,才可能写出历史与现实的真相"[3]。在他看来,中国八十年代以后的先锋小说,经历了从求变求新到"自我变异",再到"传染"[4]与延续,在这个过程中,先锋文学不断与中国九十年代以来的现实历史产生互文。早期先锋文学从一种概念的与高度抽象化的形态中,衍化出现实主义式的"先锋",其不仅是在地化的,同时也是历史性的,意欲切入当代中国的社会肌理与文化肯綮之中。

---

[1] 相关提法参见木叶:《先锋之刃》,上海人民出版社2018年版。
[2] 东西:《叙述的走神——关于一部小说的产生》,见东西:《叙述的走神》,上海文艺出版社2016年版,第134页。
[3] 东西:《先锋小说的变异》,《文艺争鸣》2015年第12期。
[4] 东西:《先锋小说的变异》,《文艺争鸣》2015年第12期。

值得注意的是,东西小说冷峻、幽深,绝少抒情,不是一种麻痹读者的友好的写作,而是刺痛性与批判性的,其所塑成的悬置在现实历史之间的充满问题意识的先锋书写,需要的是思想性的参与,以重启阶层的、文化的与社会的审视力。张燕玲将东西的《耳光响亮》《后悔录》《篡改的命》称为"命运三部曲"。"可以说这个三部曲一以贯之东西对命运的不懈追问,其决绝的批判现实主义创作风格,既坚定执着关注民间苦难的平民立场,又有紧密的内在逻辑形成井然密实的结构,棱角分明的主人公构成了个性鲜明的人物形象,命运诡异坎坷赋予小说的狠毒绝望与野气横生。比较独特的是东西有东西的幽默,那是一种含泪的笑或说一种凡间的快乐,使其小说里野地里生野地里长的人物充满艺术张力。"[1]这里透露出了若干讯息,一是东西小说在现实中试图捕捉人物的命运与苦难,二是其中的"平民立场",而这一切都有一个"幽默"的底子在,却往往透露出边地意识中的"野"与"狠"来,这些状似矛盾的状态形成了文本内在的多声部,而人性深处亦有多重的斡旋。东西试图从边地场景中最寻常也最具有生活性的片段中,撷取最具隐喻意味的所在。然而值得注意的是,平民的命运并不是终极定论,而是一种话语的启程与续航,是詹姆斯·伍德所言的那种细节与技巧并置的"生活性叙事"[2],只不过东西将这种技巧从生活性"拟像"中脱化出来,转而为隐喻性的批判,并且小说中不同价值伦理彼此间的冲撞抵抗,令简单的判断难以形成,从而构成了一种文化的丰富性与精神的复杂性。昆德拉在《小说的艺术》里曾提到,"每

---

[1] 见《东西作品国际研讨会发言纪要》,《南方文坛》2017 年第 5 期。
[2] 〔英〕詹姆斯·伍德:《最接近生活的事物》,蒋怡译,河南大学出版社 2017 年版,第 31—32 页。

第四节　边地姿态、问题意识及整体性重塑

部小说都在告诉读者:'事情要比你想象的复杂。'这是小说永恒的真理,但在那些先于问题并派出问题的简单而快捷的回答的喧闹中,这一真理越来越让人无法听到。对我们的时代精神来说,或者安娜是对的,或者卡列宁是对的,而塞万提斯告诉我们的有关认知的困难性以及真理的不可把握性的古老智慧,在时代精神看来,是多余的,无用的"[1]。这便是时代的精神状况中的困境所在,当代生活越来越被简单化与符号化,这就需要重新将日常的与人性的、民族的与国家的、行为的与语言的丰富原貌加以恢复,以戳破虚幻的景观之中的一元与单面。

更进一步说,思想性写作并不意味着需要普及与传递知识,否则,小说家就必须秉持中立的科学的立场,事实恰恰相反,小说家需要持有种种不容调和的偏见。"小说家常受其偏见的支配,他在选择题材、塑造人物以及在对人物的态度等方面,无不受此制约。无论他写什么,都是他个性的流露以及他的内心直觉、感情和经验的表现。无论他怎么想写得客观,他终究是他癖好的奴隶。无论他怎样不偏不倚,都免不了失之偏颇。"[2]这样的偏见、偏执甚至偏颇,构筑了东西小说最基本的要素,《耳光响亮》《篡改的命》《后悔录》,以及在《送我到仇人的身边》《没有语言的生活》《我和我的机器》等小说中,都存在着如此的叙事形态,这样饱含阶层与身份的现实政治视角,将人物主体及人际间的交互推向一个命运的极端或极致状态,由此构筑成符号化与抽象化的叙事,在新世纪逐步走向后现代状况的中国,努力凝聚起一种

---

[1]〔捷克〕昆德拉:《小说的艺术》,董强译,上海译文出版社 2004 年版,第 24 页。
[2]〔英〕毛姆:《怎样读书才有乐趣》,见《毛姆读书心得》,文汇出版社 2011 年版,第 13 页。

高度的批判性，以形成整体性的话语修辞，重塑一种尖锐的、深邃的与宏阔的先锋文学。

除此之外，东西小说的"智性"不同于一般思想性写作之处还体现在其中蕴含的充沛的情感。"我一直主张既要'写什么'，又要'怎么写'，所以保存了先锋小说的一些遗风。但是，一个作家需要什么样的'智慧'很值得研究，如果只剩下'智慧'而没有情感的投入，那是可怕的写作。我喜欢在情感饱满的前提下再来讲'智慧'。从《没有语言的生活》到《后悔录》，我的写作总是从情感出发，以艰难开始，是一种很笨地用身体去体验的写作，只不过想多了、改多了，才有一点点你说的智慧。"[1]应该说，情感与理智在小说中时常是抵牾的，而在特定的情况下则可形成内在的张力。"情感的投入"及"智慧的抒发"在小说中严密接榫，这代表着东西先锋小说的叙事模式与精神内核，其中的情感不是抒情，其甚至是排斥抒情主义的，在处理感情的过程中，他不断调动思想性的元素，构造的是形式肌理中的情感蕴藉，使得情与理在小说内部形成辩证式的存在。这似乎是一种悖论，然而正是这样的极充盈又极冷酷的交叉与背离，构成了反定见的叙事形态。在《后悔录》中，曾广贤之于按摩女、之于植物人的父亲间的倾诉，始终没有得到应有的响应，从而透露出当代社会普遍性的"孤独"，以及对于"团结"[2]的呼吁；《没有语言的生活》也同样涉及类似的表达，一方面是意欲表达自身的充沛的欲望，另一方面则是情感的疏离与人际的隔阂，当代人精神孤岛般的存在，已经成为不可取消的生存困境。甚至拓开来

---

[1] 东西、姜广平：《东西：小说的可能与小说的边界》，《西湖》2007年第1期。
[2] 张柱林：《想象团结：东西小说的孤独主题》，《当代作家评论》2010年第4期。

说,这似乎也映射着汉语的本土乃至世界处境,当代汉语如何延续并发展自身的复杂丰富,并在抵抗无效与无序的语言现实中彰显声色,改造当代的文化及精神处境,而不是为后者所荒废扭曲,由是创造性地树立自身的世界品质与话语形态。

四

在小说《你不知道她有多美》中,"我"经历地震,身处险境,千钧一发之际,"突然,有一只手,就像青葵姐软绵绵的手,拽了我一下。我飞了起来,在站满裸体的上空。又突然,那只手一松,我跌回了地面"[1]。青葵姐的那只手不仅是一种超现实主义的表达,同时代表着向上托举的精神形态,而"我"随后"跌回了地面",似可看作先锋文学从悬空到落地以寻求更为理想化表达的某种形象呈现,意味着九十年代以降直至新世纪当下的新的转向。"东西的小说大多与'痛苦'、'困难'有关。对于生存的沉重、乖谬,他擅长运用变形、荒诞的方式来讲述,这包括情节、人物性格设计,以及叙述的语言。这为他的作品增加了反讽的力量。"[2]简言之,东西小说中不断构成悬置意味的形象、景象与想象,以凝视并透析现实人世以至当代中国的征兆,在边地姿态与问题意识中形成不容化约的精神质询,通过智性叙事及其话语修辞,完成先锋文学整体性的形式探索。

小说《目光愈拉愈长》的最后,母亲刘井不断拉长自己的视距,以

---

[1] 东西:《你不知道她有多美》,见东西:《我们的感情》,上海文艺出版社2016年版,第12页。

[2] 洪子诚:《中国当代文学史》,北京大学出版社2007年版,第360页。

想象性的方式定格儿子马一定，而叙事的焦距也在一次次的伸缩中回溯或延伸，如此使得小说文本不再局限于日常现实，具有了变化/变幻的可能，甚至形成隐喻与寓言，统摄更为广阔的现实镜像。可以肯定的是，东西既没有被先锋浪潮所湮没，同时也避免了先锋文学退潮之后的裸泳，就像小说《篡改的命》里，林方生知道了事情的来龙去脉，最后将自己的照片和档案扔进了水中，关于自己身世的证据也就随风飘散，他永远成为林家人；而东西的先锋写作则是另一个反面，他以边地的姿态与方法构筑自身的主体意识，以一种充盈着情感的冷硬决绝获致了异质性，通过抵抗碎片化的问题意识及有针对性的智性书写，意图再造先锋文学的整体性而拒绝被"篡改"，由是保持着真正的"先锋"姿态，也因而拒绝了被普泛化与同质化的"命"运。

第五节　生命审度、情感气息与地理形构

一

举凡关乎生死,一方面我们常常讳莫如深,因为内心的脆弱与敏感,又或是难以承受的生命之重;另一方面却不得不去触及,以回应并抵御内在的困境,又或开启魅惑而神秘的灵魂之思。从这点来看,小昌的小说很抓人。这么说的意思是,他的小说绵密,有劲道,干脆利落,直钻人心,往往置之衰败与死亡而后生。小昌虽是北方人,但在南方的海滨小城北海生活久了,小说有一股亚热带的气息,热烈中有慵懒,向往中有衰颓,那是渗透着情感与生命的地理,无论是伤痛还是死生,又或追忆与畅想,多有幽深的迷思以切近人心,周旋于现实的凋敝

不至于沉落，又在枯索和靡丧中试图超越出来，另寻一重世界。

《乌头白》主要以林少予和于凤梅二人牵引全篇，他们曾是八号农场的知青，两人定情于艰困岁月，老之将至，身患绝症的于凤梅出现在了林少予及其家人面前。值得一提的是，很多小说都想复活历史，小昌不一样，他是让历史衰朽。的确如此，挖掘与显影并非历史的全部，恰恰相反，遗落与埋葬也是应有之义。因而在小说里，林少予和于凤梅是久别重逢，但更像是谋划告别、奔走离散。

这个小说好就好在，林少予一家名不见经传，关于他们的过往叙述得如此开阔而深邃。林于二人聚饮之后，欲醉半醒，小说也开始追溯远方、抵达历史，如滚雪球般将一个家庭、家族甚至是一代人的历史重新雕塑。林少予的父亲曾只身前往北平城，向傅作义将军示威，娶了国民党反动派的女儿，最后流连于深山里的仙人柱，守候与追逐那个骑着驯鹿的敖鲁古雅女猎人；母亲在林业局工作，丈夫葬身于那片森林，充满疑惑的她投身于森林防护，欲探究竟却不了了之，终而从东北南下，将余生付诸北海；爷爷与日本鬼子之间的纠葛，以及最后喝鼠药自尽；姐姐远走美利坚，跨越国界的爱恨情愁，至老无可释怀；妹妹小盼被溺毙于那个严酷的岁月；当然还包括林少予自己，早年顶替姐姐，背井离乡来到内蒙古海拉尔的农场插队，尔后成为一名技工，"大半辈子伺候一台牛头刨床"。林少予他们如候鸟般自北方出发，来到南方的一处天涯海角，相互亏欠、彼此怨恨，情感的牵连如天空星宿的谱系，却只是长久地闪烁于暗夜。

有意思的是，杳无踪迹的林少予父亲留下一部长篇小说《白垩纪》，这是一部回忆录，记录那个久远而凶残的年代。那些难以企及的历史、无法实现的人生，都显得遥不可及且不可忍受。小说里写到了妹妹小盼的死,指向着历史与人性的暴虐。并借姐姐之口道出:"我们就是生存在白垩纪的恐龙。"在人与兽的纠葛里,人变得面目全非,残酷而充满戾气,渴望理解与实现而不得,只能于旷野中发出无尽的哀号。这个嵌入式的文本多有自叙之意味,虚虚实实,天南地北,最终还是回到自己的家庭、爱情,超离不了那些空虚与幻灭。

事实上在小说里,写绚烂和光彩容易,写凋零和枯萎实难。《乌头白》的人物,几乎清一色或将步入暮年,然而空留一身遗憾,仿佛看得清死亡的身影。"从前他老以为她会孤独终老,没想到孤独终老的那个人更可能是他。"南方成为生命的归处,惊惶人生的避难之地。生活在此落脚,灵魂暂且安定。林少予和他神秘而清晰的家人,癌症晚期的于凤梅,以及来自天山却在虚空的"传销"中幻想人生的老孔等。在小昌那里,作为树洞与归巢的南方,寄托着生死,也挣扎着超克。

小说最后,备受刺激的林少予母亲离家出走,"她的卧室还是老样子,没任何变动。她就这样凭空消失了",然而只是蛰伏于家对面的旅馆。老孔在北海被当作传销分子遣返,但依旧执念于自己的发财梦。林少予与机床为伴,蹉跎半生,与母亲和姐姐一起寓居,遭遇青年时期的爱侣于凤梅,却迷失于纷纷扰扰的生活。他们成了生命衰颓无依的隐喻。但是另一方面,林少予的父亲远走他方,追寻他的理想/幻想;姐姐也选择走进大山,在生死未卜中探寻父亲当年踪迹。他们都在忍受凡常的生活,舔舐自我的创伤,触摸着可以预见的死亡,对那个理想世界的憧憬,也多是乌头发白的幻念,然而难以抹杀他们超克现实的尝试。

颇具意味的是,小说中多次出现了"鸟"的意象,既有那只通体火红的大鸟,"像着了火的凤凰",也有南方小城北海冠山岭上铺天盖地的鸟群。如果放在整部小说看,则都是若有所指的隐喻性存在。具体说,"鸟"成为了蛰伏于现实之中的反向性镜像,那些想象/物像越绚丽多姿,越天马行空,历史/现状便越是灰暗,越无法超越,这仿佛又是一重迷思。而为了躲避之、抵抗之,他们来到了那片海,卸下灵魂里种种难以承载的包袱。"他们一起静静看海。林少予看海的时候,一直在想昨夜发生过的一切多么像一场乱梦呀。"甚至乎,"鸟"成为生命的图腾,"林少予说,我可没骗你,从那以后,我就再也不敢小看任何一只鸟,所有的鸟都是神物",当然,这其中更多的是对于生死的超越或超越无果的告慰。

二

写鬼神之事在当代中国并不鲜见,刘庆的《唇典》写萨满教的百年孤独,满斗的"猫眼"起伏跌宕,纵深而开阔。田耳的《衣钵》以一个横断面写乡间道士,呈现父子之间的抵牾和传序;《金刚四拿》则在返乡与离乡的变奏中,再现民间信仰的沉浮。肖江虹的《傩面》,写傩师虚实真幻的心理世界,大破大立。无为的短篇小说《安魂》却不太一样,那是乡土世界的一出协奏曲,传统与现代于焉交错,一边不断消解民间信仰的内核,一边却在建构底层民间的价值秩序。

与小昌相似,无为也来自北方,一直在北海定居。《安魂》写的是北方的陇东乡下,道士邱阴阳和他的弟子们,平日里安魂捉鬼降妖,还能看风水算命。这是一个行当,世代家传。"出门用的是道士行头,拿的是道家作派。谁家有丧事和迁坟动土或鬼魔附体的事情,他们的生意就来了。"这是"邱阴阳们"的社会功能,也是谋生之道。故事发生在陇庄塬上,一开始,容老汉将死未死,便被儿子前来索求安魂。邱阴阳

第五节　生命审度、情感气息与地理形构

迫于生计,接下了活儿,便派小条子前去打听消息,为编唱安魂曲、了解陇庄塬做好功课。

要紧的是,无论情况如何变化,邱阴阳的手里始终掌握着生死轮回的话语。归根结底,邱阴阳通晓乡土世界的观念伦理,所以能够以简单的唱段,唱到家属心里,让容老汉的老伴儿将针头拔掉。当容老六泼辣蛮横的媳妇,不愿布施给小费,质疑并反抗道士定下的规矩时,邱阴阳亦能大事化小。容老汉身上的夜明珠失踪,双方的矛盾达到了顶点,而另一方面,则是安魂仪式渐近高潮。可见,小说在结构上甚为考究,表面是一出轻喜剧,实则极深地透析着北方乡土的人心。老六媳妇的抗争眼看即将胜利,却在"卖尸骨配阴婚"的恐惧中功败垂成。容老六因领不到阴间的结婚证突然变脸,不惜代价要为媳妇在黄表纸上盖戳。

值得一提的是,邱阴阳自始至终都镇定自若,这也意味着,他所面对的,是一个再熟悉不过的凡俗人间,他对其中的秩序与信奉了然于心,再如何折腾,再怎么反抗,最终难以逃脱那"至高无上"的"安魂"。"安魂"是民间术数,也是现代心理。是宗教的仪礼,也是灵魂的抚摩。尽管这样的信仰/信念更多地以前现代的方式出现,叙事者也有意消解"邱阴阳们"的神秘性,但小说最后,情感与爱还是超越了金钱与性格的限制,也就是说,其仍无法完全取消民间的话语序列和价值认同,其中透射出了关乎爱与死的日常表述,也代表着对于生命的恐惧和敬畏。

三

无论是前现代叙事文本对于生与死所维持的高度神秘以保护,还

是现代小说借之述及生活细节、欲望心理与人性灵魂，都很难想象，小说可以超脱生与死的命题。《乌头白》中，无论林少予和他的父母、姐妹，还是他身边的于凤梅以及老孔，都受制于生之困囿与死之危殆，亟待一种栖息、飞翔、超越。即便《安魂》里容老六媳妇辨识出了邱阴阳，意图反抗，却终究无法超越生死轮回的支配性格局。

在这样的境地中，如要真正构筑隐喻性力量以致远，超越迷思而得到脱困，则需沉入纵深的历史与繁复的现实，又需超脱无奈与痛楚而寻得觉知、了悟。更重要的，在爱与死的灵魂探询中，超克生命的颓丧与恐惧，换一种姿态观看、经验，以再度引入生命的想象，拓开新的日月山川。

四

我曾编选一套广西的文学经典丛书，其中的短篇小说卷，选入陈谦的《下楼》，小说用套中套的结构，讲留学美国的康妮和丹桂的心灵史，述及她们的历史记忆和精神创伤。康妮在丈夫离世后，便不再下楼，而对"下楼"的抗拒与恐惧，与她所遭受的心理创痛有关。荣格曾讲述过他的一个梦，梦里是一座房子，陈设都比较现代，后来发现了一个楼梯，越往下走，楼层越多，设施越陈旧，最底层是一个原始的境况，那里透露个体/集体的无意识。

同时入选丛书短篇小说卷的，还有《莲露》，这个小说也收进了陈谦新近的小说集《哈蜜的废墟》（广西师范大学出版社2020年8月版）。《莲露》沿用的是弗洛伊德式的叙述——疗救的模式，小说中，莲露与心理治疗师"我"之间经过漫长的对话，试图消弭自己的情感漩涡，但最后是一次失败的治疗；然而这个过程因莲露的自我叙述而展开一个女性的生活史与情感史：莲露与舅舅、丈夫朱老师、情人麦克以及心理治疗师"我"之间的情感纠葛，成为她难以纾解的内在症结。这个过程却意外地引向两性与社会史的范畴，心理治疗或许只是虚妄，对于莲露来说，自我意识的每一次弯道拐变，无不作用于性别的意识与无意识，并且致使情感结构的变形扭曲。小说表面试图疗救作为女性的莲露，但事实上无处不在指摘男性与男权，而最终这场心理治疗的无疾而终，恰恰证明了莲露的无病之治。作为心理治疗师的"我"只是倾听和引导，却无意/无能诊疗，甚至到了最后，"我"兴许也在借助莲露审视和诊断自身。莲露是否疗愈不得而知，似乎也无关紧要。更重要的却是陈谦的无的放矢，旁证了男性与政治正走向衰微败弃，而女性则义无反顾，投向她们情感世界的星辰大海。

延续着心理疗救的叙事模式，《木棉花开》同样走进人物曲折幽深的灵魂腹地，在那里构筑了一个心理的场域，那里时而众声喧哗，时而静默如水。小说开始，心理治疗师辛迪对她的病患充满隐忧，"她知道自己当年只做到了一个越野生存向导该做的，领着戴安安全地绕过了一片危机四伏的险地，却没有完成一个生存技巧教练该做的——教会戴安如何直接穿越沼泽，到达彼岸"。在陈谦那里，心理沼泽的阔大渊深，犹不可测，她试图勾勒一代人的心灵史，他们远渡重洋，重启生命之旅，在他们/她们的心理场中，纵横交错，险象环生，形成孤岛或浮桥，那里无不通向潜在而幽深的情感秘史，那些人们始终不愿触及的隐秘角落，成为情感和生活中难以回避的症候。小说的浅表是日常的，而平静的冰川之下，是戴安庞大杂沓而又晦暗不明的创伤历史，没有人知道会在哪一个瞬间形成巨大的漩涡，因为她/她们的过去是不可触碰的精神黑洞。戴安在中越边境的广西遭遗弃,以及被弃之后与生身父母再重逢的过程,意味着撕开本未愈合的伤疤。"戴安只要感到不安、焦虑,就在自己的浴室里偷偷点上蜡烛。烛光的泪滴一点点落到自己身上、腿上、手臂上,直到有一天创口红肿发炎被老师发现,她才被送到医院。后来滚烫的蜡滴带来的刺激不再强烈,戴安开始用刀、剪。直到被送到辛迪的诊所。"如是之精神病疾已成为无法开解甚至不可触碰的症结,由此带来了自我的裂解,也形成了翻新与重构,如疗救者辛迪所言,"这之间发生的一切,让我成为今日之我"。而辛迪的精神寻根过程同样步履维艰,她是被遗弃后赴美的英韩混血,韩国名字是金顺来,到了美国名为辛迪·韦伯,而第一次婚姻让她成为了"辛迪·史密斯",身份的叠加,是身世的分裂,更重要的,那是一种切"身"的经验,无论是存在主义意义上的被抛掷现世,还是伦理意义上的被抛弃遗落,都意味着受虐/自虐的此身于此在/此生的撕裂。小说的最后,戴安与生母欢喜重逢,达成一种情感与精神的和解。值得注意的是,这样的和解,事实上源于更阔大的人性。对于戴安来说,无论是"去了趟非洲,到尼日利亚的孤儿院当义工,看到了更残酷的现实。在那种随时都可能暴病而死的环境里,照顾那些骨瘦如柴、衣不蔽体的婴幼儿,我突然想,自己当年居然有印着木棉花的搪瓷碗和竹勺,实在太奢侈了"。还是在"得州的美墨边境上跑,看到那些人为的母子隔离,非常悲愤",又或者是追求新的自我实现,如学电影的她想要拍出一部属于自己的独一无二的片子,以及要为了让我活到今天的人们好好活下去……如是之内外疗治,无不证见人性从曲折幽深的小径,走向阔大的生命原野。

与《木棉花开》中的团圆结局迥异的,是《哈蜜的废墟》。废墟同样代表着原始的荒芜的生活/精神状态,与《下楼》中康妮始终不愿下楼相应,哈蜜的废墟同样若隐若现、讳莫如深。但是陈谦的小说,更像是一把手术刀,切入人物情感和意志的深处,揭开他们不易察觉的病与痛、罪与罚。而且值得一提的是,陈谦从中国之边陲,走向阔大的世界,其小说不仅获致了一种跨文化、跨地域的质地,而且有历史性,有纵深感,从而或纵或横,照见人性的深邃与广大。小说《哈蜜的废墟》中,叙述者"我"同时又是一个冒犯者,不时触动哈蜜内心的脆弱和敏感,有意无意地探进黑洞,揭开秘密。陈谦的叙述一直与谜面周旋,如漩涡般,不断接近谜底的中心,不疾不徐,有的放矢或无的放矢。我曾与陈谦在《青年文学》进行过一个有关门罗小说的对话,谈到门罗小说之耐心、之隐微,恰恰映射着人物幽微而难以启齿的心理创伤。耐心不仅是小说家的品质,而且是内嵌于小说的节奏把握,在陈谦那里,耐心更对应着人物曲径通幽的语辞与灵魂。《哈蜜的废墟》很多时候甚至是收着讲的,其中隐现着异常的克制,在人物的身世和心理中迂回、延宕,将叙事引向人的内在,而不是局囿于事件本身。

小说《虎妹孟加拉》里,玉叶在暴风雨来临之际,携虎私逃,玉叶与猛虎之间的情谊,对应着人性与生活,更是对应人与动物甚至人与自然之间驳杂错综的关系。然而,人兽之间的交集与纠葛,事实上夹杂着人际法则、自然法则与丛林法则,其中隐喻了少女玉叶的成长史,甚至是人类自身的进化史。故事的终局,猛虎孟加拉于暴风雨中兽性大发,玉叶在老树的指引下,向它扣动了来复枪的扳机,而无法也不愿廓清伦理之法与自然之法的玉叶,万万无法释怀,更准确地说,玉叶身上透露出来的是一种偏倚自然和动物的野性,而玉叶对人的不信任感,反证了人与动物之间更为纯粹的感情。作为他者的猛虎孟加拉,实际上塑造着玉叶的自我意识,后者终而追随猛虎,奔向宽阔的森林。少女与野兽似乎也形塑这样一种精神结构:维持某种原始的可能性关系,追及与还原人类自身内在的野性,复归生命的真纯广大。

五

2019年年末,陈谦在小城崇左参加《南方文坛》的第十届"今日批评家"论坛,期间谈及自己的小说,"我的小说关注的是'故事为什么会发生',这也导致人物来路在写作中的重要性,地方性这一指纹,自然地会打在作品的页面上。我的主人公,基本都来自广西,我怀着浓厚的兴趣,追随他们翻山越岭,远渡重洋去向远方,他们的来路引导他们寻找前途"。故事发生的因缘,以及人为何成其为是,人性的来路与归宿、付出与探求、幽深与宏阔,都在陈谦的小说里曲折流淌,尔后自成一体。

一直以来,令我印象最深的,是陈谦小说用力于开掘人性的纵深与开阔。小说不可回避的是人性,然而人性再复杂曲折,再分裂幽深,并不是将其引入万劫不复的罪与恶,而是洞穿壁垒,走出幽暗。从这个意义来说,陈谦的小说更是一种心灵的辩证法,蜿蜒游动中,往往能够触及黑暗中生动的灵魂,听闻其中的骚动与喧哗,为他们打一束光,牵引人们的来路,又或只是见证彼此的去程,由此呈现人性的犹疑与坚忍,构筑生命的隐微和宏阔。

第三章

城市、心理与情感结构

第一节　香港书写与南方新声

一

关于新南方写作，香港书写颇值得重视。这里主要以葛亮的小说为例，在他此前的长篇小说《朱雀》《北鸢》中，已经显露出熔铸城市、家族、人文、历史的书写倾向。中篇小说《飞发》亦是重要的代表作，其将香港的城市发展史与人物主体的奋斗史、精神史相结合，写得深邃开阔，且饶富情义。

小说的楔子首先从语义学的角度阐发"飞发"之"飞"字的来龙去脉，特别是其在香港的普及，经历了中西流变的词源历史，而且这里还牵涉到了一种文化史和社会史的意味。故事从"我"和谢小湘的友谊谈起,从她那里,"我"得知师兄翟健然开了个理发店。翟师兄在香港大学跟着系主任研究古文字,"我"的学妹小哲则放弃了对"新感觉派"的乐理研究,投身梨园,成为香港粤剧界崭露头角的花旦;同门师弟陆新航则跻身补习行,混成业内"四小天王"。从大学同窗的种种转型,也许能见出知识分子的当代境况。小说无疑写出了一代知识者的分化,但又并不急于对此下一个简单的评断。

在"乐群理发"这家店里,我以为见到翟师兄,接下来便是巨细靡遗地描述"师兄"给"我"理发的过程。虽然这个职业与他的专业所学落差甚巨,但当"我面对着落地大镜,看到他专心致志,这倒是有几分印象中面对古文献的情形";不仅如此,理发店中的布局、背景和音乐都颇为考究,虽然这只是市井中的一个偌大的理发店,"但细节上,却有许多欧洲 barbershop 的痕迹。取光的玻璃柜里,摆着品牌的洗发水、润肤皂,甚至还有不同款型的须后水。普普风的大幅电影海报,镶嵌在镀金的画框中。桌椅,包括他特制的工具箱,都规则地铆着铜钉,是略有奢华感的暗示"。后来我恍然大悟,实际上师兄是以这种方式怀旧,记录在母校的求学时光。但到头来发现,那是我师兄的双胞胎弟弟翟康然,小说以这样的误认,进入这一家人的家族及其精神历史的书写。与此同时,可以肯定的是,师兄的一家将他们的满腔热情,完全倾注于"飞法"的生活和生意日常中,在琐屑而颇有些窘迫的生活史中,注入了非同一般的价值认知,由此开启了他们的生命书写与灵魂叙事。

但是因一桩难事,让师兄的家庭焦灼不已,业主不肯再续租了,但他们一家还想将老店做下去,特别是父亲因绝症命不久矣,如何让老人家在仅存的时间延续家业,成为难中之难。表面看理发店只是谋生手段,实际上却代表着一代人或几代人的固守/坚守,在那里凸显了他们的现实与理想,也透露出南方新人的心力与心气。

二

小说不厌其烦地讲述理发、理发业、理发师的话语及其历史,理发业内部使用暗语繁多,如果细细考究会发现,每一处暗语都是世俗的情感结构和文化认知,"这种类似文字游戏的暗语,亦似江湖隐语,长期流行于市井业界,也别有一番趣味",谐趣、形象的修辞的背后,包孕着历史性认知以及地方性认同。故事由此转入翟师傅的个人奋斗与精神历史,他为什么要开一家自己的理发店,"'工'字不出头。要想出人头地,就要有自己的一爿生意",其中也映射了香港的地域文化和价值认知。

除了市井的和世俗的理发店,以及翟家自己开的充满艺术格调和个人风格的"乐群理发",还有小说的重要支脉"孔雀理发公司",那是翟玉成一生的骄傲所在,他亲自打理起的生意,门口是"高大的西门汀罗马柱上是拱形的圆顶,上面有巨大的白孔雀浮雕。灵感来自翟玉成爱去的'皇都戏院'上的浮雕'蝉迷董卓',声势上却有过之而无不及。据说当年在夜色中,这孔雀便是缤纷绚丽的霓虹,不停地变换着颜色"。这也表明了香港作为国际金融中心和大都会的品位,这么说的意思是,小说事实上以此贴紧香港自身的定位和意义,经由理发店所折射出来的不同阶层和人群,建构了一座南方都会的产业链条、经济谱系以及文化想象。

不仅如此,在霞姐的点拨下,翟玉成还投资了一家成衣公司,两年内就获得丰厚的利润。在翟玉成跌宕起伏的背后,总有一条显明的香港的政治史、经济史的线索在,其中提到"香港爆发了前所未有的工潮,并因此发展成为轰轰烈烈的反殖运动。百业萧条,'孔雀'自然难以独善其身,翟玉成在成衣厂的投资,亦有不小折损",在这个过程中,香港的城市史与(小说中大多来自内地的)市民个体的奋斗史、心灵史紧密相连,这也就使得小说具备了一种纵深感与开阔质地。

为了自己的生意和事业,翟玉成"日渐逸出了霞姐那代人相对保守的轨道,而与这城市的起伏同奏共跫",他参与到香港股市的涨跌里,投身于都市商海的沉浮中,却在恒生指数的大起大落中被打回原形,自此,霞姐退去,好妹浮现。好妹即郑好彩,她在翟玉成危难落魄之际,照顾并接纳他,与他结为夫妻,将翟玉成重新拉回现实的轨道。成家后的他们觅到了"乐群理发"的铺子,那仿佛是"孔雀"的低配版,也似乎也构成一重怀旧。于是,翟玉成从最底端的人生洼地,慢慢爬了起来,最终不至于沉沦,也渐渐建立自身固执的信念与信条。

但郑好彩后来见义勇为,丧命于一个疯子的刀下,结束了普通人的一生,他们的女儿也意外得了黄疸没有及时救治而死去。于是一家子只剩下父亲和兄弟俩,而正是"好姨"的"面子",最终房东答应了续租一年的要求,也使得"乐群理发"得以延续。此外,理发不单单是翟健和翟康然谋生的手段,是他们与父母的情感纽带,也是其成长史中绕不过去的存在,"飞发"见证了他们身体的发育、观念的成熟以及精神的养护。"他在路上走着,忽然闭上眼睛,回味着手调的剃须泡在脸颊上堆积的润滑,而后锋刃在皮肤上游动略为发痒的感觉。他再睁开眼睛,觉得神清气爽,他是个真正的'男人'了。"而这也是南方乃至整个一代青年人的叛逆意识与生命转变之体现,甚至携带着某种男性荷尔蒙的青春气息，蕴蓄着以父/子为代表的代际冲突与和解，甚至翟康然后来跟随上海师傅学理发，同样意味着破坏中的创造与创新，这是新价值生成的可能性根基，也是一个人包括一座城市、一种地域不断焕发生机的精神装置。

如前所述，人物主体的精神状态，与香港这座城市是若合符节的，其内在的共同体意识不断养成，也于焉构筑了一种总体性的"精神"，"他哈哈一笑，说，我这是香港精神，手唔震，就做落去"，我更愿意将之视为一种"新南方"的精神，或至少是基于南方的自我认知与宏大认同。"庄师傅这时坐下来，接口道，对，李丽珊是香港精神。我孙女最钟意麦兜，吃菠萝油也是香港精神。"事实上，新南方写作也包裹着这样的"精神"状况：从世俗与日常的土壤中开出理想主义之花，从南方的城市历史和现实发展里锚定自身的位置，深植于南方的新风与新貌而守持语言和文化的传统，并以此延伸至更广阔的地域。

三

总体而言，从葛亮的小说《飞发》，可以窥探到他的小说中所蕴蓄的情感、文化与美学的因素，再者如他新近的长篇小说《燕食记》，同样是通过世俗与日常的形态切入地域性的书写，并且勾连南方的粤、港等地的生活俗常和人性衍变，从政治与经济、城市与文化，以及心理和精神的多维层面，探究地域性的新生与新义。

"我们亚洲人的发色以黑色为主，懂得观察，处理得出色的话，中间也绝非只纯粹地有黑、白两色而已。最可看的，其实是中间渐变的部分。"故事表面是一个理发师的专业陈述，实则映射着历史与文化的因素。很明显，小说试图以知识考古的方式，进入一座南方都市的生活史、情感史与文化史。不仅如此，其中还将香港的城市史纳入传统中国的理念/观念之中，将之置入整个世界主义的视阈，从"飞发"而引申至中外的风俗史，从香港的飞发铺的红蓝白灯饰，到理发师的职业形象、身份功能的变迁，述及最烟火气以及最为寻常的俗世人间，牵引语言的、艺术的，以至政治与经济的链锁。

而作为翟康然的师傅，庄锦明及其父亲开在香港的上海理发店"温莎"，则打破了一直都是壁垒分明的阶层标志，保留一贯的服务与形式，但又充分地在地化与生活化，以最大限度的惠民姿态面向街坊。"这就是其意义。换言之，它让北角的普罗街坊得以平价享受了从未体验的飞发排场，以及与之相关的虚荣。"不仅如此，庄锦明还收了翟康然为徒，这似乎是冒天下之大不韪的举动，但这些都无所谓，只要心意相通、承传有序，一切皆有可能。尽管遭受了翟玉成断指以断绝父子关系的威胁，但是理想与意志已经决然；然而回过头看，翟师傅自己也以此完成了生命最后的固守。小说最后，庄锦明、翟康然师徒合手为病榻上的翟师傅"飞发"，不仅是双重致敬，而且是双向缅怀。这是翟康然对父亲及其手艺的致敬，更是对生命本身的致敬，而庄锦明与翟玉成则是亦敌亦友，他们所代表的"飞发"的流派可以各异，但更可共存。正是他们各自精神的认同与理想的趋同，冲破了伦理的规制与行业的樊篱，不消说，由此还形塑了若干"新人"的形象，从翟健然、翟康然，包括庄老先生与庄锦明父子，以及翟玉成和郑好彩身上，这构筑了"南方"新的主体群像，在他们那里，有情有义，有心气有灵魂。就像小说里边那个始终不曾离去的"孔雀旧人"。我始终在想，究竟怎么样的感觉结构和情感方法，才能叫做真正的"新"南方，又或者说，南方之

"新",需要怎样的情感及抒情的方式才足以将之建构？读到葛亮的《飞发》,我忽地有了某种答案,仿佛一束光打下来,将阴影的部分照得通亮。

第二节　心理叙事、情感问题与疾病隐喻

一

1921年，郁达夫的短篇小说集《沉沦》出版，在自序中，他写道："第一篇《沉沦》是描写着一个病的青年的心理，也可以说是青年忧郁病Hypochondair的解剖，里边也带叙着现代人的苦闷——便是性的要求和灵肉的冲突。"郁达夫的小说立意袒露的是一种心理的、情感的以及性的苦闷与病疾，以此解析国族与个体的时代精神状况。小说《沉沦》写"我"不断在异邦遭受灵与肉的双重撞击，这种自叙传书写不仅指的是弱国子民的灵魂裂变，而且也代表着新生的少年中国的文化困境。在郁达夫那里，一个现代主体的自我情感史在国族的精神结构中，遭

遇了某种价值的中空。在郁达夫那里,真正难以抚平的,是那种逸出既定传统伦理框架的躁动不安的情感状态,以及在跨文化场域中庞杂而繁复的现代灵魂。

无独有偶,整整百年之后,在东西2021年的长篇小说《回响》中,冉咚咚的丈夫、男主人公慕达夫,亦以达夫为名,仰慕的是百年前的那位身/心患忧郁症的中国青年,而他也同样在当代的情感生活中,经历了"灵与肉的冲突"。在慕达夫那里,"如果非得选一位现代文学家来佩服,那他只选郁达夫,原因是郁达夫身上有一种惊人的坦诚,坦诚到敢把自己在日本嫖娼的经历写成文章发表。他认为中国文人几千年来虚伪者居多,要是连自己的内心都不敢挖开,那又何谈去挖所谓的国民性?但是,就在他快要狂出天际线的时候,有人出来指证他佩服郁达夫其实是佩服自己,因为他们同名,潜意识里他恨不得改姓"。情感问题在近现代以来的中国文学中,既是恒定的,也是变动的。总体来说,在国族与个人的双重变奏中演变,并通过既定的话语形式表征出来。在东西的小说《回响》中,倾慕郁达夫的慕达夫,在处理冉咚咚的情感困局时,两人身上同样呈现出了当代主体心理的征兆,如是代表着百年来中国之"情感"问题的延续及衍化;另一方面,情感之"问题"的永恒与特殊,及其不断浮现的历史性的扞格,如何在文学叙事中实现弥合,并纠偏其中之误认和错位,这样的情感和情感的裂变及困惑史,同样成为当代中国同样需要直面与表述的困境。

二

因此,问题就在于如何处置、安放我们内在的情感,文学文本如何嵌入总体性的感觉结构中，有所发觉，有所发抒。吴义勤论及《回响》时指出，《回响》堪称是一部典型的"心理现实主义"小说，具体而言，所谓的心理现实，是"小说精心描绘日常生活中个体相对独立的心理活动和潜意识"。小说自然是映照了心理的种种"现实"，然而其同样是一部情感现代主义的小说，而且这样的情感，从"五四"前后开始，便不断成为现代中国的一种感觉结构上的重要命题，其既是二十世纪以来庞大的国族叙事下付之阙如或屡遭篡改的个人情感，同时也是当代文学叙事中的种种试图将之填补的现实性与想象性的尝试。令人赞叹的是，东西是如此精准地直抵慕达夫与冉咚咚的情感生活，洞悉他们的精神本质。而关于慕达夫的情感真实，既是难题，也是谜题，东西提到："不止一个读者问我到底慕达夫出没出轨，我说这是一道测试题，答案就是心理投射，认为慕达夫出轨的他已经出轨了，认为慕达夫没有出轨的，他还没出轨。我只能说小说，没有资格说爱情与婚姻。作家不是婚恋专家，作家只发现有趣的现象加以描绘，而提供不了答案。而关于婚恋的答案，也许都是伪答案，爱情和婚姻被一代一代作家书写，其原因就是其复杂性和广阔性，也有人说爱情和婚姻其实很简单，所以，说不清楚。《回响》不是往简单上写，而是想写出心里的无法揣摸，即使你是神探，即使你是心理学家。"冉咚咚和慕达夫如迷宫般执拗而曲折的感情世界，有趣就有趣在他们的幽微深邃，度量不得，捕捉难测。爱情与婚姻，极简单，又极复杂，换一个对象，换一种处境，又往往可以得出不同的结论。而在这个过程中，小说家固然不是神探，不是心理学家，但可以敏锐地发现"问题"所在，虽不做评断，但始终勾勒轨迹、指示走向、挥斥想象。

小说有一处非常有意思，冉咚咚与慕达夫都曾分别鼓励/怂恿对

第二节 心理叙事、情感问题与疾病隐喻

方到心理医生那里看病,然而两人都从莫医生处得到同样否定的答案,也就是说,他们两人的心理是无可指摘的,重要之处或者并不在各自内在的精神境地,而在于情感的交互方式,是泥沙俱下的生活现场中无法廓清的主体间性,其无法在彼此的有效往来中,形成认知、判断、决定与处置的正确方法,也难以构筑意识与心绪的内外融通。当然,提供情感咨询并做出解决方案不是小说的命题,叙事更重要的使命在于发现并打开"问题",促生想象及其可能的限度。冉咚咚和慕达夫事实上互为镜像,相互指认疾病的所在,又在对方身上寻觅自我的意义;与此同时,慕达夫与郁达夫之间,事实上也是互为镜像的,他甚至还援引了郁达夫的《雪夜》告诫自己:"太不值得了!太不值得了!我的理想,我的远志,我的对国家所抱负的热情,现在还有些什么?还有些什么呢?"慕达夫试图从形而下的婚姻困局中,探寻形而上的精神超越。然而事实上在处置冉咚咚的关系中失败了,他的内心自始至终都被搅扰着,甚至郁积成某种心理的症结,由是反而构成慕达夫的双重危机,也即文学机制的失效与现实情感的溃败。

小说中,冉咚咚试图同时勘破罪案与情感的真相,但慕达夫一语道破其中谬误:"别以为你破了几个案件就能勘破人性,就能归类概括总结人类的所有感情,这可能吗?你接触到的犯人只不过是有限的几个心理病态的标本,他们怎么能代表全人类?感情远比案件复杂,就像心灵远比天空宽广。"一直以来,东西小说都有着智性叙事的特征,故事的倾向、伦理的意图、表述的精准以及言说的思想,都指向着宏阔幽微的叙事鹄的,更创造着一种总体性的价值质询。吴义勤指出,《回响》具有突出的"智性写作"特征:"它是一部以案件和情感为主要内容和叙事线索,以'大坑案'侦破和慕达夫与冉咚咚的婚姻、家庭走向为

'问题'导向的分析性、剖析性小说。"值得注意的是,思想性写作最突出的特征,也便是对"问题"之聚焦、呈现与发抒,并试图去解析之,化解之。

三

在这个时代我们需要去追问些什么？情感上的普遍性困境又如何得以纾解？在这个过程中,文学需要展现自身包孕与形塑问题的能力。我也曾经困惑于百年中国文学中小说结构与表述"问题"的能力,迷惑的要追问,失落的更要追问。追问既回溯过去,也探向未来。而东西的《回响》,就矗立于当下,将习以为常的人生尤其婚姻情感加以问题化。值得一提的是,与郁达夫自叙传小说中无处不在的自我追问相比,慕达夫更多的是以被追问者的形象出来的,在妻子锲而不舍的追问中,他务必回答却始终难以厘清的两大问题,一为是否出轨,二是爱不爱妻子。而冉咚咚更多的是不停追索,在外追及大坑案的真相,在内追责丈夫有无出轨之行迹。在如是这般俗世中的追问里,文学的位置在哪里,又将通过文学指向何方？饶有兴味的是,慕达夫所念兹在兹的郁达夫以及他所从事的文学专业,并没有在现实生活中,尤其是在他和冉咚咚频频告急的情感生活中,提出切实可行的解决方案。那么问题就在于,文学是否无力或无能处理这样的问题？"五四"以降,以鲁迅、郁达夫等人所发现的人的内面,以及所开启现代情感本身,主要是通过文学实现的,那么百年来,情感的困惑重返文学自身时,固然也存在着诸多难以解除的困境,更重要的,在当下的开放性语境中,文学如果不具备足够的统摄力与预见性,显然是无法辨识、结构

第二节　心理叙事、情感问题与疾病隐喻

那些淤积人心的情感问题的。小说中,文学教授慕达夫告诉冉咚咚,小说第一特征是虚构,第二特征还是虚构,但冉咚咚始终将现实的质疑加诸其身,现实与虚构之间,仿佛存在着难以逾越的巨大鸿沟。慕达夫不断谈及的文学文本如卡夫卡的《判决》、曹雪芹的《红楼梦》、马尔克斯的《霍乱时期的爱情》等,都如泥牛入海,无法得到现实的回应或曰效应。在这种情况下,文学与情感存在的是一种割裂状态而非联结融通,百年中国文学在经历从大历史到小历史的转向时,能否真正潜入人物主体的意识、潜意识之中,与情感的当代处境进行切实的周旋,这是真正的问题所在。

东西的《回响》在处置这样的问题,同时也在有意无意地回避之。直面是由于问题的确然存在,而回避则是因为情感自身的复杂性与广阔性,更在于文学并不是直接处理情感问题,而是将之揭开、拓宽。如若文学直接呈现情感咨询与处理,那么其将面临着自身的窄化。细读小说《回响》可以发现,在冉咚咚呼啸而至的质询与怀疑中,她的内在反思是极少的甚至是阙如的。而慕达夫则恰恰相反,他在事功上可谓少有建树,但时时充满着对于自我的剖解,从这个意义而言,夫妻两人仿佛走向两个极端,小说确乎试图在他们两人之间达到某种平衡,并推及某种启示。而由冉咚咚与慕达夫的情感死局所推衍出来的,是来自于个体与时代的病症,这与"五四"时期郁达夫一代的情感主体所面临的境况是同构的。其中的灵与肉的内在分裂,对于不确定性的恐惧,尤其对未知的界域——包括实在界与想象界——的一种推离与排斥,使得文学不得不面临相同的使命:揭出病痛,引起疗救的注意,并探索治愈的可能。这是百年中国文学能否从内部出发并游移于外,进而真正克服现实与虚构之间界域显豁以至难以弥合的关键所在。

好就好在,作为文学教授并一世浸淫于文学世界的慕达夫,在与疑似情人的贝贞的交往中,始终没有背叛自己的妻子,亦没有背离自我的内心,在他身上依旧能够见出文学光洁而磊落的质地。不仅如此,尽管他早已与妻子冉咚咚签署了离婚协议,却一直没有弃她而去,在慕达夫及其所代表的文学隐喻背后,似乎提供了某种文学的答案。尽管慕达夫在冉咚咚的面前始终没有展现强硬的一面,你来我往中,他总是退避、退让,甚至显得软弱,但他始终柔和而坚定,而且在他者的映射下,不断建构自我的精神堡垒。值得一提的是,在慕达夫身上,还体现出一种关于知识分子的书写,在小说最后冉咚咚再次问及他是否爱她时,他的回答是肯定的,也是可信的。

这就是为什么对于东西的《回响》,很多人看到冉咚咚身上的凉热悲喜,我却认为,在慕达夫身上,同时也延续了"五四"一代尤其郁达夫一脉的那种有重力感的写作,人物的主体性在不断觉醒的过程中,在时刻袒露自我的情感心理时,揭开的是一个广阔而丰富的心灵。如此,人物才不至于轻浮简单,而营构出一种拔地而起的写作,就像扎马步一样,一招一式,都毫不含糊,将人性最本真的东西传递出来。在文学那里,人的情感,既是归属,也是归宿,将可预见的与不可预见的人心展露出来,这是一个宏大的课题,又时时体现在细微的生活日常之中,我们仿佛习焉不察,却时刻都笼罩其间。如此,当我们在深陷情感的困局并于其中经验无助与无力时,则更期待文学总体性地观照情感交互中的当代境况,为之提供适切的价值参照与文化判断。

《回响》这部长篇突破了东西以往的惯性表达,密集地表述当下情感生活及精神心理,对我们正在经历的现实困境甚至人生痛楚加以关切。其中对于人物的心理纵深的开掘,事实上是为了提供一种深刻、完整而真切的镜鉴,能够让人真正发现那个隐藏着的或容易被遮蔽的自己,那是一个真实与真诚的自我,如果没有这一切,那么情感的生活再喧嚣亦皆为虚妄,容易走向一戳即破的虚幻,这个过程也极易造成破灭或扭曲。也就是说,真正能够"镜"见自我并观"照"他者的情感,且于焉打开自悟悟他的通路,方足以形成小说所唤求之"回响"。

第三节　感官召唤、生命钝感与诗性精神

一

非亚的诗歌习惯捕捉南方都市生活中最为常见的景观与意象，充满了"新南方"的生活气息和现实感知，他的诗中对城市生活场景予以深切而细致的观照，地铁、高楼、绿化带的树，甚至南方生活中的一场雨，一阵风，都成为他笔下书写的对象。对于诗歌本质的阐述，显示出非亚鲜明的创作风格与态度，在他看来，诗歌是生命形态，是源于生活的感知能力与存在能力的结晶，如何释放这一寄寓于南方之境的生命的原力，成为非亚诗歌创作不断探索的动力。

具体而言，非亚将生活态度与生命体验融入创作，在生活之中孕

第三节 感官召唤、生命钝感与诗性精神

育诗歌,他前期的诗歌多着眼于个体在城市之中的存在、生活与感知方式,城市作为个体活动的"场所",成为了他笔下重点描摹的对象。在对生活及其"场所"进行捕捉与呈现的过程中,对于意象的选择与处理,非亚显现出了一名建筑师对于材质的敏感性。其中多次出现玻璃,特别是破碎的玻璃意象,如诗歌《我听见声音》《空气》等篇章。在此基础上,还延展出许多具有类似特质的意象——杯子(《杯子》)、白瓷(《雾》)、玻璃房子(《空气》)、镜子(《你知道吗》《镜子》),乃至于冰、雨(《雨》《雨夜》)等,玻璃是一种固态、质密的存在,它是透明的,是难以察觉的隔阂与缓冲地带。建筑系出身的非亚是为诗歌赋予玻璃材质的感官,玻璃被塑造成各式造型,衍生为不同的质感,最为直观的是通透间的分毫毕现及其所带来的隔阂与僵硬的"真实感"。

在非亚的诗歌世界中,我们可以浏览到众多喧闹而真实的南方生活场景。但处于诗歌中主观视角的非亚,保持着出乎其外的状态——不参与喧闹,而是目睹喧闹。深入其中,其所呈现出的,是生活于斯的主体与生活实体的隔阂与抵触。这种隔阂潜藏于生活中最为普通的时刻:"我在街上走/先经过一些人群/然后是一些房子/接下来是树木与花朵/随便地布置在身体的两侧/汽车由远而近/载着一些奇怪的面容/死亡早已不动声色/在时间的背面镇定地发生/而我走着,一如既往/感觉自己,在空气中/平静而虚幻。"(《我在街上走》)[1]作者行走于街道之上,对于南方景观的形形色色进行了实录式的呈现:人群、房子、树木花朵以至于汽车,一种真实的街道图景随着主体的移动而线性展开。但这一份"真实"的呈现,带来的是难以言状的僵硬感。作者

---

[1] 非亚:《广西当代作家丛书·非亚卷》,漓江出版社2004年版,第26页。

对所处之境的隔阂之感，衍生为意象之间、文字之间僵硬的咬合。在剥离了形容词以后，所有意象干燥而坚硬，没有温度没有色彩，连运动都是机械性的连贯，充实细密中却又显得僵硬冰冷。

更进一步说，非亚在诗歌中引入了镜子的意象，并赋予其三层含义：其一象征着自省，如《你知道吗》《新生的感觉》《是事物使我变得如此安静》的镜子，代表着其对于自我的展开与审视；其二在于场景的映照与呈现，如《我听见声音》《镜子》中，镜子成为不断衍生、周而复始的岁月的映照；其三，语言作为"镜子"，在映照现实言说自身的时候，本身也成为了一种镜像。在《镜子》中，我们可以一窥对于镜子/语言主动性的自我衍生：

> 镜子，你在这里，在高处
> 我不动你
> 我让你安静
> 容纳自己喜欢的东西
>
> 你使我的日子平展
> 又趋于深刻
> 像河流，湖泊和天空
> 但我始终无法
> 穿过你，碎了
> 也无法穿过你
>
> 把你握在手里

第三节 感官召唤、生命钝感与诗性精神

让我的形状,深入其中

镜子,你善良的心地和举止

让我看见自己

苍白瘦削的面容

和一些女孩在一起

镜子,你恬静,单纯

富于魅力

使她们美丽和害羞

使她们在树下

扬起头发和默念诗歌

在我这里,镜子

我看见了一个男人的沉默和幻象[1]

其中,作为对象的镜子在与作者的互动中获得主动。作者自我的形象在镜子面前被压低,作为叙述者的"我"丧失言说的主动性,而任由它言其所言,不断衍生和铺展,并在这种衍生之中得以超越个人的狭窄视野,照见视野之外的景象。由此,语言的世界被无限延伸,在无尽丰富的语言中,诗歌本身也被扩容,获得了超越文本篇幅,并指向无限的巨大张力。

---

[1] 非亚:《广西当代作家丛书·非亚卷》,漓江出版社 2004 年版,第 24 页。

二

非亚笔下的文字通常给人以"不完整感"。对于生活,特别是都市生活的感知,作者舍弃了一种整体宏观的观照,着意关注人是如何与被割裂的生活真实地碰撞,并与之摩肩接踵相伴而行。在非亚笔下,生活不是流畅而完整的,而是处于不完整的破碎状态。在《笔记:7月15日》《奇特的一天》《如此平凡的一日有什么值得我们记录》《我感到的快乐……》等诗中,作者以细碎的语言与事无巨细的描摹,拆解生活的瞬间,将生活与现实回落至细碎的意象中:繁杂而多样的人与物、事与象构成生活本身的肌理。南方的城市在诗人那里被拆解为一个个物品、建筑、地点,时间的意义被锚固在冰冷对象之上。

非亚作为诗歌的感知者,矗立在生活之流中,成为一种阻力,生活由此分裂为无数碎片,而诗人任其从身侧、从头顶划过,并不时与它们碰撞出顿挫感。南方的生活是被切碎了的生活的拼合,而破碎意味着一种拆解。这种破碎反映在文本上表现为诗歌结构的拆解。非亚诗歌中的断句具有鲜明的个人风格。在诗的句法上,体现为宾语的下沉与延后,将完整的句子切割为两部分,并使前一句诗句的后半部分与下一句的前半部分同列一行。有研究文章指出这是一种自由而自然的语句停顿,代表着非亚自由随心的语言表达追求。但基于正常的语感与语言习惯而言,这并不是最为舒适自然的表达方式,恰恰相反,这是一种反阅读习惯的停顿。加之作为建筑师的职业敏感度,使非亚对于结构的把握,更具有不言而喻的侧重。

此类的句式切分在《神秘经验》中被发挥到极致。整首诗由无数零散的碎片拼接堆叠而成,事件被裂解为一个个词汇,其间语言的流畅性缺位,拼凑而成的语句给人以"毕加索式"的立体派风格倾向——物体被重新构成、组合,带来抽象、新颖的观感。这种略显突兀的句法切分,使得完整的话语和其背后的语境被人为地裂解,表述语言的破碎阻断情感的连续,营造出被阻断的不适感。在这个过程中,阻力成为非亚诗歌的又一修辞特质,读者在阅读时被迫与诗歌产生更多的摩擦与顿挫,给予诗歌更多的阐释空间。

与此同时,叙述语言的破碎带来画面与景象的裂变。在语言的镜像中不断衍生的文字,在结构上被分解,完整被琐碎取而代之,反射与折射在语言的缝隙中无限重复乃至于重复"重复",于是光影的重叠呈现出一种失控,并甚至于反噬其所谈论的对象。这种失控的趋势在诗歌《空气》中可见一斑:"我在空气中行走/这种物质,绝对是/看不见的/我看见的,仅仅是/诸如此类的一些东西/比如花朵,树木,汽车/人群和建筑,/它们停留在天空这个巨大的玻璃房子下,/鸟有时从窗外飞过,/这时我就听见,一只杯子,/在空气中,裂成几朵/尖锐的碎片。/现在,我可以肯定,/这种物质,就在我的/身边,/像一位忠实的卫士,/随时填补,/我身后移动的空白。"[1]在这里,碎片成为可填充空白的实体,在获得自己存在的同时吞并了先前所出现的各式意象,自我也在碎片中变得模糊。

影像的复制衍生,指向的是精神的焦虑与撕扯。非亚的诗歌总溢出一种"出不去"的焦虑。打破围城的壁垒,走出不断反射的幻象,成为他诗歌中最大的焦虑与最具倾向性的探询。非亚在纷杂重叠的生

---

[1] 非亚:《广西当代作家丛书·非亚卷》,漓江出版社 2004 年版,第 14 页。

活片段与言语碎片中,展示了如何在日复一日的生活中行走徘徊,找寻不到出路的苦闷和困境,"我感到到处都是墙壁/到处都是被折回的目光"(《我感到到处都是墙壁》)[1],焦灼及其无法排遣的愤懑成为贯穿诗歌的突出情感特质,他所能做的就是收集描绘这些碎片与光影,以及光影中伫立的自我,书写与之碰撞的钝感和痛感。

三

非亚曾反复强调诗歌与生活的紧密而不可分割的关系。对于生活的强调与重视,是其诗歌的主要观照之处。诗以其语言的无限与包容,含纳万物;生活以其漫长与未知承托人类短暂的生命。当诗与生活相遇,个体走不出生活,诗歌离不开语言;对于人类/诗歌来说,生活/语言之外空无他物。二者两相对应,彼此彰显。面对纷杂破碎的生活,非亚从未停止对于出路的探寻,对于自我的重塑与救赎。

其一,破碎提供了分辨的契机,揭示了生活的本真。前文有言,非亚在意象的特质与语言的复制中,营造了一个"语言的迷宫",而作为主体的"我",身陷两者的囹圄进退两难。在种种重叠的影像与拟真的封闭中,非亚笔下的生活具有了清晰却不真实的矛盾:个体之存在与生活之存在,我们所感受的真实与事实的真实。作为"迷宫"中的我们,一方面,我们通过语言的镜像/表象确证了真实的存在(镜像本身就源于对象在镜子中的光影反射);另一方面,这一镜像的"真实"实际上是一种拟真。吊诡的是,当我们通过镜像的拟真认知并确证真实

---

[1] 非亚:《广西当代作家丛书·非亚卷》,漓江出版社2004年版,第53页。

时,真实不再需要露面,而被拒之门外,隐藏在镜子的身后,失去了存在的意义。如何进行祛魅,破除镜像,找回真实,还原自我与生活,成为非亚首先要面对的难题。

非亚用诗歌无限逼近生活,以至于两者产生零距离的碰撞,并由此生出裂痕。在裂痕之中,非亚使语言(镜子)发生破碎,由此开始镜像的复制与衍生。这一破碎的出现确认了"镜子"的存在,从而确认了镜像与对象的存在,诗歌与生活从而得以恢复了镜像(镜子)与对象的关系。"诗歌就是我们在这个非现实世界中现实的生活方式,反之亦然;诗歌就是我们在这个现实世界中非现实的存在方式。"[1]在两者的参照中,真实归位,生活显出镜像映照之下的真实形态。

其二,破碎之后的缀补,打通两个"场所":外在的生活与内在的自我之间的互动。非亚的诗歌中,存在着两种相向的张力:破碎的力量与缀补的欲望。二者纠缠不清,前者与现实及内在的现实相映射,后者则潜藏于诗歌各处的裂缝中,幽微难辨,却又时时表达出作者自我对生活的无言反抗。在这一作用力之下,《白日之歌》《唯一的希望》《我宁愿……》等作品是作者在面对生活的所给予的困顿中所进行的大胆的呼喊,坦荡的情感释放。"我希望……""我宁愿……"等看似低微的祈愿,此时具有强大的力量。它昭示着在镜像的迷宫中央,灵肉已然被围困而渐显迟钝。诗歌囿于困境之中,开始唤醒内在的生命力量,由内而外发出自己的声音,进行反抗与突破。一旦冲越了麻木感官的束缚,作者的"自我"真正地袒露在生活的"场所",两者面面相觑,互动由此展开。

---

[1] 罗池、非亚:《我们诗歌的基本原理》,《诗探索》2011年第2期。

当真正的主体性的自我苏醒,镜像对主体的平衡就被打破,主动性再次回归到生命主体的手中。破碎的生活被这股力量牵引,并聚拢成形,一种全新的生活形态开始显现。《一首写给春天的情诗》中,作者主动融入生活,并在自身的强烈亲热的情绪中,将各式的人物拉向自我,而作者就置身于这一生活场景的中心,一幅全新的生活图景围绕着这一自我展开。重新拼接生活意象的实际,也是自我重塑与修复的过程。这种对于生活的主动,源于个体生命力量的重燃,而重新找回这一生命力量,在于向内的探寻,在于个体如何拂去时光的积尘,修复生活碰撞的刮痕。

其三,"灵魂出窍"的生命体验开启了"新南方"的生活以及灵魂境地。在诗歌中,非亚为我们呈现诸多与生活的抵牾。作者无论是在生命的泥淖中艰难跋涉,还是向外奋力突围,过程中总有着一个明显的标示物在其头顶起落盘旋——鸟。这一只鸟是冲破玻璃的本质,是尖锐的、强大的力量(《空气》《我听见声音》);这一只鸟是感官的召唤,是经验苏醒的悸动(《你知道吗》《这一生》《迷途的鸟》);这一只鸟是神与"我"之间的联系,是"孩子",是"妈妈",是真挚而柔性的情感体验(《有一天我碰到了一只死鸟》)。这只鸟盘旋,冲撞,成为了情感的牵引,"出去"的象征。当然,这一只鸟身上所拥有的力量,早已具有了超越其生物性的意义。它作为一个持续的隐喻,为诗歌提供不竭的热力。对于作者来说,这只"鸟"所指向的所在,就是作者得以重塑生活,修复自我的关键。

纵观非亚的诗歌,我们可以发现,在"鸟"之外,存在着另一个轻盈、飘摇、盘旋而难以捉摸的意象:灵魂。它具有飞的轻盈与自由,但又时时被困住(恰如被满世界的玻璃困住的鸟)。作者对于"鸟"的长久注视,以及对于"飞"的渴望,对应的是对"灵魂"的审视与"灵魂出窍"体验的渴求。在《一件被丢弃的东西》《灵魂》《我的灵魂》《给我的灵魂》《他简直就是……》中,"我"的灵魂被拖坠得沉重灰暗,总时刻怀揣着奔走与出离的冲动。它以自我的出走实现对死气沉沉的生活的超脱。这种"灵魂出窍"所获致的是"飞"的能力与自由。这一状态超越了空气的阻力(《飞》),达到作者所热爱与欣喜的"透明"(《白日之歌》)。于是,在"灵魂出窍"的超脱与飞翔中,飞跃了生活与语言的米诺斯迷宫,走向真正的自由之地。

随后,非亚的诗歌创作经历新的转变,逐渐褪去了狂热、激进的色彩,呈现出一种温情、趋于解冻和柔软的特性,诗歌的温度、光亮、质感都发生变化。在沉寂中,非亚的目光开始展开对生活具象的温情的拥抱。诗人在描写的对象上发生了重大的转变,写父母、写亲人、写过往的自己。在泥沙俱下的生活中,非亚将自我放置在情感的温室中,释放囚居已久的灵魂。在情感的裹挟下,生活已不再具有尖锐锋利的锐角,也不再竖起密不透风的高墙,生活本身成为基柱,在此之上非亚于"新南方"的情感和心理腹地,开辟出超越物象的精神之境,让灵魂找寻到自由飞翔、相互拥抱的栖居之所。总体而言,在这样一个新的"南方",非亚"自行"于喧嚣却时而显得静谧的都市,但他总是试图拨开那些纷乱的生命碎片与现实表象,用诗歌持续地叩问生活,找寻自我,质询现实,并发出仿佛沉闷却多有回响的诗性声音。

第四节　作为方法的小人物与边缘人

一

我一直以为,李约热的小说,是一种贴地飞行的叙事,人物为现实所缚,又常常桀骜不驯,想要天马行空,往往又被拽回大地。读李约热小说多了,每次都被他的话逗笑。上一次是《八度屯》的"一个人进村,确实不方便,语言不通,狗又多",这次是要当"仙龙王国"国王的景端。在《景端》里,李约热讲的是一个悲喜剧,故事说得诙谐风趣有意思,讲着讲着,那个飘在空中想当国王而不得的小人物景端,着陆不得,最终重重摔下来。

景端是野马镇一个十足的可怜虫,从小母亲去世、经常被人欺负、

第四节 作为方法的小人物与边缘人

穷得一塌糊涂。他和父亲、妹妹生活"在远离人群的岭上,他们没有邻居也没有朋友,好像生活在另一个星球上面"。他穷困潦倒,却雄心不减。偶然间从电影得知"国王"二字,于是突发奇想,要割据一方,成为"仙龙王国"的"国王"。确立好宏伟的目标后,他迅速而准确地采取了行动,首先利用追求他妹妹景香的权一,拥有自己的参谋与跑腿;随后他帮打铁匠王立初打铁,得到了王的追随;帮搬运工黄徒抢生意,得到其信任;帮拾荒者劳七修好木房子,尽管摇摇欲坠,但还是俘获了这位"大臣"。值得注意的是,领导并促成这个狂想群体的,是无业游民景端,他们都是乡土最底层、最边缘的人群。这个共同体一度"团结"了起来,但意图建立王国的狂想者又是如此单薄脆弱,他们考虑到活动需要经费,于是找来"为人豪爽"的焦灿,然而焦对这种"可怜的人"嗤之以鼻,景端恼羞成怒,与焦灿、劳七扭打起来,最后,石头毫无顾忌地滚落,摧毁劳七的木房子,砸死了焦灿和劳七,也宣告景端生命的轰毁。

李约热一本正经地讲着这个荒天下之大谬的故事。不知道为什么,我读《景端》,总想起阿Q。李约热的野马镇,第一次与鲁迅的鲁镇有着相似的气质。景端身上那股无所不能的疯劲儿,以及他最后被处决,都跟阿Q如出一辙。但想想还是不一样,李约热不是要"哀其不幸,怒其不争",也不想思想启蒙。小说甚至没有社会历史的纵深度,他只要讲一段小人物的狂想曲及其悲欢史。

小说《景端》以悲剧的方式来写南方的乡土民间的狂想与狂欢,景端懂得底层人们心里想什么,招贤纳士高歌猛进,所有人都在预料之中答应了,因为他知道无产者们在想什么,但问题是,景端不懂有钱人/有产者的想法,所以当他想为焦灿做点什么的时候,却始终无法得到认同。也就是说，阶层的鸿沟最终导致了他的失败。其中根本之处在于，有产阶级需要的是维持现状而不是景端所谓的重整。

事实上，野马镇在这个过程中分化为两大阵营：一方面是所谓的"牛人"，也即当地权贵、副县长曾一容，还有赵祥，三个分别嫁到北京、上海、广州的女儿每月轮番给他寄钱，以及野马镇炙手可热、经常有十几个年轻人围在身边的拳师李不让；另一方面则是以景端为首的乡土底层王立初、黄徒、劳七等。最后浪潮退尽，现实裸露，牛人们岿然不动，小人物们却早已零落四散。

李约热以前也写过很多小人物，但他普遍很仁慈，他把他们写疯、写傻，然而往往不愿也不忍把他们写死。景端的死法，异乎寻常。李约热的故事有过遐想、臆想、乱想，但狂想的少，他更倾向于贴着地面去讲，这回故事却说飞了，人也飘飘忽忽的，"景端们"的现实是闭塞的，是被封堵的，包括他的"臣民"也是如此，所以他和他们需要腾空而起，探寻一个精神的出口，以逾越现实的种种不可能。可想而知其中的难度之大，以至于他们始终显得固执、不讲情理，其中既映射出现实的艰困，更呈现出他们自身的逻辑和方向。

又或者可以跳出来看，以"景端们"为代表的小人物和边缘人，他们是未曾接受规训的当代主体，因其游荡于边缘，不为人知，却自在、无拘束。小说塑造了几个典型的边缘小人物形象：景端状似有勇有谋，却是小勇小谋，闹剧一上演便一发不可收拾，终而害人害己，殒命刑场；权一圆滑世故、软弱无能，他为了追求景端妹妹，对景端言听计从，直到最后酿成大祸；王立初、黄徒、劳七等人，成事不足败事有余，从可爱到可怜、可恨，他们身上的光亮甫一乍现便迅速被捻灭。

然而，我们之所以在当下还乐此不疲于小人物和边缘人的主题，

第四节 作为方法的小人物与边缘人

既在于小说内在的伦理要求,又是多元价值系统参照的需要,由是价值便不再定于一尊,也有了更多新的可能;不仅如此,其归根结底还在于他们可以提供更多精神与文化的路径。宕开一处说,"小"人物与"边缘"人到底是一种拟设的概念,其中之形象塑造并非不言自明的存在,我更愿意将其视为某种方法论。就像在《景端》里面,我们很难想象一个乡下的无业游民要自立王国,但小说的意义就在这里,其往往试图铺设似乎闻所未闻的经验路径,构筑一种新的认知架构。

契诃夫写彼一时代的小人物,写权力的底层如谨小慎微、惶惶不可终日的小公务员,写社会底层的苦难人民如战战兢兢、畏畏缩缩的马车夫等,以小人物为轴心,引入批判性的现实主义。事实上,契诃夫的写作属于一种影子般的写作,是"在而不属于"的状态,身处黑暗之中,而不是去寻找黑暗或者生产黑暗。置身于时代的阴影之中,但是凝视、反思甚至对抗这个阴影。在契诃夫那里,小说无疑充当了这样的媒介,通过虚拟的语辞牵引联想,建构想象界,如此才能在反抗黑暗中拨云见日,在绝望死地里探寻希望。契诃夫的小说《苦恼》里面,同样是"可怜人"的约纳的苦恼,最终只能向小母马诉说,这一事实层面所传达出来的是表层的人际冷漠和世态炎凉;而更有意味之处在于,苦恼的个人性于焉转化成了阶级性,也即由现实主体本身转变为某种社会性关系,在这个过程中,苦恼由具象的生命体验,衍变成为抽象的社会学、政治学概念。

从小说的叙事可以看出,人与人之间的交流,以及在交流中产生的同情和怜悯,是小说的最高伦理。而在契诃夫小说里,约纳"苦恼"的起源,也来自于自身的悲伤和苦闷得不到纾解。要解决这个苦恼,必须在人与人之间,尤其是在普通人之间,构造有效的沟通途径。也就是说，民众之间需要建立精神上的联结，彼此联合甚至团结，形成共识，达成深层的互通。从约纳的苦恼以及苦恼的无处诉说，即便是最后能跟小母马"成功地"倾诉，但事实上难以作数这一点可以看出，因为需要同情的参与，所以涉及底层人或者说是贫苦民众的联合，从这个意义上说，苦恼以及苦恼的诉说只是小说的浅层意义，更为深层的蕴含在于，人民之间结成同力，共同面向压迫并达成共识，协同抵抗外部世界的不合理。在契诃夫的小说那里，意欲"批判"的不仅是约纳等人面对苦恼和苦难的软弱麻木，而更注重的是小人物内部的和解与合作，因此，契诃夫所在意的实际上是变革力量是否能够真正蕴蓄、集结与重造。

对于李约热的小说《景端》来说，小人物之间的联结是随机的、松散的，甚至是虚幻的，即便像野马镇唯一仗义疏财的焦灿，经常捐钱给受苦受难的人，也没有加入那个不切实际的共同体的狂欢中；不仅如此，直到最后景端被枪决，他的同盟却始终是隐身的，他们缺席了权力本身对景端的审判和处决，甚至连鲁迅那里的围观的"看客"都无法企及。因此可以说，对于"小人物"这个概念是有价值判断在里面的，在反思性甚或是中性冷静的叙事伦理中，小人物必然走向他们的悲剧乃至毁灭，而边缘人则是一种现实与心理的处境，甚至可视为既定的伦理立场。不得不说，宏大与微弱之间，并非截然对立，越是宏大的时代，越是壮阔的历史，其越是众声喧哗与包罗万象，越能容纳并照射出小人物与边缘人的处境和他们内里所蕴续的能量。

回过头来看，"小人物"的"狂想"，这本身就是断裂的，最终往往不得不在疯魔中毁灭。问题在于，李约热却将"景端们"小心翼翼地拾起，一如他对"恶人"(《我是恶人》)、对逸事(《侬城逸事》)、对要"青牛"

不要青史的乡民(《青牛》),以及对那些不为人知也无所谓人知不知的边缘"消息"(《人间消息》)的关注,尽管那些声响衰微而薄弱,但他在乎他们,他试图展开这个世界中隐而不彰的那些逻辑和价值,探询"小"而"边缘"的路径中幽深却开阔的出口。也许,就在如是这般天马行空的狂想之中,真有一个若隐若现的"仙龙王国"。

二

我们很难想象,写得循规蹈矩、乖巧完备的小说会是一部好小说,对于新南方写作来说,政治经济、现实历史、文学文化等的衡量固然重要,但归根结底要考究的,是究竟有没有立得住脚的文学,有没有经久传世的文本以及传递新想象与新价值的形象塑造。对于小说来说,其断不是温文尔雅的谦谦君子,说一些皆大欢喜的好话,表露一些不痛不痒的言语;同样的,那些毫无棱角、无可指摘的人物,自然也是无足轻重的,甚至显得不甚真切;而四平八稳不见波澜的叙事结构,也难以传达出繁杂深邃的文化曲幽。好的小说,势必需要在旁枝斜逸中突破既有的结构与思想的框制,重整人心之偏执、文化之偏至乃至历史之偏见。李约热以独异独行之"野性"书写野马镇,其中的人物鲜明如血,直探人心与人性的曲径通幽。其小说突破了既往的叙述陈规,若借寻常的阅读经验长驱直入,往往会发觉此路不通,不得已而唯有于残桥断路中重觅生路。"灰暗,凄清,正是李约热小说特有的基调,而他的小说背景多是桂西北一个叫'野马镇'的乡野荒僻之地,所以灰暗、凄清的基调之上往往又蒙上一层奇诡怪异的色彩,读惯以北方农村为主要背景的'乡土文学'或'北上广深'等一线城市孕育的'新都市小说'的人,乍一走进李约热的小说世界,多少会有一点不适。"[1]究其原因,就在于野马镇自身的情状以及作者的立场态度及伦理旨归。"野马镇"并非不言自明的所在,也不是一个固化与封闭的概念,其是流动的,乃野气流徙的一种结果,也因而注定了其中的多义性与复杂性。

李约热的野马镇,"是全市最偏远的乡镇,民风彪悍,据说这里最早的居民,是太平天国翼王石达开掉队的伤兵"[2]。一个虚构的西南边陲村镇,出于缥缈无据的传说,成了似有若无的存在,那里的人们囿于边缘,不为人知悉,也不被历史所载录,然而在李约热那里,他们寓文明于疯癫,寓温热于冷酷,肆意张扬,棱角分明,在善恶中寄托情爱,更在死生中回应苦难。庄子在《逍遥游》中曰,"野马也,尘埃也,生物之以息相吹也"。当然,此野马非彼野马,然而世间万物,纷纭杂沓,生生不息,相以凝聚,吹拂奔放,扬起相忘已久的微渺"尘埃",更成了芸芸众生的"野马"。李约热的野马镇,野气横生,众声喧哗,浮沉浩荡,群像沸腾,以其绵延不绝而又奇崛野性的生息,在游荡中凝结、发声,茕茕孑立,又独树一帜。

李约热来自广西小城都安,野马镇及其周遭的叙事也多呈现出"桂西北"的地方性特征,"亚热带充沛的阳光雨露,北回归线横贯广西的生机与繁茂,同时,大石山区的奇峰林立,特有的喀斯特地貌弥漫着一种野性和神秘感,使广西山水景物,时而山林迷莽、野气横生,奇崛苍劲;时而空濛、灵动,丰润豁朗"[3]。西南边地的乡土叙事因为不循

---

[1] 郜元宝:《"野马镇"消息——李约热小说札记》,《南方文坛》2018年第3期。
[2] 李约热:《情种阿廖沙》,见《人间消息》,广西师范大学出版社2019年版,第89页。
[3] 张燕玲:《近期广西长篇小说:野气横生的南方写作》,《文艺报》3月18日。

第四节 作为方法的小人物与边缘人

规蹈矩而无限敞开,也因为在敞开中难以把捉而透露出无尽可能,"奇崛"而毫不屈从,"豁朗"却曲折复杂,这是野马镇的属性,也是"野气横生"的边地叙事的内在质地。

不仅如此,在李约热的小说中,叙事者更多是内置式的言说,叙事者与人物时常在交错叠合中沉浸于小说的场域,即便是第三人称的叙事,作者或以中立姿态示人,或通过故事的回环曲折,阐明立场与旨归,绝少以外在的准绳衡量野马镇的内部伦理。短篇小说《情种阿廖沙》以野马镇的爱情为中心,"有月亮的晚上,野马镇的男人女人就聚集在镇上的大榕树下面,唱露骨的情歌,好像在野马镇,你不纵情歌唱,你就不算野马镇的人"[1]。阿廖沙是警察,夏如春是死刑犯刘铁的妻子,刘铁被捕后,阿廖沙发现夏如春是一个有情有义的女性,故倾心于夏,两人之间不见容于世俗的情爱,在浑浊杂沓的野马镇中,经历了惊心动魄的博弈;然而在"我"看来,两人透露出一种非同凡响的"气质":"她笑了,两边嘴角往上抽,头发挡住眼睛,她一甩,眼神透出一股坚毅——就这一点,我隐约看出了她和阿廖沙某种相同的气质。"[2]在包括"我"在内的所有野马镇众人的极力劝阻下,他们依旧我行我素,甚至为死刑犯刘铁请律师打官司。小说最后,刘铁未能脱罪,而阿廖沙和夏如春也排除万阻,结婚生子。可以说,两人的深情震动了整个野马镇,也松动着彼处既有的现实认知与道德准则。道德倒错与世俗偏见在真正的情爱面前,变得不堪一击,甚至在这个过程中,伦理得以重造。可以说,阿廖沙和夏如春野性横溢的情与义,支撑或说塑造

---

[1] 李约热:《情种阿廖沙》,见《人间消息》,广西师范大学出版社2019年版,第87页。
[2] 同上,第95页。

了野马镇向来所稀缺的甚至是被压抑的浪漫主义灵魂。

中篇小说《龟龄老人邱一声》则对焦野马镇的亲情,"我"作为"矿二代",为了赎父亲的罪,自告奋勇前去照顾野马镇老人邱一声,然而在后者面前被错认为是其死去的儿子阿牛,"我"将错就错以安抚邱一声,不料老人却以为儿子回来了,得偿心愿而悬梁自尽。小说中,屠夫董志国说过一句话,在野马镇,"不能拿一件事情去证明另一件事情",野马镇的事与事各有不同,人与人更相与迥异。"这让我觉得野马镇藏龙卧虎。我接下来要做的事,几乎就是为了证明董志国讲的对还是不对。"[1]事实上,如此恰恰说明了野马镇之中不同声响的交集纠合,那是一个草莽丛生的场域,人物表面的野质荒诞之中,实际上又是情理自在的,他们形态各异,甚至是喧嚣吵嚷,有的语出哲理,有的满嘴荒唐。不仅如此,"我们野马镇,该怎么说呢?每一户人家都有故事。比如说我家。我爸欠有二十几条人命,够吓人吧。比如说前面提到的拿邱一声当娱乐明星的阿明、阿卫、阿三三兄弟;拿邱一声当出气筒的董志国的老婆阿珍;还有拿邱一声当神来供奉的阿亮等,哪一家都有长得写不完的故事"[2]。事实上,在满腹阅历与故事的龟龄老人邱一声那里,就已经显露了野马镇的纵深度,加之村甿为轮番照顾老人而逐一出场,作者写出人们复杂交错的情感,同时也钻入其中每个个体的精神深处,探询性情,拷问灵魂。小说的最后,"我"代替死去的阿牛披麻戴孝,为龟龄老人立碑,那是对野马镇魂灵的祭奠,精神的传续于焉得以绵延。

---

[1] 李约热:《龟龄老人邱一声》,见《人间消息》,广西师范大学出版社2019年版,第28页。
[2] 同上。

第四节 作为方法的小人物与边缘人

及至长篇小说《我是恶人》，李约热对野马镇的气息进行一次全方位的统揽，马万良在1982年的一个赶圩的日子，一刀砍断了外乡人的手臂，尔后被公安黄少烈送进了镇政府那个诡秘黑暗的房间，受尽精神的煎熬，在外乡人的骗术被识破而归案之后，围绕着黄少烈和马万良及其后人之间的恩怨，搅动了整个野马镇。期间，历史的迷雾与现实的荒诞一并袭来，小说在马万良和马进被众人围殴中推向高潮，最终，马万良跳进白露岩而被反弹到高处，俯瞰着整个野马镇。在小说中，关于"恶人"并没有特定的指代，"恶人"之周围及背后，是人心之恶、现状之恶与历史之恶。无论是黄少烈还是马万良，以及整个野马镇，"恶"始终如阴影般盘桓，成为其中不可取消的属性。值得注意的是，故事发生的时间是1982年，那是新时期的开端，也是改革开放的初期，小说中隐约透露着时代的气息，"随着政经气候的新变化，野马镇的酿就、养殖、种植等行业前所未有的发达"，然而随之笔锋一转，"野马镇的醉汉渐渐多了起来，吃请或者请吃的风气日盛，看着酒桌上那些称兄道弟、豪气冲天的男人，黄显达感觉到自己家的冷清和父亲的无趣"[1]，在宏大的历史面前，李约热却不断将视角调低，对准野生的民间的乡镇，那里有桀骜不驯却率直豪迈的马万良，有刚愎自用却有所自省的黄少烈，有鲁莽粗犷却义气担当的马进，有偏激荒唐而正直良善的黄显达……可以说，野马镇是作为当代中国的地方性症候出现的，这就造成了一种客观的效果，小说构造的是一种由内而外的价值断定，而不是相反的先入为主，由此透露出野马镇叙事真正的伦理旨归。

---

[1] 李约热：《我是恶人》，上海文艺出版社2014年版，第82页。

除此之外，李约热的《青牛》《涂满油漆的村庄》《幸运的武松》《你要长寿、你要还钱》《郑记刻碑》等小说，都体现出精神的共通与灵魂的同一，人物的性格偏执狂野却渗透着古老的情谊爱义，苦难和困境如影随形却充满着自省与抗争，生活艰辛命运荒诞却执意反抗绝望，可以说，通过野马镇叙事，李约热试图寻觅那些久已消歇或不为人知的人间消息，将野马镇喧哗骚动的吐纳声息尽数留存，"天地，众生，都是大文章。天地让人心生辽阔，众生让人心存慈悲……如果对历史作一次回望，你会发现，我们的'个人史'更多地被淹没在时代的洪流中，在所谓的'大事件'后面，有多少孤独的身影，有多少以血祭旗的人生，还有沉默者。这个时候，作家要做的就是'抢救整理'的工作，将一个个'人'还给属于他的时代"[1]。当然，李约热也尝试在小说中跳出野马镇的框架，如《李壮回家》里打渔泛舟的鄱阳湖，《侬城逸事》离合悲欢中的南方小城，《村庄、邵永和我》中烟雨绿树的扶贫乡镇，等等。但是需要指出的是，这些野马镇之外的地方叙事，故事的基调、人物的性情及语言的情状等，与野马镇叙事都是一以贯之的。如长篇《侬城逸事》中提到"野马镇"的，是收容流落在外的张农民的保安大哥，野马镇依旧透露出褊狭、怯懦甚或是愚昧，然而保安大哥对落难的张农民采取的是理解同情，无论是野马镇，还是"侬城"，都提示着艰难的处境如何考验人心。可以说，在野马镇的里外，李约热构筑了一个完整的值得信赖的"新南方"世界，那里的人们，蕴蓄着野性的气质，时常超乎现实与规则之上，却又不完全逾离人情人性，有棱有角，有情有义，其中之场景物事，互相牵扯，彼此勾连，不同的地点和场域，在他的小说中都

---

[1] 李约热：《土地被夜雨打湿》（创作谈），《南方文学》2015年第3期。

第四节 作为方法的小人物与边缘人

有着某种精神的一贯性,彼此形成互文性的存在。

三

从这个意义而言,李约热的野马镇有一种虹吸效应,一方面,其构筑成了一种生活与精神的野生之域,不同的气息与力量在其间纠缠格斗;另一方面,小说涉及多元的情节与伦理时,叙事往往朝向野马镇一方倾斜,甚至使其成为一面镜鉴、一个视角、一种理念。在那里,纵向的时间流动,映射着边缘之中隐而不彰的历史真相;而横向的善恶伦理中,则蕴蓄着显著的道德认知与价值判断,投射出现实的阴影和生命的苦难。在这样的境况下,野马镇变得丰富而立体,野性而庄重,其更像一株参天的古木,枝桠不断分叉,开花,结果,瓜熟蒂落之际,人物命运慢慢浮现,而一个复杂多维的精神谱系也已然成型。

野马镇中出没的小人物,或忠或奸,或正或邪,或籍籍无名,或声名狂野,往往都不是单一的乏味的个性,却都处于边缘之中,如尘埃,如草芥,如蝼蚁。李约热不断将他们放大,再放大,在他们身上注入气息与生命,将喜怒哀乐还诸彼身,兼之以嬉笑怒骂,统统集散于虚无却实在的野马镇。

所谓礼失而求诸野,小说叙事中的野性,便是一种于"礼"之外求向"野"的表现:人物的脾性乃至命运于边缘疯长,蛮劲儿十足,于四下蔓延,在"中心"之外回溯与审视中心,重建边缘的价值和力量。"李约热辨识度很高,他始终书写那些'屁民们'在生存困境中的左冲右突,那些有着对抗性的隐忍的小人物,犹如一株株野生植物,芒棘横生,却生命力蓬勃。他的长篇处女作《我是恶人》塑造了一个发誓就是要当恶人的马万良,以此书写二十世纪八十年代南方野马镇的生存,乡村底层的命运挣扎和根深蒂固的国民性。小说如他的优秀中短篇一样粗野坚硬,一样以荒诞的表象,内蕴着一种潜在而犀利的文学力量。何为恶?如何恶?到底因何而恶?最终明白马万良的'恶'是与众人关联的,是野马镇人身上的愚昧麻木、听命从众看客般的'平庸之恶',一如美国思想家阿伦特所论。"[1]值得注意的是,野马镇中的"恶"断不是十恶不赦、罪不可恕的"恶",人们的言行举止也自有逻辑和伦理,小说没有忠奸正邪的判断,而是在困惑与苦难中周旋,传达出一种自我过滤与自我更新的可能。

短篇小说《青牛》是李约热早期的作品,"我"接替受伤的韦江加入计生工作队,与怀孕超生的蓝月娇短兵相接,后者是一块难啃的骨头,频频令工作队深陷困境。正当"我"遍寻蓝月娇不得之际,发现她家中的一头青牛并将其牵走,没想到,蓝月娇竟然迅速地主动屈从,接受结扎,随之"我"惊异地发现,那是一头发病的青牛,然而蓝月娇及其丈夫与青牛之间万难割离的情感,那是野马乡民与土地之间的生命依赖。小说最后,"我"却陷入深深的愧疚:人与牛(甚至是一头将死的病牛)尚且如此,人与人何以至此。小说最终在"我不是一个好人"[2]中吐露出深刻的灵魂自省。

《林鸽的特别节目》中,林鸽来去无常,先是在电视台工作,随后无端奔赴青海,桀骜难驯且我行我素,实则却有着自我的人生哲思,而对林鸽有着理解之同情的"我",最后也回到广西老家种地,谨记着她的

---

[1] 张燕玲:《近期广西长篇小说:野气横生的南方写作》,《文艺报》3月18日。
[2] 李约热:《青牛》,《上海文学》2006年第8期。

第四节　作为方法的小人物与边缘人

"新世纪"赠言:"小心,别让新世纪废了你!"同样指涉新世纪命题的,还有《戈达尔活在我们中间》。小说中,"我"是一个足球记者,却永远也看不懂戈达尔,巨大的精神隔膜最终撕裂了"我"和苗红的婚姻,偏拗固执的苗红最后捧着似乎能够看懂戈达尔的知己阿灿的骨灰,消失在人群之中。与世纪末的颓丧情绪相对的,是世纪初的远大期待与当下现实之间的鸿沟,是遥不可及的精神杳想与鸡零狗碎的生活状态之间的落差,如是将小说引向了现下及未来的时间焦虑之中。其中之乱淆与隔阂,想必也是林鸽的"新世纪"忧思的真正意义,而野气横流的人物,恰似充当了此中之历史境况的重要表征。

小说的野性催生了故事的异常与精神的异质,然而,其归根结底源自人物和语言的反叛,当然,这个异乎常态的过程,并不是卖弄技巧以求奇崛,也不是显摆玄虚而故意向野,其乃一种燎原的野火,无拘无束,不受框囿,自由放诞。"人的感觉很奇怪,年少的时候,故乡意味着一大群狐朋狗友,成年后,故乡意味着父母兄弟,现在故乡于我来说意味着什么?一部即将失传的典籍。对,这部典籍密密麻麻,写的全是人的名字。这些名字渺小得接近于没有,我随手一翻,他们就跳出来。"[1]野马镇的原型固然来自李约热的故乡,但需要指出的是,那里的边缘与渺小并不是归属于野史,对作者来说,那是一部"典籍",其中蕴蓄着边缘与中心的辩证,中心的存在待以边缘的反观,而边缘内部亦可生发出自在的中心,那里有人们活跃的舞台,有他们说话的空间,那些人物并非矫揉造作或生搬硬造,而是一种呼之欲出的存在,他们的声音四下撒播,弥漫于乡野,在难以磨灭的生死场中挣扎挺立。

---

[1] 李约热:《面对故乡,低下头颅》,《广西文学》2011年第9期。

在小说《郑记刻碑》中,"野马镇所有的事情都是一笔糊涂账",只因那里充满着野气和奇诡,"野马镇发生的事情,不管是哪一件,在人们的嘴里,起因总是多种多样、过程总是千奇百怪、结果总是扑朔迷离,没有一个人完全说得清楚"。郑天华是拖拉机手,他的父亲专为野马镇的死人刻碑,然而郑天华没有子承父业,这一点他跟妻子劳爱群都耿耿于怀。在开拖拉机出了三次事故之后,郑天华终于觉得应该重拾父亲手艺,为死者刻碑。但是他的刻碑技艺相形见绌,而父亲似乎早就预料他走投无路要承继刻碑家业,死后为他提前留了两百多张早已写就的野马镇所有中老年人的碑字,郑天华只要到时描上去就可大功告成。正当妻子劳爱群喜出望外之际,不料郑天华将父亲的"遗产"付之一炬:

爸看透他呀。他一下子觉得爸在抚摸他的脸,一下子又觉得爸在扇他耳光。两百多张纸就是两百多个耳光。

他掏出打火机,吧嗒吧嗒地打,打不着。

"你要干什么?"劳爱群叫道。

郑天华也不回答,继续打,打着了。拿起一张纸点上。像烧纸钱那样,一张张将爸写的字扔进火里。[1]

这就是李约热小说起承转合的方式,故事在讲述过程中,人物及其命运倏忽发生转折,而实现这一转圜的,便是小说中的"野性"。这样的野性如一束强光,照见了人物隐秘的内心,其同时也是野马镇流

---

[1] 李约热:《郑记刻碑》,见《广西当代作家丛书·李约热卷》,广西人民出版社 2012 年版,第 27—28 页。

第四节　作为方法的小人物与边缘人

溢的精神特质。当然,如是之"野性"并不指向丑陋与罪恶,而是个体的灵魂一隅被突然照亮,野与癫、狠与狂、柔弱与卑怯、执拗与勇毅,一瞬间释放了出来,造成了精神的冲撞与现实的突围。这在《郑记刻碑》中是如此,其他小说如《村庄、邵永和我》最后邵永那野兽般的眼神,《龟龄老人邱一声》中"我""重重地"为老人立碑,《人间消息》中"我"最终决意投入生命的事业,《你要长寿,你要还钱》杜松得知杜枫悲凉患病而不再追债反而刺激杜枫勉其"长寿",等等,都是小说以"野性"蕴蓄和爆发能量的重要表现。

对于李约热的小说来说,野性首先是作为一种经验而存在的。如何再现边缘的生活现场与生存境况,并且展示其精神现状和内在状态,从而将自身的经验转化为文化动能与未来想象,野气四溢的叙述是小说试图探索的重要层面。李约热通过乖张的野性加以反抗与重构,铺设边缘人物、边缘心态与边缘事件的境况,"边缘"自身在野性的铺排中逐渐消解,其中的内在悖论也销蚀着中心/边缘的二分格局,并于焉不断揭示被遮蔽的经验,也展开新的伦理表达。其次,野性作为一种边缘姿态。萨义德曾提及"边缘人"的概念,其既是知识分子的精神立场,也是文学叙事的重要姿态,这种"边缘性","回应的对象是旅人过客,而不是有权有势者;是暂时的、有风险的事,而不是习以为常的事;是创新、实验,而不是以威权的方式所赋予的现状"[1]。立于边缘有助于形成冷眼旁观的观察视角,建构审视和批判视野。"边缘"的形态使李约热小说的叙事具备了一种包围中心、省察中心的质地。再次,野性作为一种想象的方式,使得边地的境况不再仅仅被预设为贫

---

[1] 萨义德:《知识分子论》,读书·生活·新知三联书店2002年版,第57页。

穷、困厄、愚昧,甚至罪与恶,相反,其中同样可以注入品格和价值,以至美学风格、精神气度等。"有一段时间,我个人很喜欢'零度叙述',所谓的'零度叙述',就是以他者的角度对事物作冷静客观的叙述,意在最大限度地逼近真相,后来我发现,我们的作品当然需要真相,但是我们的作品,更应该传达情感,真相可以冰冷,情感必须炽热。一个作家,对作品的掌控力很大程度上是指如何有效地写出自己的情感。我们确实需要更多的'有温度'的作品。"[1]值得注意的是,这里的温情不是简单的情感倾斜,而是以更大的耐心兼及包容,秉持鲜明显豁的立场,以野性不居的狂诞,去观取物事人情,探询魂灵归属。在李约热那里,小说是边缘人的精神秘史。

在小说《幸运的武松》中,作为知识分子的"我"和黄骥从野马镇进城生活,为了帮"我"野马镇的哥哥找税务局韦海出一口恶气,"我"和黄骥在返乡寻架的过程中,一再迟疑,一再延宕。最终,韦海被哥哥的另一个朋友世荣所捅,"他动手的时候,我的车正陷在泥坑里,等待过路车辆的救援"。而"我"和黄骥则于尴尬羞愧中,成为"幸运的武松"。对此郜元宝指出:"这是一个在八十年代写诗、在九十年代不甘心知识分子群体失败、在'新世纪'发现自己对什么都无能为力的典型人物。"[2]知识分子既在城里无所适从,又于回乡之路上不断自我设阻,小说在"我"和黄骥的身上布满了自况与反讽:

黄骥说,我们这个群体,是这个社会最没有用的群体,最没有

---

[1] 李约热:《土地被夜雨打湿》(创作谈),《南方文学》2015年第3期。
[2] 郜元宝:《"野马镇"消息——李约热小说札记》,《南方文坛》2018年第3期。

活力,最没有创造力,最他妈势利,最他妈委曲求全的一个群体。

　　黄骥说的"这个群体"我知道是指什么,这个群体,就是像我和他那样的人。[1]

"幸运的武松"成为当下社会价值序列中最不幸运的"多余人",这样的自我指涉与自我批判,事实上意味着乡野与民间对知识分子所代表的崇高/中心的批判。也就是说,在李约热那里,重返另一重目的是对准外部,臧否世界,翻转既有的价值规范,再造边缘与中心的认知形态。

四

长篇小说《侬城逸事》同样塑造了一系列野气流溢的小人物,因债主上门而被迫外出躲避的张农民一家、面对事业失败女友欠债而踟蹰徘徊最终坚忍抉择的阿德、遭受丈夫背叛与工厂倒闭的双重打击而重拾勇气的顾静、将酒吧开成了早餐店便利店甚至做起了"传销"的李晓、继承父志视死如归对抗拆迁队的退休警察刘哲,等等。无论是阿德的卑怯与选择、张丹的徘徊与坚守,还是李晓的牺牲与包容、顾静的柔弱与坚定等,在在凸显了的情义道心,可以见出,小说意图挑战坚不可摧的现实世界,以野性而边缘的质地,撞击那些似乎牢不可破的现实弊端与人心卑琐。落在"侬城"土地上的往往都不是英雄,却在自己的世界里顶天立地,以渺小微弱的身躯,对抗着中心主义、商业主义、

---

[1] 李约热:《幸运的武松》,《青年文学》2016年第1期。

个人主义的弊端。"侬城"地处边缘,"逸事"又被排除在正史之外,作者无疑在冒一个很大的险,那些诡秘的音色,那些呛鼻的气味,未必为世人所识见和觉知。但是,他人抱以无视、不解、批判,李约热却怀着理解、同情、关怀。他决计要让他们从尘埃和泥泞中开出花来,于是在严密残酷的空间中,艰难地撕开一道口子,敞开密不透风的所在,听听里面微乎其微的声响,让一度沉默/沉没的人们,走出来透透气,嗫嚅几句,以示"逸事"之存在。在此意义而言,李约热仿佛自甘沦落于"逸事"之中,实则另辟他径,借"逸事"以正言。"侬城"乃边缘之境,黯淡狭小而不为人知;"逸事"者,即为将然或已然被淹没的个体与生活,小说让边缘人物从阴暗走向光明的所在——他们从被忘却的逸事中突围,生长出新的可能。因而,无论是对于地处"边缘"的野马镇,还是在权力中心与社会层级中处于"野"性地位的小人物,李约热小说中的野性所代表的,是对成见与僵局的反拨,以此重塑一种经验、姿态与想象的方式,在此基础上,边远之地与边缘之人呈现出来的复杂立体的精神形态,在审视并表述自我经验的过程中,蓄积能势,蕴藉力量,形成对当下固有价值的判断和松解,重新揭示被遮蔽的存在,完成想象性的美学显像。

一般以为,李约热虚构了一个野马镇,然而事实上,野马镇只是一个开始,或说其仅仅构成一种中介,李约热以此重构了一种"新南方"的场域,包括野马镇在内,其小说汇合了具有悖谬色彩的行为规约、思想取向与价值认知,并以野马镇为中心向外辐射,从中投射自觉的边缘化倾向,重返边缘,立意反抗,在这个过程中,小说的野性在边缘四下流窜、蔓延,最大限度地流动与散射,以集结最为显豁的个体与群体、善恶与爱恨、欢欣与苦难,在鲜明的立场中催生一种方法论,寓决绝的精神认定于其间,构成观察的方式和判断的系统,这便就是李约热试图构筑的"野马镇"的南方话语。

五

因而可以说,野马镇不只是一处场域、一种方法,其更是一个众声喧哗的世界。在那里,世间"生物"声息汇聚,充斥着呼声与唏嘘、噪声与杂音,那是人间之外的人间,世界以外的世界。"在这样的世界里,作家的任务就是要把探险从这些缓慢的退却中拯救出来:把意义、色彩和生命力还给大多数平凡的事物——还给足球靴和草地,还给起重机、树木和机场,甚至是还给吉布森吉他、罗兰牌扩音器、老味道牌洗浴用品和爱洁清洁剂。"[1]在那些蒙尘已久的现实中,最终是细碎而真切的所在确认了真正的"人间消息",也即聚汇并生的野性气息,最终确认了野马镇世界的所在,其比被种种遮蔽掩盖的实在界更为真实,即便他们出于边缘,本自渺小,但李约热以枝蔓横生的野性叙事,执拗地将其从失落与苦难中施以挽救。不仅如此,李约热的野性叙事似乎还另有他图。在他的小说中,事实上除了野马镇之外,还往往透露出另外的世界,这个世界的存在,与野马镇本身形成一种对照和对应,李约热正是以此作为媒介,完成伦理审定与现实批判。在其中,多方的力量不断集聚,甚至围绕着野马镇进行对照以至博弈,不同的声息来自四面八方,一齐涌进野马镇,形成一个生机勃勃的人间世界。

《涂满油漆的村庄》中,韦虎从北京学成归来,在加广村拍摄电影,

---

[1] [英]詹姆斯·伍德:《最接近生活的事物》,蒋怡译,河南大学出版社2017年版,第46页。

然而乡亲们对这个外来的摄制团队感到陌生和不解,彼此思想的沟壑不断扩大,"涂满油漆的村庄"便是一个巨大的隐喻,其中的荒诞、误解与无视,在传统与现代的各行其道中,更显露出其弥合的艰难。《情种阿廖沙》中的"我"不是野马镇人,甚至对野马镇牢骚满腹,"我不喜欢这里,倒不是害怕太平天国伤兵的后代有一天会把我怎么样,而是因为这里生活条件不好,经常停电,也没有自来水,更没有像样的厕所"[1]。但作为他者的"我"始终注视着那里的爱恨离合,对阿廖沙和夏如春充满了共情与认同。在《龟龄老人邱一声》中,还有另外一条线索,那就是"我"的弟弟离开了野马镇,子承父业继续当起了煤矿主,"他在云南,还非常疯狂"。这便形成了鲜明的对照:"我"在野马镇主动承担其照顾老人十天的责任,而弟弟则继续延续着死去的父亲的"罪",用金钱买断矿工的人头。《李壮回家》里,失魂落魄的李壮在城市与乡土、文明与疯癫中,历尽世间冷暖。《林鸽的特别节目》中,林鸽无端出走,直至"我"走出原来的电视台,在遥远的青海重逢林鸽,且最后返回乡村种地,才得以觉察其中之有无得失。《青牛》中来自城镇的"我",深入野马镇抓拿林月娇,最终却陷入悔恨愧疚。由此可见,围绕着野马镇而建构的不同参照系,代表了李约热更为深层的叙事旨归,在这其中,野气的弥漫与冲击、回旋与倒流,在小说中形成了复杂的形态,人性的深浅与灵魂的轻重于焉显露无遗。

郜元宝曾经提到李约热小说中的两重视角,"这里就可以看出李约热小说的两个基本元素,一是类似上述身份的'我'的自我审视,一是'我'用挺身而出或隐身局外的方式对'野马镇'的观察和评论。两

---

[1] 李约热:《情种阿廖沙》,见《人间消息》,广西师范大学出版社2019年版,第89页。

种元素有时混在一起,有时也分得很开"[1]。李约热的小说在提及野马镇时,往往会逸出其间,寻求外在的映射,目的很简单,小说有着更深的意指,其以一种内置于野马镇的视角,形成内浸式的表达,从而生成一种伦理层面的偏倚,不仅如此,野性杂生的野马镇还充当了写作者的一种方法和一个视角。这种源自野性而形塑的话语,催生了一个特异的场域,"在他们耐心的缓缓叙述中,一个无序的社会渐次打开,眼前一个个充满寓意与野草般的小说场域,同样洋溢着扎根田间市井的野性"[2]。在此场域中,容纳了来自四方的消息,相互龃龉,也彼此汇聚。"而所有这些琐碎的、真实的、合乎想象和超乎想象的各种生活经验,生老病死、爱恨情仇,经过发酵和重组,变成了,或终将变成他笔下野马镇中的一则消息。"[3]李约热2019年出版的小说集取名自短篇小说《人间消息》,后者以"我"的视角,道出唐俊与小陆所研究的沉重的课题——灾难史研究,他们要将被湮没的人间的"消息"重新召唤出来,也因此遭受了沉重的心理负担,在唐俊死后,小陆没有中断历史的钩沉,而我也备受鼓舞,投入既往的研究,"我在心里对自己说,只要小陆没有停下来,我就不要停下来"[4]。李约热的小说还有一处提到所谓的"人间消息",那就是《南山寺香客》,里面叙及"我"走进南山寺,路遇香客,后者听到"手机滴滴答答起来,全是短信、微信、QQ的声音",然后"无奈地摇头":"听到这些声音,就烦,那是人间的消息。"[5]

---

[1] 郜元宝:《"野马镇"消息——李约热小说札记》,《南方文坛》2018年第3期。
[2] 张燕玲:《近期广西长篇小说:野气横生的南方写作》,《文艺报》3月18日。
[3] 金莹:《李约热:野马镇的消息有迹可循》,《文学报》2019年8月16日。
[4] 李约热:《人间消息》,见《人间消息》,广西师范大学出版社2019年版,第135页。
[5] 李约热:《南山寺香客》,见《人间消息》,广西师范大学出版社2019年版,第153页。

于是,香客远离"人间",在南山寺砍木头,建房子,过起了隐居的生活。然而,这样的避离尘世,追求宁静的生活,这又何尝不是另一种"人间消息"呢?直至小说中透露出南山寺香客的家庭悲剧以及他们以回归乡"野"的方式对抗及祈祷,在这其中,重要的是同一个精神场域中的互动与对话,那些不被人所理解的野气乖张,得到了一个可供含纳的精神容器。

小说《村庄、邵永与我》中,塑造了颓废消沉的邵永的形象,他终日躺在床上,意志消磨无所事事,对任何事都无动于衷,然而小说最后,瑞生的孙子玩切猪菜机器时切断了自己的三根手指,在急匆匆赶去医院后,却忘了把断指带上,"如果不把断指送去,孩子将终身残疾"。间不容发之际,我踢开邵永的房门,央其带去县城医院,邵永坐于后座,往日的颓丧荡然无存:

> 很快,邵永和我坐在单位给我配备的电单车上。我们还能快点吗?我们还能快点吗?身后的邵永跟我说话。这是他第一次跟我说话。
> 我没有回答。
> 这时候,夜幕被灯光划破。
> 那是野兽的眼神。[1]

在邵永冰冷的外在之下,事实上涌动着一个滚烫的内部,这是李

---

[1] 李约热:《村庄、邵永与我》,见《人间消息》,广西师范大学出版社2019年版,第20—21页。

约热的辩证法。人物自身内在的低音与高亢在这个过程中显露无疑。而在李约热那些野气横生的人物里,他们的性情往往具有一种爆发力,表层的温和与驯良背后,事实上热切无比。性格的不同面向、生活的不同选择、精神的不同归属,都在李约热的叙事中不断汇聚,高亢与低沉的声部都在执拗生长,发出振聋发聩的音响。这便是真正的"人间消息"。因而,在李约热的小说中,野性既是一种难以规训的气质,其更是不容复制的生存态度,其人物身上总会表现出一种生活与灵魂的辩证法,代表着或礼或野的不同存在方式的互动与共建。

六

综观李约热的小说,无论是《青牛》中为了青牛自首的蓝月娇,《幸运的武松》中永远延宕在路上的知识分子,还是《李壮回家》中落魄归乡的李壮,《人间消息》中执念于灾难史的小陆及踟蹰而后进的"我",又或者是《村庄、邵永与我》中试图启蒙邵永却无功而返,最终却被邵永"野兽的眼神"所触动的下乡干部,等等。可以说,其中的返乡之旅是何等的艰难,甚至从精神和文化意义而言,在李约热那里,自外部返归乡土的尝试往往是无效的,因为野马镇本就是自足的系统,那里无不是自在充分的价值伦理,足以自我运行、反省、过滤以至更新。如小说《你要长寿,你要还钱》,当杜松得知在外躲债的杜枫"瘦得厉害,可能是病了",出于情谊与情义,最后绝地转圜,不断催促杜枫"回去吧"[1],

---

[1] 李约热:《你要长寿,你要还钱》,见《人间消息》,广西师范大学出版社 2019 年版,第135 页。

反其道而鼓励杜枫,释放出无尽的善意。李约热以小说之虚设、之实指,照见心性,审度善恶,再造伦理,从而形成一种阿甘本意义上的"同时代性":回望传统,凝视边缘,与正史和权力保持距离,却又潜在地与生活现场相勾连,立于传统而审察当下,求诸"野"而重建"礼"。

可以说,李约热的野马镇以及围绕着野马镇所构筑的南方世界,不是由外而内的启蒙式乡土书写,而是内源式的原生性写作,乡土的内在价值没有被篡改或曲解,而是通过野气漫溢的叙述,由内而外地透露出本在的精神意义。这样的新南方写作,呈示着从土地中生长出来的人性关怀,那是充满野性与民间意义上的内外建构,以此打破传统与现代的二元结构,瓦解边缘与中心的现代指认,回到生活与记忆,回到土地与众生,回到自然生长的乡野人心,从而传递真正的"人间消息",善与恶,美与丑,踟蹰与果决,软弱与坚毅,甚至苦难与尊严等,都在"野性"的弥散中沉潜生息,如是之诸般"生物""以息相吹",而成"尘埃",成"野马",构筑了一个全息式的多维精神境域。

第五节　情感经验、精神困境与南方心灵

一

陶丽群的小说有一种"举轻若重"之感,其中往往将简单的物什与复杂情爱缠绕,家长里短,鸡毛蒜皮,人间的气息,袅袅炊烟,却深切地沾染着人性与人心,陶丽群将那些寻常的暖心和寒意,投掷于情爱的感知中,凡事无不经历情与爱的观照,又反作用于斯。在陶丽群那里,人物之间的情与爱,如一张白纸落了灰尘,是骄阳下的一角阴影,成为她小说叙事的基调和底色。那些寄居于南方以南的凡尘中的情爱,纷纷扰扰,又清爽痛快,毫不拖泥带水,痛楚则归乎寻常之心,苦恼却总有快慰。这是陶丽群小说的情感逻辑,也是她小说的叙事伦理。

具体而言，陶丽群小说的情爱，不是简单的青年男女之情，也不是彼此之间的爱与性，而是通过情绪、情思、情感的勾连，延展至更加广阔的生活维度，探知更为幽微而显豁的灵魂世界；不仅如此，通过情爱，小说质询了当代意义上的精神趋向，也实现了时代文化的内在探索。从这个层面来说，陶丽群的小说自有南方的情爱经验与情感结构，也显露出在精神匮乏中进行重新探索的意义空间。

中篇小说《寻暖》之名，取自"我"的姐姐李寻暖，也喻示小说中人在寒凉世间寻暖抱慰，无论是父亲与母亲与后妈，还是"我"与历史老师与丈夫，又或者是姐姐李寻暖的死生追念，内心的芜杂与荒凉，只能付诸无常变化的情爱之中，踽踽前行，尽览人间明暗，饱尝世间冷暖，以此丈量生命的短长浅深。在小说里，"我"甩掉了心理的包袱，从悲凉的无助的情爱历史中短暂超脱出来，离开了安全舒适的区域，从复杂回到了简单，从悲戚到释然，这一切在"我"看来，自然是"没那么简单的"。"我给我的丈夫发了条信息，告诉他我已经搬走了，若他愿意，随时可以解决他迫不及待想解决的事情。信息发出去后，我感到一阵钝疼从心底蔓延而来，我们无能为力的事情宛如数不尽的忧伤。"身心交付之后，换来了身心俱疲，世间情爱，大抵如是，更多的时候，只是相互之间的怀抱取暖，缺憾之处另寻弥补，伤痛之中求取安抚。"夜晚已经来到阳台上了，我打开屋里所有的灯火，感觉有些昏暗，我打算明天换瓦数更大的节能灯，使屋里更明亮些，尽可能照亮那些阴凉的角落。"陶丽群在小说叙事中，试图去推开那些紧闭的甚至是上锁了的门，那是尘埃尚未落定之际的内心征象，尘封已久的门与锈迹斑斑的锁、光明的限度与阴暗的角度，这些在陶丽群那里，都通过人物的情爱加以表达，那些紧闭的与敞开的心扉，在情爱之匙面前，变得无处

第五节　情感经验、精神困境与南方心灵

藏匿。

短篇小说《苏珊女士的初恋》中,苏珊女士与"文艺男"的关系非常耐人寻味,"文艺男"不是苏珊的爱人,也非其伴侣,却始终牵动着她的灵魂,在她的内心深处占据了不可替代的作用,然而即便如此,亦无法说明"文艺男"的重要性,更确切地说,那个画家/小偷,更像是苏珊女士心上的一块难以祛除的伤疤,她摆脱不了,为其哀伤,也掺以爱恋。

不得不说,除了青年的情感,陶丽群还将情爱及其缠绕搅扰的丰富复杂,牵引至了更宽广的界域。恋爱、婚姻、家庭、社会,都在这个延伸的意义链条上;不仅如此,陶丽群的小说还进一步加强纵深感,在人物的感知、觉悟及其中的或惶惑或安宁中,确认新的情爱认同与排斥,并以此窥探人心与人性的往来始终,从而使得小说的视野与布局不断翻新,以此与现实境况相对接与相补充。

二

饶有兴味的是,陶丽群小说中,不仅一次出现过母亲出走的叙述,小说《寻暖》中如此,"然而我却迎来了生命中最为严重的一场霜雪,我的妈妈,在一个毫无征兆的早上,带上五百块钱离开家,直到现在还没回来。光叔犹犹豫豫地把我妈离家出走的事情告诉我,我扶在船栏杆上,心里疼得令我无法站稳,呼吸着略带腥味的江边空气大口大口干呕起来"。她出走也许是因为父亲的流言蜚语,对家庭的失望,又或是有了新的追寻,女性以隐匿和消失作为反抗的方式,这种表面温和的不在场的抗拒,成为陶丽群小说的一种重要的精神面向。情爱不只是包含年轻男女的你侬我侬与你争我吵,还牵涉到更深刻的社会伦理与文化机制,在这个过程中,陶丽群对焦的,一方面是失望与伤痛中的惨淡与坦然,另一方面则是在其中一以贯之的守持与倔强。这在《寻暖》《苏珊女士的初恋》中是如此,在《母亲的岛》《毕斯先生的怜爱》《漫山遍野的秋天》《夜行人咖啡馆》《杜普特的悲伤》等小说中亦如是。

《母亲的岛》中同样叙述了女性的出走,其主角同样是母亲的形象,"第二天一大早,母亲就出门了,一整天都没见她回来,家里一团糟。地没人扫,猪鸡鸭狗没人喂,早饭午饭也没人做,我的两个嫂子带着各自的儿女全都回了娘家。这个家一下子陷入兵荒马乱之中。父亲几乎气疯了,踢倒家里所有的凳子。我们都不知道母亲去了哪里,母亲几乎从没离开过家,我们随便在家里什么地方叫一声,母亲都会带着恭顺的,略显惊慌的表情出现在我们面前,手里拿着我们所需要的东西"。小说以母亲出走毛竹岛为故事的开端,随后花开两朵,一个是以父亲为主的家庭的反应和应对为中心,另一个则是母亲在岛上的生活。最重要的当然是父亲的回应,从一开始的愤怒和暴跳如雷,到以此为耻不愿多提,然而事实上,"其实我知道父亲常常在晚上时到江边朝到毛竹岛上张望,有时候还会在江边坐好久。江边的沙地上长有不少矮荆棘,一丛一丛的,茂密得能藏住孩子,父亲坐在某一株矮荆棘后面,不打算让任何人看到他。晚上,毛竹岛上的木房里会透出幽暗的煤油灯亮光。那里没有电。幽弱的煤油灯光撒在粼粼江面上,朝父亲伸过来一条半明不亮的水路。有时候还会看见母亲走出木房,拽着一条被煤油灯拖得长长的影子,来到发白的江边提一桶江水进木屋里去了。父亲坐在矮荆棘后面,盯住对面孤岛上那座同样孤独的木屋,有时候到下半夜才回家"。父亲与母亲之间的情与爱由此可见一斑,然而,横亘在他们中间的,是南方的乡间风俗与家庭伦理,更是父母之间的渊源、关系和性情,可以说,在父亲与母亲那里,伦理与情爱之间的碰撞,成为了两人内心之分裂的根源。

更值得注意的是,毛竹岛成为母亲生活的乌托邦,她在岛上种菜、养殖,"屋里和家里一样收拾得很整齐,摆放熟悉的旧东西。烧饭的柴火是从江滩上捡拾来的浮柴,整齐码在由几块大石头垒起来的火灶边。家里的厨房连灶台都是铺瓷砖的,烧饭用煤气,很方便。母亲好像并不介意目前简陋的居住条件,一屋子整齐的旧物件透出母亲的日子并不像我想象中的狼狈"。显然,母亲试图通过生存环境的改弦易辙,以重整自我,追寻生活的理想状态,而事实上,这也是她回避丈夫、子女,避开凡俗生活的尝试。这样的生存实验,并不是传统的通过反抗与叛逆,也不是与部分女性主义文学中男女对立式状态实现的,而是以两性并行、个体与家庭的共存的方式进行。质言之,陶丽群笔下的女性,已经超越了从"五四"以来的娜拉出走的叙事模式,而重新探询新的情爱共处。毕竟,自我内在的矛盾尚且难以调和,又何况男女之间、家庭之间、社会之间乃至文化之间的差异。

纵观陶丽群的小说,不仅女性/母亲,男性/父亲也被时常置于弱势的位置,短篇小说《毕斯先生的怜爱》中的毕斯先生即是如此。"五年来,也就是他们的女儿过一岁零一个月后,麦芳就开始独自承担这个家了。毕斯先生患上了慢性肾衰竭,这是一种极为糟糕的疾病,需要一个星期做两次血透,不然他就会因为毒素过多渗入血液而身亡,因为他的肾脏已经没有排毒功能了,他几乎没有尿,三天,最多四天,他体内的肌酐便会飙升到一千甚至一千二,并且全身浮肿。"毕斯先生因病而在家中落入一个极端尴尬的地位,他空怀一腔热血,无奈只能让妻子料理家务,照顾自己与女儿,于是乎,包括毕斯先生自己在内的一家子，只能被埋没于琐屑的日常，等待变故和悲剧的降临。小说最后，毕斯先生的怜爱变得越来越廉价，情爱的实际与生命的现状，令妻子生变、生活生变。陶丽群写尽了男性的委屈与愤懑。"到底是怎么患上这种可怕的疾病呢？毕斯先生很多时候坐在这张沙发上冥思苦想，但没有任何蛛丝马迹可寻。唉。他总是徒劳地叹气。然后长久陷入对以前美好日子的回忆。他的时间太多了（相对于每一个他依然能睁开眼睛的白天，每天都很漫长。但就生命而言，也许也就挨个三五年。他很苦恼，三五年，多么折磨人，他倒是希望这一切尽快结束)，又没有相应的体力干点什么打发掉，回忆成为他唯一可做的事情了。"毕斯先生的生理状态与心理状态是若合符节的，更重要的，这两种状态直接影响了他的生活与家庭，在现代中国文学中，很少有男性在两性关系中被设定于如此不堪的地步。陶丽群显然另有他图。事实上，当下社会，最终是朝向男女平权的方向发展，两性之间以及由两性组成的家庭关系之中，情爱的存在是最不可或缺的，而情爱时常不太稳定，情爱的背后，是情思、情绪、情感，在物质主义、娱乐主义与欲望型社会中，对情爱的仰赖必然导向新的两性难题，这无疑是"南方"的毕斯先生们苦恼的最为重要的根源。

三

不仅如此，陶丽群的小说，还将情爱引向更为复杂纵深的维度。这个维度不是社会的历史的维度，而是精神与心灵的纵深，后者直接映射于生活的浅表，成为最日常的表达和传导。小说的切口很小，一般而言，这样的切口，可以借以管窥更为阔大的存在，然而陶丽群反其

第五节 情感经验、精神困境与南方心灵

道而行之，小说在情感叙述中，在情爱的作用下，反而从小道更趋其小，不断收缩小说叙述的范围，故意不将故事说大、说虚。而陶丽群的小说需要努力的方向还可以是，她这样的叙述方式，恰恰可以在客观上达成了一种更有效的扩展推衍，无论是哪个切口，都以更小同时也更为精确的通道，导向幽深与幽微的精神世界，从而蔓延出更为普遍也更为引人入胜的情爱人间和心灵世界。

不得不说，陶丽群的叙述一直在低处盘旋，这里有两个关键词，一个是低处，一个是盘旋。低处是平淡无奇中的，即便波澜起伏，也是微弱，重点在于，陶丽群将纤弱而敏感的内心，与微弱的变动更迭共振，感觉的触角延及各个层面，加之内外的反应与之相辅相成，从而在小说中形成一种连动的言行机制，其始终与人物的心灵及其对外界的感知相契合，尤其是在情爱世界中，世界仿佛越来越小，这是小说情感叙事的精致之处，但是也使得文本的格局略显局促，这需要更为精确幽微的甚至如手术刀般的穿透性叙事进行化解。在短篇小说《礼物》中，马克和小雅是一对行将分离的恋人，若即若离的状态，在纷扰的城市中，各自感知着对方的情爱及关系的亲疏，马克修汽车，满身的汽油味儿，小雅在超市，处处不落市井气。再平凡不过的一对世间男女的故事，而最后的礼物，"她轻轻打开马克送给她的盒子，两粒圆润光洁莹白的珍珠映入她模糊的视线里。是一对珍珠耳环，她记得曾经和马克在镇子上唯一那家珠宝店看过，她喜欢得不得了。她不喜欢金银饰品，觉得它们品性太硬，珍珠是多么温润呵，她喜欢一切温润的东西"。陶丽群的小说人物，即便不如意，亦不会想到去搏斗，她们选择了另一种默默领受，听任自我内心的自然反应。这样的叙述无疑与文学史上女性主义的表达不同，陶丽群试图完全将人物投掷于生活的洪流，任

其冲刷，不避尖锐，最后或沉浸其中，或抽身远离，她们如一座座孤岛，与他者隔绝，却又丰盛自在，承受到浪潮的拍击，不怨不悔。

小说《苏珊女士的初恋》中，"他们的青春情愫在嘈杂和破败的老城区里安静而芬芳绽放，避开闹市区的星巴克和肯德基，以及溜冰场和乌烟瘴气的电玩室。而他们的接触，也仅仅是月光下'穿过你的黑发的我的手'以及'你的手指带着暖暖的温度滑过我的脸庞'式的轻轻触摸，仅此而已"。苏珊女士与绘画男神之间的恋爱史、感情史，始终搅扰着苏珊的安宁的心灵世界，然而，苏珊女士容不下猥琐，也容不下一丁点的羞辱，然而即便如此，当她得知画家初恋是人人耻笑的小偷时，她崩溃了，她的存在让画家原形毕露，随后悲剧发生，小偷残疾。一般的小说，到这里就结束了，苏珊女士在被震惊被羞辱中悲剧收场。然而陶丽群宕开一笔，苏珊女士与她的"初恋"最后相依为命，以完成苏珊的自我救赎。陶丽群始终执念于生活的味道，万般滋味，都在一言一行、一举一动中投射出来，所有的疼痛与悲哀，似乎说不清楚来路，但都将踏上归途。陶丽群的小说，不是与世界抗衡，而是不断地和解。在这个过程中，情爱的作用是最为显豁的，当然，也是最容易引起不解的。

《毕斯先生的怜爱》中，这种怜爱既是对子女的爱怜，也是对妻子的愧疚，更是一种顾影自怜，是男性的无助和悲叹，最终，这种"怜爱"在遭遇情感的变动时，更显得可怜而悲哀，"呵，这真是美好的一天！毕斯先生悲怆地想，上个月麦芳和他商量要把房子卖掉时，他就等着这一天了。他想了好几种方法，最后想到这种。妇科医生来过几次家里，每次都忘掉给他带酒，今天终于带来了，麦芳又正巧带着孩子下村，给他留下干点自己事情的时间，足够多的时间。堂弟也来，还有高跟鞋,该见的都见到了,这真是老天爷安排给的美好的一天,天杀的。"

都市情爱若即若离的情感传达,在陶丽群有一搭没一搭的叙述中,显得特别贴切,尤其是那些似无来路,也无归途的情爱,构成陶丽群情爱叙事的最微妙的部分,都市情绪映射的是当代人的精神情结,后现代的巨大阴影笼罩着情爱的凝聚与涣散。短篇小说《夜行人咖啡馆》中,咖啡馆的主人老史与陌生而熟悉的爱人丽妃,关乎丽妃,没有前因,也不知后果,但是老史铆着劲儿喜欢,他爱她,他对她的一切都无所谓,他只是爱。"她对老史笑时,永远都带种不设防的明朗,可以从她的笑里轻易看出她对他的信任和依恋,那样干净而温顺的眼神,是老史人生中一盏暖意融融的灯火。不过,当她安静沉思时,她的整个人会被一种老史很陌生的神情罩住,老史无法准确形容那种神情,仿佛一个人陷入某种悲伤回忆时的沉痛,或者对未来不知所措的迷茫。那时候的丽妃他感觉跟他毫无关系,一个陌生的丽妃。他知道她心里肯定端着放不下的东西,但老史从来不问,并不是不在意,毫无疑问,他是爱这个女人的。"从来的不确定,却换来的是从来的"毫无疑问",老史的爱很纯粹,他甚至要娶丽妃,这个有着一个古典之名的女子,他为她着迷,毋宁说,他沉迷于他自己的感觉,他为情爱所惑,或者这就是他所追求的。在城市中,在那个人来人往的咖啡馆,他抓不住确定的东西与物事,唯有眼前的感觉和情爱令他心安和笃定。

四

小说《礼物》里面,小雅精心烹饪的花菇炖鸡,香味弥漫,似乎又若有所指,"小雅把砂锅里的东西搅翻一遍,免得沾了锅底,汤面上漂浮一层鲜黄的鸡油花。那只三黄鸡真是肥嫩呀,皮下是一层黄灿灿的厚鸡油,马克喜欢吃这样肥腻的鸡,嫌瘦的卡牙齿,他那口牙齿牙缝那么宽。他还喜欢刮这层油花淋米饭,边吃边不住咂嘴,仿佛吃的是什么美味佳肴,其实就是个花菇炖鸡"。大体世间情爱,都是自己构思自己,自己成全自己,甚而,自己哄骗自己。陶丽群小说的好,在于她能够拿捏那些微妙而细致的"南方"情思,这样的情感与情爱紧密勾连,辐射至更为广阔的"新南方"的疆界,家庭、都市、人情、人性、趣味、灵魂,等等,都在陶丽群的"精心烹饪"中,显露出了新的滋味。

第四章

历史、伦理与地方传统

第一节　文化传统与现代中国

一

自十九世纪中后期开始,彼时之中国作为一个"老大帝国",开始断裂式地被抛掷于"世界"之中。列强侵凌,国门洞开,于是开始睁眼看世界,被动或主动地加入现代化进程,自身的文化传统也于焉开启了一种现代的"旅行",然而这个过程如此艰难,甚至被不断指认并排斥于现代中国的文化再造之中,遭遇种种冲击、挤压和碰撞,在犹疑中迂回,也在磨砺中衍变。当然,这里的文化传统不是一个固化的既定概念,其是变动而多元的,但始终有一个核心在,而且在文化的迁徙和存续中,尤其在地方性与世界性交错的形态里,存在着较为明显的传递,呈现出丰富复杂的属性和流变。当然这里并不打算泛泛而谈,而是将之置于文本结构与人物主体中,探析其由古而今的现代性衍化,并参考其中的跨文化语境,考究"传统"的旅行与变形、流脉与流播。

陈继明的长篇小说《平安批》有意思的地方就在于触及了这样一个颇为重要的命题:传统中国的文化脉络,如何在现代场域与世界浪潮的激荡中辗转重塑,与共时态的多重价值理念和观念话语进行周旋、博弈,并且在纵向的历史迁移中经历时间的流动,经验现实的异变、合流甚至是消隐,在革命战争和社会政治的消解、熔铸与再造中,走向自身的新变。小说主要人物郑梦梅、陈光远、宋万昌、望枝等人身上透露出来的仁义、德性、仪礼、信诺等内在品质得以在小说中蕴蓄和发抒。当然他们也并不能够代表中国文化传统的全部,其只是一种映像和征象,但由此生发出来的家国情怀、民族大义、爱国精神,尤其是他们从十九世纪末而始的百年精神历程和生命行止,代表着中国文化传统融进现代的鲜活样本。

《平安批》的主人公郑梦梅生于十九世纪末期的潮汕地区,具体而言是十九世纪八十年代,有学者指出,"1873 年前后,当李鸿章与日本、英国、秘鲁等国不断地签订'和平'协议时,就已经预言中国正处'三千年一大变局'。他指的当然不是列强瓜分中国的变局,而是中国文化的变局"[1]。近现代是中国政治、文化的重要蜕变期。郑梦梅的家族来自广东潮汕地区的"溪前",出生于这一时期的他,自小饱读诗书,舞文弄墨,也深受传统文化浸润。"时光里,平安里,单单从这两个名字就能看出溪前、溪后的不同,溪前子弟多才情,讲义气,喜欢读圣贤书,

---

[1] 徐兆寿:《西行悟道》,作家出版社 2021 年版,第 216 页。

第一节　文化传统与现代中国

不切实际,好高骛远,'等闲谈笑见心肝';溪后子弟刚好相反,个个冷静务实,长于运筹帷幄,善于做生意搞经营。"[1]由是可见地方性文化牵引出的精神征象,通过溪前与溪后的家族和合纷扰,呈现出其开放与内敛的张力,围绕历史之常与人心之变,推演至现代的社会历史场域中,形成多重的话语系统、价值系统、文化系统的对照。

"平安批"乃小说最核心之物,主要出自当年"下南洋"的华侨之手,他们背井离乡,牵念家国亲人,到了南洋等地之后,想念故国和家园,便给亲友邮信寄钱,在这个过程中,批局事实上兼具着邮局和银行的功能,他们通过民间机构即批局汇寄至国内的汇款及家书,是一种寄、汇合一的特殊邮件载体。番畔来的信叫批,国内来的信叫信。值得注意的是,这其中涉及到了中国传统文化的现代境遇,"平安批"及当时的华侨华人身上的精神伦理经过数千年流转,特别到了近代中国,更是遭遇一个多世纪的震荡,其如何蕴积并作用于中国人/世界人的内在命运,在现代主体之中又经历了怎样的变化,这是颇值得玩味的地方。

小说一开始就呈现出形而下与形而上并存的两套话语,代表着中国南方的潮汕地区人们关于本土生活与外在世界的想象。在郑梦梅眼里,"整个大地的下方也许都是水,和大海暗中相通,大地像一块大大的舢板,漂浮在无边无际的水面上,所以跳井的那个人恐怕早就从地底下钻出去,重新做了番客。要么直接到了地球的另一侧,要么沿着韩江的任何一条支流游向大海,去了番畔"。与此同时,这也意味着

---

[1] 陈继明:《平安批》,北京十月文艺出版社2021年版,第9页。本文引述如未说明,则均出自该书,不赘注。

以郑梦梅为代表的即将踏上东南亚之旅的关于世界的寄望。这个过程还涉及近现代中国文学中颇为少见的海洋经验:"大海看不见,但不远,从家门口出发,搭半天船到了汕头就是海,要多大有多大,要多远有多远。倘若从汕头上岸,换上几层高的红头船,或者比红头船大几倍的洋船,就可以过番去任何地方。"值得一提的是,潮汕地区溪前与溪后的子弟,自小便产生了对于海洋与世界的想象。在小说里,甚至流传着种种关于南洋与番客的传说。"然后在这些东西的混合气味里想象,几年前一个青年番客如何跳进井里,如何从韩江偷偷回到大海,再如何从海上回到马六甲、暹罗、石叻那一类地方的,甚至有可能是直接从井底下直上直下钻过去的,不用费力就到了番畔。"海洋书写原本在南方并不发达,但是到了近现代中国,中国南方成为变革的中心,不仅有诸多远渡重洋走向世界的有识之士,而且通商口岸的开放层出不穷,留洋归来的、流亡海外的比比皆是,个体与国家、出走与回归、东方与西方等,构筑了行旅与文化的多重通道。不仅如此,小说中还牵涉到近代以来中国与东南亚之间的经商和贸易,甚至是猪仔/奴隶贸易。在那里,"下南洋"成为了一种地方性与群体性的经验,关键在于,这无疑提供了一种外在于自身传统的新的镜像和路径。

在中国小说叙事的现代经验中,对于传统文化更多流露出来的是一种变革的、放逐的理念,特别是在现代知识谱系形塑的早期,其往往担忧中国被排除于"世界"之外,而显示出文化延续的外扩形态。然而,陈继明的小说《平安批》在叙述清末思想震荡的历史时,却有所不同,其中的叙事伦理固然是开放的,但是又常常收回来讲,也就是说,传统中国的文化价值是被纳入到了小说的话语系统之中。潮汕人的家族史、奋斗史和精神史及其所经验的现代中国包括东南亚地区的革命历史,成为小说叙述的主体,其间包孕着多重的价值链锁,彼此之间相互紧扣,家、国与世界之间的或隐或显的牵连,使得怀揣着文化传统的个体与现代的国族观念不断融通再造。如果追溯以郑梦梅为代表的潮汕人民的传统精神谱系,可以从郑梦梅受老货郎指点而远离祖地,去暹罗前的行迹见出。梦梅临行前特别去了灯山顶上的北帝庙,祭拜那里的玄天大帝,亦即北帝,那是象征北方的神仙。"都说潮人大部分来自北方和中原,是历朝历代被发配到此地的官员们的后裔,北帝信仰被他们一路带到南边,寄托了他们对家园和朝廷的不舍和依恋。"如若此说成立,则传统的因袭在潮汕等沿海地区,在如郑梦梅及其家族中是保持着一种内在的延续的,这无疑代表了他的文化因子与精神根基。"一转身,他几乎觉得,他把整个中原和整个家山都揣进自己心里了,这是从来没有过的体会。"可以想见,对于此时此刻的郑梦梅,走出潮地、奔往南洋的思想资源已然具备,也即当郑梦梅去国出洋时,其身上携带着的是糅合南北的浓重的中国传统文化。

不仅如此,潮汕地区地处东南沿海,清末民初以降也是外教繁盛之地,这无疑提供了一个具有世界意义的重要尺度和视阈。需要指出的是,近现代以来中国的文化传统的传承延续,并不是单线条与单向度发展的,而时常面临着外力的注入、搅扰,在这个过程中会有不少人抽离其中,甚至于改弦易辙中,旁观和反省传统本身。这是文化传续不可避免的一种命运,同时也意味着对之无处不在的省察和考验。小说中,郑梦梅到了东南亚之后,接受了西方文化的熏陶,而且在乔治等人的交互中不断开放内心之精神。其中出现了颇有意味的一幕,一次他往潮汕家中寄了一册《潮语圣经》,而事实上这本书潮人早就知悉。

因为以往的潮地，传教之风早已经盛行，很多人改信洋教后，无论是生活方式、行为模式还是思想观念层面，都与传统大相径庭。令人焦虑的是，当地人担忧自己的文化是否有朝一日会消泯，会被洋教所替代，而且从洋教的发展趋势来看，他们的担心并非空穴来风，"也正因为如此，老祖当时很担心，过不了几天，全世界都会变成天主的天下、基督的天下、十字架的天下，阿弥陀佛、老爷保贺迟早都要改成阿门阿门"。不过，有意思的地方就在这里，"转眼几十年过去了，信上帝的人和信老爷的人都还是当初那么多，谁也没多，谁也没少"。由此可见，在中国走向现代的历程中，如若将传统文化作为一种重要的精神载体加以对待的话，可以见出其在彼时往往处于中外、古今的夹缝之间，不断形成各种摩擦与拉锯。值得一提的是，人物身上古老的信念教义，以及那些似乎在呼啸前行的年代显得不合时宜的因素，没有倒在铺天盖地的文化观和价值观断裂式变革的冲击之下，而是最终达成某种平衡。这种平衡的背后，代表着文化传统自身内在的生命力，其不仅于焉保存延续着自身坚不可摧的部分，而且始终迎向且融汇着外部的伦理与话语。

小说中还塑造了乔治和董姑娘两个外国形象，而且他们的言行举止，以及对其中主要人物郑梦梅、望枝等的影响是非常显著的。"乔治和董姑娘，两个外国人是我特别设计的。这部小说天然有一个天然的视角，侨批是从外面来的，侨批本身就是一个视角，由外向内，我想把这种视角放大，用来观察中国社会。乔治和董姑娘，就是在这种观念下安排的。这两个人，都在中国待了很久，算是半个中国人。他们用两双眼睛看中国，是西方的，也是中国的。他们的态度更加平和，更加

第一节 文化传统与现代中国

本真,也更加真实可信。"[1]需要指出的是,小说随后还展现了潮汕内部的关于本土信仰与外来宗教之间的争夺,这在望枝和董小姐等人的"精神拉锯"中可见一二,而且在当地还发生了天主教堂纵火案件等。那是一个混沌未明的时代,在中西杂糅的沿海地区,关于文化传统的保存或扬弃,正在经历着惨烈的撕扯。在这个过程中,小说不仅表述出强烈的地方性特征,而且与历史性形成纵横交错的坐标,其中的特殊性于焉显露出来。也因此潮汕地区的"平安批",正成为中国的文化传统之存续和流变的范本。

二

如前所述,《平安批》蕴蓄着一种显豁的地理与精神的对照,小说中的人类学博士乔治在论及宗教与信仰时,曾发表过一番议论:"这次来暹罗,我有一个重要发现,中国的中原,不在中原也不在南方,也不在任何别的地方,在哪儿?在途中,在流浪途中,在远行的路上,在流浪者的心里。或者说,有两个中原,一个是地理意义上的中原,一个是精神意义上的中原,后者可以称作流浪的中原。"潮汕地区的文化传统,既代表着北方文化的迁徙,也意味着正统的中原文化的南方传袭。郑梦梅家族出自南方的潮汕地区,在近现代中国,南方是开放的场域,亦是革命的中心。郑梦梅的哥哥郑复生曾加入革命党人的队伍,遍历南方之起义,他去日本学军事,加入孙中山的同盟会,还参加了一系列

---

[1]《陈继明〈平安批〉:我们为什么忘不掉家国》,澎湃新闻 https://baijiahao.baidu.com/s?id=1717998110695118129&wfr=spider&for=pc.

的革命活动，最后不幸身亡，溪前的前景也开始变得晦暗起来。郑梦梅的经历则更为曲折，尤其是他的生命行迹从十九世纪末期一直延续至二十世纪的中后期，可以说非常完整地见证了整个"革命"的二十世纪，他身上透露出来的精神伦理，也一定程度上代表了文化传统的现代衍变。

到达暹罗之后，怀揣着浓重的中国文化传统伦理的郑梦梅一身懵懂，闯进了鱼龙混杂的南洋地带，他"下南洋"的经历并没有想象中那么平顺。然而从首次出海在船舱上的言行举止、营救猪仔时正义凛然的道德关怀、替人写批时流露出来的道义才情等，郑梦梅内在的品质已经有所显露。而他人生的转折，出现在宋万昌对他的接纳与后来的赏识和托付之后，郑梦梅的事业开始蒸蒸日上。宋万昌看重的是郑梦梅的品性和品格，故将暹罗和汕头的产业分给了作为接班人的郑。值得一提的是，郑梦梅并没有辜负宋万昌的重托，他身上的传统伦理没有随着时间的推移而脱落，而是在历史大势中不断形成更为坚韧而珍贵的国族意识和爱国情怀，从而完成了新的精神蜕变。1937年成为郑梦梅生命的重要转折，是年他五十大寿，却冒着生命危险婉拒了日本领事馆的富田书记官的来访，不仅如此，他随后与陈光远、陈阿端、林阿为、蔺采儿等友人，全力支持抗日，挺身而出保卫家国。1939年汕头沦陷，郑梦梅更是多方奔走，为危难中的国家民族鼓与呼，誓言要将中国拯救于水深火热之中。直至1945年抗战胜利，他历尽磨难，也目睹了友人的牺牲和民族的苦难。1949年新中国成立，郑梦梅与蔺采儿重返曼谷成为华侨。随后因怀乡回国，1977年在汕头辞世。而围绕着郑梦梅等人流离辗转的，始终有"平安批"的所在。

总体而言，小说呈现出一种物之史与人之史的合一，更准确地说

第一节 文化传统与现代中国

是个体史、家族史与物质史的三线交叉。小说写的是潮汕人"下南洋"的奋斗史与心灵史,这在以往并不鲜见。然而以"平安批"为中心与轴心,牵出人世和国事,既往的小说很少涉及这样的题材,尤其以长篇叙述的方式,写一种物,由物及人,进而写情叙史,更代表了小说的独特性。"'物'的存在与发抒不仅成为小说叙事结构的关键,而且成为人物主体的精神表喻,成为主体之间的情感维系和伦理中介,其本身的形态、属性、本质兀自得以凸显,同时也蓄积着精神与文化的价值。从而使得'物'与文本世界中其他的要素相互并列,发挥自身的作用力,在文本内部的平等与民主之间,形成新的合力,构筑出合乎文学内在逻辑的话语系统与艺术机制。"[1]具体说来,小说里面写主人公郑梦梅秉存和守持着那种可贵的德行、道心、情义,与此同时,传统中国的文化精神又始终护佑着他历尽时地变幻。从国内"下南洋",到抵达泰国等东南亚地区,在异地生存扎根下来,在战乱中辗转流离,经历战火纷飞的生灵涂炭、生离死别,郑梦梅始终怀抱传统的意绪和情结,最后无论是寄居海外心系祖国,还是回到国内建功立业,这寄寓在他奋斗和生命的百年沉浮,同时也映照着现代中国的革命史以及文化传统的重塑史。

需要特别提及的是,人物主体身上的文化传统,与近现代以来形成的国族意识、家国情怀相互渗透,甚至置于世界性的视阈里,重新印证其有限性与有效性,也于百年中国的时间洪流中,淬炼出了自身的新义。小说着墨较多的,是郑梦梅等人在抗日战争时期的民族大义,他联通他的家族、他的友朋,或隐或显地在抗日战线上奋争搏斗,"曼

---

[1] 曾攀:《物·知识·非虚构——当代中国文学的"向外转"》,《南方文坛》2019年第3期。

谷批局联合会也紧急开会,担任会长已经多年的郑乃铿建议,各批局印制新的批封和信笺,在批封和信笺上印上'抗日救国''敌忾同仇''抗战到底''抵制日货''坚持到底'这样的标语,或者刻成印章,盖在每一封批信上。另外,乃铿还建议,国难当头,唐山志士舍命,番畔侨胞舍财,抗日救国,人人有责,所有侨汇,无论多少,都要抽出百分之二作为个人捐款,由批局在受理时代收。凡是捐过款的,批封上盖一个'批捐'的小印章"。值得注意的是,人物身上的意气情怀,是附着于作为物质的批封和信笺上的,而后者指示的是一种生活与交往的方式,是代表着伦常、道义和情愫的文化传递。

特别是其置于国难家仇的历史境况中时,物质与情感之间的内涵迅速被激发、扩大,而且成为文化传统的重要载体。"平安批"本身从表现形式到话语修辞,从心绪寄寓到伦理旨向,都呈现出情、德、义、理的精神形态。"平安批"的功能是汇报平安、遥寄祝愿又或是补贴家用、表达心意,这些都透露出传统的意绪和情结。更重要的是,小说以"平安批"为中心,还牵引出源远流长的家国情思。值得注意的是,面对内忧外患尤其是外敌入侵产生的民族大义和爱国心理,在郑梦梅身上,并不是凭空发生的,其恰恰是自文化传统演变而来。

也就是说,在现实的迁徙和冲击中,以及在外部历史的变迁里,郑梦梅等人身上的传统文化的意绪和理念并没有被撕扯得七零八落,相反,其始终如石头一般坚固,这是他个人及其交往和行迹中最难能可贵的财富,同时也是中国传统文化经过一个多世纪的丰富复杂的现代化激荡之后,真正能够留存和流传下来的价值所在。

从小说《平安批》中,可以见出潮汕人民身上并存的现实主义与浪漫主义,他们务实、低调、沉稳,充满着实干精神,却又深具情怀,对生命、对文化往往抱有理想化的追求,对国家民族的未来怀着峻切的热望。陈继明紧紧围绕着"平安批",写批,亦是写人,更是写一个现代的中国,以及中国所遗落和存续的文化传统。"乃铿真的不知道写给谁,时光里的那个老资格的收批人刚刚过世,或者,在乃铿准备写平安批的这个瞬间才刚刚过世,时光里再也没有谁适合做收批人了。一个收批人,原来是用几代人的无数封番批慢慢造就的。她死了,她的死里面竟然藏着另一个死,一个收批人的死。一个收批人死了。"情感的连结在此地此时显得如此内在而深刻,这是潮汕人民的情感结构,同时也意味着民族国家内部同根共连的精神牵引。

三

文化裂变的过程经常是无迹可寻的,但有一点,其延续的历程必然联系着精神的再融通,尤其在剧烈动荡的时代中,传统的流绪不断分裂的同时,剥除陈旧而腐朽的层面,走向新的融合,也构成新的结构形态。在小说里,出人头地固然是"下南洋"者梦寐以求的所在,但是回过头看,无论在外面过得如何,寄批回家报"平安"是常态。那时出海在外的人们都知道,"离开后,家里的姿娘一定会去所有的庙里上香叩头,直到收到他寄回的平安批为止"。源源不断的人们从韩江出去,再从汕头进入大海。他们为的是出门干一番事业,"发大财,娶番婆,光宗耀祖"。然而这样的观念不仅与一个开放性的现代中国相抵牾,而且在民族危亡的历史境遇中,更是在有识与有志之士身上渐为摈除。值得注意的是,在郑梦梅的身上,"下南洋"的过程更多的是一种新与旧的冲突。从现实的境况来说,他身上的礼、义、仁、德的文化传统,与现代中国以及历史施加于个体身上的命运遭际之间,常常存在着截然的二元对立。在这样的新旧交杂中,郑梦梅内在的精神质地的守持和留存才真正释放出其意义。也就是说,只有在经历了内外的考验和冲击,甚至于传统自身面临真正的危机时,其内在的成色和力量才会最终投射出来,又或者说在遭遇现代中国乃至世界的种种磨砺时,文化传统在应对中的转圜才变得可靠,否则在百年来重大的动荡和变革中,固化的与不变的一切都终将变得可疑。

小说中,郑梦梅、陈光远、乔治三人自觉意气相投,遂仿照《三国演义》进行"桃园三结义",有意思的是,在结义的过程中,有一段三人关于"义"的讨论,对传统关于"义"的本意和变体进行了谈论。其中陈光远指出结"义"不妨碍彼此的观念意志相左与相异,而乔治则提出,"假如祸和福、生和死涉及立场,事关原则",此"义"以及"义"的结合又当如何,郑梦梅则为此提供了自己的见解和答案:

> 结义结义,因义而结,义,自古以来都有明确的含义,比如,义不容辞、见义勇为、义无反顾、仗义疏财、义薄云天,这几个词中的"义",都是同一个意思,即道义、正义、公义、大义,中国古代文献里更是有很多关于"义"的进一步说明,比如,"度义而后动""义固不杀人""义不杀少""生,亦我所欲也;义,亦我所欲也,二者不可得兼,舍生而取义者也"。

不仅如此,故事叙事甚至还原了清末民初小说的一种在文本里穿插言谈、论辩甚而是演说的传统,尤其是在郑梦梅、乔治和陈光远三人的交往中,时常出现彼此之间的纵论时世、慨叹人生和谈论文化的情态。如在谈及"忏悔"的中西方差异时,乔治再次发表宏论:"我也认为中国人有中国人的忏悔方式,比如捐赠,慷慨解囊,助人为乐,在相当程度上,是一种忏悔方式。人们都说,洋人会忏悔,唐人拒绝忏悔,我认为未必如此,真实情况很可能是,洋人的忏悔总是口头上的,一出教堂就忘得一干二净,唐人的忏悔则更无形,更隐蔽,更会变成实际行动。"小说之所以采取这样的未经充分形式化的修辞方式,和彼时彼地混沌未明的价值伦理不能完全辨明厘清有关,尤其通过三人不同的身份识见,将中国的文化传统置于新的现实历史境况中进行析解和斟酌,在东南亚乃至世界性的文化话语碰撞中,重新审视种种既定的认知结构。

不仅如此,小说还将郑梦梅身上流露出来的传统中国的文化样态,置于革命历史甚至是战火纷争之中,遭遇破坏性甚而是毁灭性的威胁,窥见其旧的衰亡,亦试探其新的可能。"有感于当年和宋万昌在曼谷义山亭的所闻所见,梦梅发家之后,在汕头置地数百亩,创办了纯公益的万昌义庄,专门寄厝无主尸体或暂时不能入土为安的灵柩。义庄投入使用后的第一件事,就是租了整整一艘大火轮,把曼谷义山亭内有意愿迁回国内的灵柩,和一些无主遗骨无偿迁葬至万昌义庄。"不仅如此,宋万昌在郑梦梅早期有知遇之恩,大公无私地将自家的产业托付给郑。郑梦梅历尽艰辛,知恩图报。"为了感谢和纪念宋万昌,所有的公司仍然以万昌命名。宋万昌先生已于多年前病故,两个儿子在每一家名叫万昌的公司里都持有百分之四十九的股份。很多人认为不必这样,梦梅则毫不动摇,坚持如此。"梦梅乃铿父子二人一起经营万昌批局和万昌种子,两代人的坚守,守望"平安",更是守护着源自中国文化腹地的传统精神伦理。

新中国成立后,郑梦梅作为爱国华侨,不仅千挪百转建立了"抗战时期沉批博物馆","以为日军侵犯我国之间接证据,并警示后人勿忘国耻,居安思危,振兴中华"。而且在郑梦梅筚路蓝缕的开创性实践之后,"2004年,国内首家侨批文物馆在汕头成立,它的前身正是郑梦梅的抗战时期沉批博物馆。2013年6月19日,广泛分布于广东潮汕、珠海、中山、阳江、江门,福建漳州、泉州、厦门、福州等地的约十七万件侨批档案正式申遗成功,成为'世界记忆遗产'(Memory of the World)。因为,它除了'具有近代中国国际移民的集体记忆'外,还在'同类国际移民文献中具有独一无二的突出价值'"。因此不得不说,《平安批》在叙事结构上颇为严谨,小说不仅始终紧扣"平安批"的主线,牵引出家族史、国族史与现代史的种种纠葛,而且沉入潮汕人及其家族、个体所秉持的价值理念和精神伦理之中,探询中国文化传统的如小说开头叙及的溪前溪后的家族纷争,到了结尾收束处,得到了回应。"可以说,溪前郑不仅挽回了声誉,而且实力和影响力渐渐超过溪后郑,溪前溪后也摈弃前嫌,重新成为郑氏双雄。"值得注意的是,家族的和解,是在更为宏大的国族叙事话语的导引下,作为次一层级的家族叙事也逐渐弥合自身内在的裂隙,溪前与溪后最终合围聚拢,呼应着上一层级的国家话语,由此,家与国的双重叙述在小说最后严丝合缝,共同呼应"平安批"的大主题。

四

当然,不得不指出的是,文化的延续与传承,特别是在面对外部的融入与内在的异变时,未必全是排异,也时而存有互文与互渗中的助推,如果将文化传统视为某种客体的存在,那么其不断推演的过程,往往是不可控的,杰姆逊曾引用阿尔图塞"多元决定论"(Overdetermination)的概念指出,任何历史现象和事件——包括意识形态的改变等——都需要参考不同的原因,依赖于所有条件和因素的推动形成。"因此,多元决定的概念告诉我们必须考虑所有的原因,包括那些看起来极不相关的东西。当我们找到了足够的解释之后,便需从结构的角度来理解它们。所有的决定因素都是必然的,但并不能够解释完整。"在这种情况下,"历史的解释只有通过具体、复杂的多元决定而获得"[1]。而正因为不同因缘与因素的共同作用,再加之形而上的抽象质地,使得文化不可简单地估量和描画,在这个过程中,小说以其形象性提供了某种阐释的可能,尤其是通过叙事文本中构造的纵横交错的时空元素,为判断文化传统的流变与流向提供了可资探询的理绪。从这个意义来说,《平安批》通过物之传递与人之形迹,不仅将流溢的文化形态塑型,而且在二十世纪中国的革命历史语境中,始终没有湮没文化传统自身的声音,而且与中国之现代相与协奏。

不得不说,这里无疑探讨的是一个宏大的命题,然而在这样明确的坐标中,又变得显豁清晰,中国的文化传统具体而微地附着于人与物之上,形成了自身的显像,也代表着一种文化衍变中的价值重估。当下我们重新将陈列在博物馆中的"平安批"加以讨论时,选择将其作为与人物形象和政治历史并置的主体性存在,因而其具备了一种文化与精神的蕴藉,更在书写的唤醒与重生中,召唤出若干层面的文化传

---

[1]〔美〕杰姆逊:《后现代主义与文化理论——弗·杰姆逊教授讲演录》,唐小兵译,陕西师范大学出版社1987年版,第59—60页。

统要素，不仅代表着古典的精神伦理的现代播撒，而且也包括地方观念与民间信仰、革命精神与家国情怀的当代延伸。不仅如此，郑梦梅身上那些历久弥坚的精神质地，那是传统中国文化与意义的承传重塑，其维系着人与人之间最基本的信任，他们背负着不可名状的信义和道德，却又不负承诺而有所担当，在义利之间、仪礼之中，守持心境的澄明和坦荡，如是仿佛发思古之幽情，却抵御了一个世纪的凄风苦雨，甚至更久，以至当下。由是反观中国真正走向现代的弯折进程，事实上更需要走出人心之愚或人性之昧的封闭与蒙蔽。这对于文化传统行旅百年尔后抵达当代之中国来说，依旧不乏振聋发聩之声音。

五

纵观近现代中国历史，"感时忧国"的叙事形态成为自十九世纪中期遭受外来侵略以来，直至1949年新中国的成立，现代文学最重要的一种情感结构与精神伦理。需要指出的是，"家国情怀"并不是一种固化的概念，也不是不言自明的所在，在中国现代化的发展历程中，这样的情怀是流动的、开放的，其经历了政治的、文化的补益，以及美学的与修辞的建构，甚至在历史的动荡中遭受沉重的冲击，也经历了自身的危机，最终通过内外的裂变和重建，呈现出一个民族牢固而生辉的精神抱负、抒情形态以及价值关切。

陈继明长篇小说《平安批》写的是潮汕人民"下南洋"的百年跌宕，以郑梦梅为主要人物的挣扎、奋斗和坚守，以及以潮汕人民为代表的世界想象与实践，尤其是在生活、事功、革命等若干层面，展现中华民族浓郁的家风民俗与国族意识。在这其中，"平安批"既是深情厚谊的家书,更是关于家庭观念与家族意识的重要征象。小说以"平安批"为切入点,撬动一个多世纪以来潮汕人民的奋斗史、家族史与革命史,将之置于十九世纪末以降的革命历史之中,历经战火洗礼,呈现出波澜壮阔的历史激荡,以及其中难能可贵的家国情怀。

不仅如此,值得注意的是,在郑梦梅的身上,寄寓了从传统走向现代的中华民族的家国情怀,尤其以"感时忧国"的叙事姿态,刻写了一代又一代的潮汕民众的事功追求及精神守持。可以说,《平安批》代表着当代中国文学主题创作的新形态,其以"平安批"为核心,甚至将其作为方法,牵引出新的国族叙事。

纵观整部小说,以郑梦梅等人物为代表的个体命运,展现潮汕家庭/家族的生活状态与情感结构,被置于二十世纪前后以始的近现代中国历史,而且将之投入一种世界性的视野之中,对潮汕地区甚至是整个中华民族的传统伦理进行一种历史性的书写。陈继明自己对这部小说的写法事实上有着深刻的自觉,他认为,写潮汕不能只写潮汕,而要"跳出潮汕看潮汕,把潮汕故事当中国故事去写,甚至当人类故事去写。迁徙、流落、求生、逃亡、土地、回归、家国,这些命题,事实上的确不是中国人特有的,但在中国人身上表现得的确更强烈,更极端,更有意味"。不得不说,"平安批"这个题材非常有意味,一看就是有故事有内涵的写法,加之在结构上采取的是历史性的叙事,通过一种核心之"物"左牵右引,铺陈出庞杂的内蕴。"《平安批》这个名字是从一开始就定下来的。平安批,侨批中的一种,是在南洋上岸后寄回家的第一封批(同时至少寄两块银圆)。'平安'二字不可小觑。"可以说,小说不仅在于表述百余年来的历史沉浮所带来的诸多人物的精神困顿及解脱,而且"平安批"自身的内在蕴藉同样传达出丰富的历史与人文涵义。

第二节　生命的领受与伦理的风暴

一

担任五山乡三合村第一书记归来后,李约热有了新的分身——李作家。李作家不是一天养成的,而是在一次次进村入户中走出来的。与其说李作家是一场虚构的叙事者,不如说其应中国当代乡土变迁的新的召唤而诞生。他仿佛在赶赴一场不容缺席的约定。就像在小说里,他来到村民家中,照理不能停留用餐,但乡情难却,便不得不一次次坐在村民的饭桌前,喝他们的酒,听他们的故事。

在李约热那里,乡土不是一个前现代意义上的静止的场域,那里有人性的困境,有情感的跌宕,有历史的衍变,在生命的领受中更有伦理的风暴。乡村大地上生命的升落、起止,莫不如常,正如冯至在《十四行诗》中所表述的:"过去的悲欢忽然在眼前/凝结成屹然不动的形体。"可以想见,在乡土世界,对此更多的则是一种对于生活与生命安之若素的"深深的领受";然而,在"那些意想不到的奇迹"或是乏味无奇的寻常之中,领受只是起点,其中往往夹杂更为隐秘的心性。李作家将乡土的人们引以为朋友,在这个过程中,他们的讲述与作为观察者和复述者的李作家的叙述是多有不同的,最重要的在于后者时常将前者所简单言说的城乡生活经验,置于难以廓清的伦理风暴之中,将传统的意绪言行打上现代性的烙印,以此透析人性、洞察人心,进而图解生命、考究世情。

二

李作家首先是驻村的第一书记,扶贫攻坚是他的工作和使命,他走村入户、登记拍照、开会研究,起初,他和他的乡村朋友们并不一致。他和赵洪民谈起文学,谈到莫言:"人类的情感朴素得很,哪怕是一个八竿子打不着的人,他取得非凡的成绩,只要跟你是同一个族群,你会由衷地高兴。当初莫言获得诺贝尔文学奖,李作家就是赵洪民这样的感觉。跟赵洪民不一样的是,李作家读过很多莫言的作品,好些作品他很喜欢。"从身份经验的差异,到精神观念的认同,李作家在不断接近乃至迎合乡间的人们;很快,李作家成为农民的朋友。这次,在小说《捕蜂人小记》中,他来到赵洪民的家,喝了他们的酒,听他和他的前妻讲起匪夷所思又入情入理的婚姻。在这个过程中,他自始至终都是倾听者,同时也是参与者。他甚至爬上了赵洪民的摩托车,一同冒险捕蜂。我始终在想,对于李约热和他的新乡土叙事来说,李作家是一个什么样的角色?他固然是记录者和见证者,也是局中人和改造者——无疑这是一种双向的改造——更重要的,他是叙事者和想象者。好就好在,李作家不拔高自我,他善于凝视那个悲欢离合总关情的乡土人间,在他的观测路径中,很多人物身上都有一种豁达、洒脱,他们领受生命的无常与恒定。在此过程中,李作家是李约热的主体性裂变,同时也是农民朋友们个体经验及意志的分岔,是他们领受生命时的见证者,也是其中之伦理风暴的设定人,他以此凝聚异质性的声音,形塑小说的调性。

小说在讲述野马镇的农民赵洪民时,或者赵洪民在讲述自身时,经历了小说故事与情感的必要起伏。乡间的捕蜂人生活固然是他现下的安稳及养家之计,事实上,当年的他更向往城里的生活,也曾难以割舍木板厂钟铁的女儿钟丽华,他释放了自己的欲望,他急于想改变自己的命运,但彼时他已与赵桃花结婚。他两方相瞒,推着钟丽华在南宁游南湖,为她学鸟叫,和她产生了感情,但最后还是遭遇了挫折,老板钟铁能抬举他,也能弃置他。尔后赵洪民回到乡土,回到妻子身旁,改变命运的冲动破灭后,他开始领受甚至承受命运的遗恨和伤痛。如果故事只说到这里,那抛妻弃家的赵洪民,似乎难以给予同情,但小说的重心在于,赵洪民领受了生命的挫败之后,同时也在面临隐约的伦理风波。如冯至在他的《十四行集》中提及的,"我们准备着深深地领受/那些意想不到的奇迹",捕蜂人赵洪民养野蜜蜂,同样要等待"奇迹",是靠天吃饭,"跟那些开着卡车拉着蜂箱一路追赶花期的养蜂人不同,赵洪民养野蜜蜂,完全靠运气,就像有些地方的人抓野猪回家来养一样,都是朝不保夕的事情"。但他依旧坚持,近乎执拗,他始终在

第二节　生命的领受与伦理的风暴

寻觅,与李作家突突开着摩托车,在乡间颠簸奔波,为寻一窝蜜蜂。在指望"意想不到的奇迹"中,赵洪民为了妻儿,只能随时准备"深深领受",接纳那些奇迹的生成或无成。在这个过程中,妻子赵桃花似乎毫无怨尤,这隐约透露出一种情感的线索,也即赵洪民为弥补妻子赵桃花的宽恕,他自此勤恳干活养家,冒着危险捕蜂维生,也不得不容下妻子以及自我关于那段情感的调侃。当然,这其中的"领受"不是逆来顺受,在赵洪民那里也没有乐天知命的人生哲学,而是性情的质地使然,是和赵桃花一样的朴素而坚实的感情,无不代表着乡土世界的情感结构中的另一重伦理。

赵桃花同样在领受生活的结和坎、感情的起与伏。在她那里,仿佛一切都会在随遇而安中迎刃而解。她天性豁达,凡事不逞强,也不勉强,她为了他们的家唠叨操心,她和他来到南宁城里,一个在洗涤店,一个在木板厂。赵洪民对老板钟铁的女儿钟丽华动了心,赵桃花知道他想改变命运,她要成全他,当他碰了钉子回来,她又接纳他。她确乎总是如此坦然,质朴真切,随遇而安。尽管"她的眼睛掠过一丝落寞",但他们还是结了两回婚,在李作家面前依然谈笑风生:

"前妻"说,我就是笨,嫁他两回,相当于被同一颗石头绊倒两回。

在同一条河上淹两回。赵洪民说。

挨同一根木棒打两回。"前妻"说。

在同一张床上……有福自然在。赵洪民说。

小说结尾,赵洪民始终专注于他的捕蜂生活,仿佛不曾历经情感的变迁,在承受生活的重担中也没有崇高的心意,生命的领受不是一种需要刻意提升的境界,他和李作家只专注于劳作的时刻,对生活的动荡与贫乏泰然处之,如冯至的"我们整个的生命都在承受",在他们身上不再是简单的一个农民的属性,而是土地般的无言而浩大,是真心诚意地领受并求取于自然。他们的生活和婚姻,那些也许仅代表着前现代的情感生命,却以其朴质如山石而泽披当下。或者这是我们现在所缺失的一种情感模式,在汲汲于物质,苟且于功利的当下,剥离掉那些绚丽的或黯淡的外衣,祛除争讼和纠葛,回到人的自身,思考命运流转中的精神安放。

三

然而,问题从来不是如此简化,生命的领受并不是全部,更重要的还在于潜隐其中的伦理的风暴。小说最后,赵洪民带着李作家捕蜂,"那群野蜜蜂越来越近。赵洪民和李作家一人一把装满沙子的塑料容器,严阵以待。他手指上的绑带格外醒目"。受伤的手指俨然成为赵洪民生命的一种隐喻,生活中,轻伤不下火线,小说固然传递出了某种力量感;然而在我看来,赵洪民缠着绷带的手指,还喻示着赵氏夫妻两人难以愈合的伤口。在《捕蜂人小记》里,采蜜本身不再像杨朔的《荔枝蜜》一样附会自然比附劳动,追逐野蜜蜂对于赵洪民来说只是维持生计、养家糊口的方式,对于这样的生活状态,赵洪民与之同行,默然领受。冯至《十四行集》第一首《我们准备着》,从开始时的"我们准备着深深地领受",到最后"我们整个的生命在承受",可以说,从领受到承受,这是赵洪民面对生活以及赵氏夫妻之间情感的另一重揭示。

第二节 生命的领受与伦理的风暴

赵洪民领受着乡土从自然到伦理的馈赠,甚至包括"前妻"施予的前现代式的宽容乃至纵容。他心意未遂,从南宁回乡,从厂长女儿钟丽华身边回归妻子赵桃花那里,随后选择了"承受"——在乡下成为一个平乏无奇甚至庸庸碌碌的谋生者和捕蜂人。然而,在赵氏夫妇貌似平和安宁,甚至玩笑调侃中,"敏感的李作家"却"看到了"赵桃花的"落寞",于是揭开了另一种无法弥合的裂缝,甚至内里可能掀起新的风暴。更进一步说,李作家叙述中的赵桃花的在场与缺席,实际上暴露了他的无意识,甚至透露出整个当代中国乡土叙事中的潜在的洞见和不察,即如何处理携带着前现代意味的中国乡土世界的现代性经验,此中的女性意识在不断发抒之时又不得不面临的回撤和退让,诸如小说中对赵桃花处境的一句带过,滋生了欲言又止却又难以忽略的性别议题,指示着女性如何在被叙述中实现真正的自我表述,又如何在自我表述中呈现出真正的主体声音。于是在这里,则不得不将仿佛被提示实则却被掩盖的赵桃花以及钟丽华的意义加以呈示。

在二十世纪以来动不动讲抗争讲反叛的中国文学,诸如赵桃花这样的形象可谓少之又少,似乎她只是前现代的一个缩影,小说中,赵洪民与赵桃花婚后即将猪、牛全部变卖,甚至"地也不种了",一起到南宁城里打拼。然而问题出现了,他们遭遇了一次情感的危机。在赵洪民进城面对资本和欲望的那次现代性冲动中,她协商未果,主动选择了回撤,退到她最柔软的腹地而不至于再受伤痛。这似乎只有在岁月静好的乌托邦世界中出现,在当下我甚至怀疑赵桃花的存在。为此我问过李约热,这是不是真实的故事?他说真人真事。如果你没有像李作家一样,扎根生活在乡村的土地,深深领受过乡土中国的每一个罅隙和缝孔,也许会觉得对赵桃花来说,这是匪夷所思的选择。但不得不说,小说中仅仅依靠赵洪民与赵桃花之间简单的幽人一默,似乎并不能完全抵消赵洪民当初在南宁给妻子带来的冲击与冲撞。他每天练习,为钟丽华学画眉叫,他闻到并沉醉于她身上的香水味,最终,他为了她放弃了妻子。然而他被弃之后竟然浪子回头,赵桃花也竟然不计前嫌。

当然,将现代意义上的爱情观置于一对朴质的乡民夫妇中似乎看起来并不合理,但再朴素的内心,也能感知到来自爱人的背叛的伤害。需要指出的是,小说重要之处不在于将一个情爱悲剧说圆了,而在于揭示伦理的漩涡中生命的处境和情感的重置。李作家所叙述的《捕蜂人小记》,除了现实中的捕蜂生活,事实上更嵌套着赵洪民叙说的他和赵桃花的结婚—离婚—复婚。问题就出在这里,在赵洪民和赵桃花身上,尤其在自称"前妻"与"前夫"的家庭中,李作家的新乡土伦理出现了裂变,那种稳固的情感开始发生危机,在此过程中不断显露出弥补裂缝的尝试与未果。熟悉李约热小说都清楚,这是他的一种讲述与修辞的方式,让我想起他在小说《李壮回家》中隐而不彰的线索,李壮离城返乡后匪夷所思地变得精神失常,其中缘由,应当是李壮当初为了王小菊同时也为了进城入京而出走。从当李壮回乡时恍惚间不断念及的"杨美,我爱你!杨美,我爱你啊",可以推断他曾经求索的爱人以及城市生活已然幻灭,故而他一方面失心疯落魄返乡,另一方面则是带着对杨美的羞愧与内疚而念念有词。但是小说并没有明言,故事也戛然而止,这就需要去推断甚至猜测,更需要设身处地于人物所经验的精神伦理漩涡中去辨析和判别。

不仅如此,在《捕蜂人小记》里,木板厂老板钟铁的女儿钟丽华也同样需要被重估。很显然,她是倾心于赵洪民的,因为他的诚实可靠,

第二节 生命的领受与伦理的风暴

有趣、有情、有义。他毫不介意她的残疾之身,推着她遍游南湖,为了她学习画眉以及各种鸟儿的叫法,他与她近乎两情相悦。然而就因为小说中的一句钟铁的变卦,他们的命运就此改变,而且丝毫不见钟丽华反抗的声音。某种程度而言,她也是这段感情中被遮蔽的受害者,是被掩盖的失声者。当然,这和小说的叙事重心有关,其将更多的笔墨放在了捕蜂人的身上,然而,如果将这样的被遮蔽的声音还原出来,也许这个捕蜂人更为丰富立体。但问题还不在这里,而在于叙事者李作家本身的伦理预设及倾向,同时也在于他的叙事笔法。他将他们置于伦理风暴的中心,却又仿佛轻轻略过,詹姆斯·伍德专门提到小说的这个问题,"如果说一个故事的生命力在于它的富足,在于它的富余,在于超出条理与形式后事物的混乱状态,那么我们也可以说,一个故事的生命富余在于它的细节,因为细节代表了故事里超越、取消和逃脱形式的那些时刻"。好的小说,往往能够通过细节的凸显或隐匿,逸出其本来的结构,寻求新的价值余数,且通过细节的显现或隐蔽,从而"超越、取消和逃脱"既定的形式框架。如是之言有尽而意无穷,延伸出了新的价值重估,个体的意志及征兆也得以从所置身的情感和伦理的风暴中得到表征。

我一直以为,李约热写乡土,有意思的地方不在于故事与经验的曲折,而在生命的领受与伦理的风暴,在于既有的形式收束之外的新的精神衍生。就像在《情种阿廖沙》里面,身为警察的阿廖沙,竟然爱上了死刑犯刘铁的妻子夏如春。如此置于风暴之中心的情感,才得以窥探精神及人性的真切回应。《幸运的武松》里,作为知识分子的"我"和黄骥仗义执言、两肋插刀,然而在行动上不断延宕,在真正付诸行动的世荣面前,充当了"幸运的武松",但是话说回来,徇私报仇、捅刀伤人的行径,是否又于律法有违呢？现实的"幸运"是否又遭遇了另一种的不幸？李约热在问题状似解决之后,似又隐含了新的问题。《郑记刻碑》中,父亲死前良苦用心,为儿子郑天华写下了两百多张写了野马镇所有中老年人的碑字,但在郑天华心里,却仿佛遭到了羞辱,于是他将父亲遗留的碑字付之一炬。《我是恶人》里面,"恶"成为野马镇的精神底色,却又由此透露出非同寻常的伦理旨向,黄少烈刚愎自用却不乏内在的自省,马进虽鲁莽凶悍但充满义气担当,而偏执激进的黄显达始终秉持良善,"我是恶人",恶的身旁站立的是人,在伦理的暴风眼中,恰恰裹挟着人性深层的掩藏,也不断揭开貌似昭彰实则藏匿的内在伦理。

不得不说,野马镇本就是一处混杂动荡的场域,野气横生,人物放荡不羁甚至恶由心生,但始终不拘囿于单一的判断,李约热自己说过:"天地,众生,都是大文章。天地让人心生辽阔,众生让人心存慈悲……如果对历史作一次回望,你会发现,我们的'个人史'更多地被淹没在时代的洪流中,在所谓的'大事件'后面,有多少孤独的身影,有多少以血祭旗的人生,还有沉默者。这个时候,作家要做的就是'抢救整理'的工作,将一个个'人'还给属于他的时代。"可以说,李约热在他的小说中铺设了一个开放而多元的伦理世界,个中人物,仿佛在坦然领受了生命的施予或冲撞之后,却又不得不被频频投掷于伦理的风暴之中,他们在那里经历情感与精神的洗礼,同时剥落自身的面具,鉴照真实的欲望和意志。如是,才可显露真实的人与人性,也才真正揭示出贴切的乡土与中国。

第三节　历史的召唤与秩序的重建

一

小说能否有效地召唤与征用历史，以审视和改造现实的境况，蕴蓄并创生未来的镜像，往往取决于写作者或叙事者是否具备真正的历史意识，这一方面再往大里说，在我们谈论历史的时候，便意味着以当下之处境、观念、立场重新审度之，即便是回到当时的语境，同样难以摆脱主体性与主观性的参与，这是海登·怀特意义上的史与诗兼具的审美结构；进一步说，叙述主体以及人物主体内在的价值话语，同样需要借助于小说的想象性序列，重新理解历史这一重要参数，紊乱则重整，坍塌便再造，以重振灵魂之畛域，摹画个体/群体的精神图谱，重建内外之秩序。

这一点很重要,因为所有的现实都是从历史走来,未知的与未竟的建构,同样需要在此基础上加以考量。对于小说来说,召唤历史以重建秩序的过程,常常掺杂着不可估量的现实变量,这是虚构性叙事最具难度的部分,同时也是主体命运走向自身的顺序甚或背反的可能性所在。锦璐近期的小说便试图处理如是之命题,其所透露出来的,是在召唤历史与重建秩序之间所存在的巨大鸿沟,并尝试修补之、填充之,循此开掘内在而深刻的灵魂人心。

《复调喀秋莎》(《广西文学》2022 年第 3 期)是典型的怀旧叙事,故人重逢,聊话家常,平淡的叙述中,涌动着过往的波澜。小说写历史的再现与重演,俨然已不是新鲜的题材,无论是时代的还是主体的历史,总是以某种异质性的光谱,折射进当下的现实,又不断地被现实的情绪、境况所分解、重塑。小说中,原本其乐融融的怀旧气氛,被张司令的到来所打破,聚会的 KTV 包厢作为他们重逢的场域,彼时发生了根本性的变化。那些伤疤和创痛开始不断水落石出。不得不说,真相总是禁不住细细地琢磨,人心之幽深有时候也常常显得浅显,喜怒哀乐、爱恨情仇,到底使人入魔着困,万难消歇。时间固而常常可以开出玫瑰,但也时时面临枯萎败落。艾四萍、吕心韵她们之间的往事如烟,弥漫心间,朋友间的叙旧甚至营造出了一种意识流的氛围,"乔老爷和绿眉毛头对头咬耳朵,女进修生托着下巴啃手指,张司令吭哧吭哧喘粗气,吕心韵眼里冒着光。他们藏在旋转光的光影里,一会儿浮出,一会儿隐没。很多种颜色交替出现,柠檬黄色、荼蘼红色、橄榄绿色、紫罗兰色,有一种接近腐败的气息。某个旋律兀自单循环,形成一坨黏黏糊糊的液体,仿佛达利那幅名画《永恒的记忆》里扭曲变形的软塌塌的时钟,给人一种压抑痛苦却又无法声张的感觉"。小说最后,说到动情之处,艾四萍拖着因年迈而受难的膝盖,闯进一间又一间包厢,用一种匪夷所思的执拗打断唱歌的人们,要他们查找俄语版《喀秋莎》。这是一代人的精神印记,也是他们的情感纽带,阿霞、安德留沙、阿杰莉娜,一个个名字,成为彼此熠熠生辉的勋章,因为这背后的记忆和创伤,为他们抵御着时间的风暴,"看呐,她多么像一位穿越了炮火穿越了时空带着胜利归来的老年喀秋莎,灰白的童花头发丝纷飞,疲惫又坚强。她沉着地低声起调门,双手做铿锵的指挥,舌头打卷,弹出一连串坚定的跳跃的饱满的富有弹性的俄语单词"。与此同时,吕心韵也引吭高歌,勇毅奔袭,亦如一个战士。这便是"复调"的喀秋莎,跳跃在不同的时间褶皱,也流播于不同个体的精神岩层,历史的神采于焉若隐若现。

二

短篇小说《五秒钟是什么概念》,以再简单不过的机场接机的情节,牵引出事实上涉及三重虚拟性的对照:一个是在小说的现实叙述与人物因无聊而讲述的半真不假的故事之间,存在着某种反衬式的张力,越是在无聊中的讲述,以及讲述中反推的百无聊赖,越体现出人物的精神境况,以至于使得人物在寂寥和抑郁中,不断推演至关乎生死的思量,如是令小说跃进新的意义形态;其二是小说最后揭示前来接机的神秘莫测的梅老板,他的迈巴赫上关于真枪与假枪的构设,实际上意味着人物从简单走向复杂,又从复杂回归简单,从而指向新的价值视阈,也即情感与人性的旨趣,也就是说,梅老板的倾向性叙述于焉逐渐显露,值得一提的是,小说呈现人物的方式不是和盘托出般地吐露，而是隐而不彰式地逐步显现，否则难以步入主体性的灵魂深处，而只是游离于现象的表面；小说中最重要的，无疑是飞机的坠机与奔驰迈巴赫的速度之间的虚拟性比对，故事最后，梅老板要去体验那个极速而失衡的时间，那是他的前妻，同时也是他"最好的朋友"失事飞机的失衡时刻，他是为了感同身受，更是一种祭奠与纪念。由此看来，"五秒钟"并不是简单的时间段落，而是充满情感的观念，其是即时的，同时可以预见的是，其背后所透露的生命与情感，无疑是恒久的。

小说《女人边锋》(《小说月报·原创》2022年第8期)尽管在题名中突出的是作为女性的边锋，然而在小说中，却不断掩盖她作为女性的性征，无论是边锋路见不平，拔刀相助，还是醉心体育不让须眉，又或是性情耿直风风火火，小说意欲塑造的是一个显明的中性主体，甚至以此抵抗时代的偏见与人事的繁杂。有意思的是，"她的行动、作派都有些男性化的成分存在，但由于容貌、体态的峭拔，反倒使她拥有了别具一格的气度"，如她的名字边锋所彰显的，其性情往往偏于凌厉而棱角毕现。"谁也没想到哪天会见到边锋，我们已经十五年没有听到她的音信了"，小说同时通过边锋的回忆性与现实性的叙述，不断提出自身的性别议题，特别是当下女性(包括男性本身)都被符号化、系统化与智能化所取代，性别时而仅成为系统中勾选的选项，时而在世俗生活中不断被异化，在种种的妥协、献祭与自我的衰亡中，抹除内在的性别指向。因此小说通过"少女边锋"，实际上是试图将性别模糊化，并重新完成主体自我的评估再塑。小说最惊心动魄的，是曾经作为标枪运动员的边锋，向体育场的主席台投掷标枪，那意味着她对男性及其权力，包括她对过往情感的愤懑的反叛、反抗以至反击，"透过云层的阳光将一条条壮丽的光线斜插大地。这种学名'云隙光'的自然现象,又被称为'耶稣光'。这束光与斜插远处的那杆标枪呈'X'交叉,仿佛一个巨大的未知数自从天降。"然而我的疑问是,在这样激烈的对抗之后,能否形成某种情感的、伦理的与体系性的机制,边锋的遭遇以及她所代表的女性诉求和命运,是否足以建构有效的路径,以通达女性的所欲、所求及所往。否则,小说里丑陋肮脏、低俗无趣的赵一宁之流还是会层出不穷,且占据历史的中央,或许这也是小说的尖锐之处。因此,我更愿意看到的,不是边锋手持标枪的孤注一掷,而是可以复刻的反抗后的重建,借此可以扭转情势,启示总体性的精神序列和想象空间。

在《乔丹的祝福》(《小说月报》2021年第2期)里,准退休人员高远重返故地S城,踏上单位安排的退休旅行。在那里,他重访故友,往事并不如烟,重拾往事的经过,同时也是重审生命的起锚地。站在时间的彼岸,现实的此岸竟如此黯淡,高远需要重新寻觅生命的出口。除了那些世俗世界里的男性同学,高远此行的重要目的,还有一个她。他对她情意悠长,也幽深。一双故意剸烂的耐克鞋,放在阳台,成为庇护她的举动。但是话说回来,我倒觉得这样的做法更多只是象征性的意义,于她的生活几乎不会产生太大影响。但悲哀的是,他也唯有如此,只能如此。每个人对于自己向往和期待的所在,能够倾尽努力的时候不多,回首往事,很多事情不过只是尽一点心力罢了,更多的是无力和无助。说到底,高远也只有对着远方的陈亚军,一笔一画写下一句:祝你平安。召唤并重塑历史的尝试同样如此,千头万绪中的千思万虑,到底收效甚微,但怪就怪在,即便"无可奈何花落去",我们还是不甘心,还是想试一试,"此情可待成追忆",时间可以开出鲜花,更多的时候是遗落枯枝和败叶。对于高远来说,重返S城是一场寻根之旅，在那里，暴露了他的一段历史的秘密，但也照亮了往事的尘埃，尽管这样的时刻大部分是灰暗无光的，但已足够令其感念。时代的一粒灰尘，落在个人身上，就是一座山；而历史的光束，再如何微弱，打在人的身上，足可周身通透。

对于短篇小说《我是金银珠》(《青年文学》2022 年第 3 期)来说，讲的是老人临终关怀的故事，小金是陶叔的保姆，陷入伦理漩涡，小金一片真诚，被陶叔子女误解其是否想侵吞家财。但小金敬重陶叔是高级工程师，清清白白的知识分子。两人的确也有着非同一般的感情。然而波折在于，小金的生活另有难处，她名义上的丈夫不断给她施压想要谋取钱财。小说最后，临终前的陶叔执意要和小金结婚，同时丈夫也步步紧逼。作为再普通不过的女性形象，小金最终却完成了对二者的超克。一个卑微的底层女工，却有一身正气，对人侠肝义胆。她对陶叔自有情意，却不相亏欠，终而复得自然。小说特别有意思的一个地方，是小金最后登机前，不断听到广播传来催促自己的声音，"金银珠、金银珠"，这是自我确认，也是内在的建构，她做出了艰难的抉择，这是一个现代女性的重要标识，无关乎地位和金钱，那种不慕虚荣、不贪钱财、不畏胁迫的人格，一身清白、无惧无畏。现实世界里，这样的人不多，但很珍贵，是可以撬动乃至重塑整个社会风气与文化革新的关键所在。很难想象如果没有这样的主体存在，历史将如何推动向前。

短篇小说《钢琴有多少个黑键》写的是老同学相聚，也是共话往昔，"四方桌。马军那个位置相当于坐北朝南。他左手是林娅，右手是齐小菲，对面是黄星星。三女一男的格局"。几人坐定，聊的都是些陈年的芝麻绿豆，细碎而有趣，叙事者也自知："失联多年的同学重逢，能干什么？基本上就两件事,喝酒、扯淡。聊一些回忆,讲一些趣事、糗事,东一榔头西一棒子,把过往的同学近况扒拉一遍,完了算一算年头,感叹一下岁月流淌,发出珍惜珍重的祝福。"所以这必然不是故事的核心,更非终点。小说里,马军突然向齐小菲提出一个貌似匪夷所思的问题:"钢琴有多少个黑键？你为什么不告诉我呢？唱合唱的时候,你就站在钢琴边上。我真的不是拿你寻开心,我是真想知道钢琴有多少个黑键。"但是他没有得到应有的回答,又或者说,这个答案被有意悬置了。直到在情感最真切的三人——黄星星、猪妹、齐小菲的关系中,关于问题的回答才被重新激活,然而这样的回答也只是出现于夜阑人静之际,是最不经意间的揭示。这或许才透露情感之真与纯,也只有在遭受外在的冲击时,那些毫不显眼的情感,也才得以显示价值。对历史的叙述亦然,那些轻易昭彰的图景往往意味着浮云遮望眼的伪饰,在细微处、隐匿处、褶皱处,才能洞见有意味的历史。

三

最后重点谈一谈中篇小说《不忘》,女主人公金燕是公司的财务高管,带着患上阿尔茨海默病的母亲梅楠出游,"从朝天门码头登上从重庆开往宜昌的黄金六号游轮。这或许是母女俩最后一次同行出游。回来之后,梅楠有可能被送去养老院"。梅楠是一个医生,"她并没丧失全部能力,但脑回路里的'线路'经常断掉,或者搭错,同时丧失了时间感和方位感,需要人照料"。对于一个人来说,纵向看是失去了记忆和历史,横向说来又没有了方向感,不仅多有人身危险,而且空余叹息与悲观。这让我想起钟求是的《父亲的长河》,同样写老年性痴呆的父亲，其大部分的记忆已经丧失，父子故地重游，父亲最后不忘驾驶自己儿时码头上的船只，划向记忆的长河，也隐喻着远去生命的渺无踪迹。而《不忘》则更倾向于世俗的理解，"她余生所有的时间，就是消磨。与时间一同被消磨的，还有她无可挽回的记忆，以及亲人必将被消耗殆尽的耐心"。现实秩序的紊乱、生活逻辑的丧失，使得主体性产生萎缩，由是面临着被现世抛掷的危机。质言之，年迈的孤独叠加疾病的弃置，母亲梅楠的处境可想而知。在病中，"慢性的大脑退行性疾病，记忆颠倒错乱，只记得以前的事，不记得眼前的事"。不仅如此，对于金燕来说，也有过难以忍受的记忆，她"有过一次失败的婚姻，两段不堪回首的情人经历，一场烈火烹油般的姐弟恋，还曾被PUA，财色两空差点崩溃"。她与现任丈夫林远高的关系也是岌岌可危，直至最后才略显亮色。

小说里有意思的地方在于，在船上参加完一个舞会回来，母亲突然对金燕说，她看到了金燕的父亲陈志凡。原来是她将同行的老先生，误认为是自己的丈夫。如此一来，她和他的往事一下子全部被激活了。自此，每个人事实上都背负着历史与现实的巨石，有时候喘不过气来，更多时候是以自嘲相抚慰。这么说似乎又太晦暗了，姑且将之视为小说对人物的一种赋形吧，就像小说最后，令人惊骇的一幕发生了，"老先生脖子上用丝巾围住的地方，有一个伤口。那是一个留置管，用于深静脉输液，得了癌症的病人才这么搞，针头置留在血管里不取出来"。也许，也只有疾病的折磨与死亡的胁迫，最可触动人心。而衰落与死亡，恰是人之常态。也许唯有"不忘"，方有救赎之可能。

读到小说的最后，尤其是看到金燕为母亲洗澡的那一段，不禁想起了我的外婆。外公去世得早，外婆独自生活在一个小屋子里，那是她和外公的卧房。十余年几乎足不出户,我一直很诧异,是什么信念支撑着她坚持了那么久？如今她已经九十岁高龄。后来我得知,外婆始终"不忘"外公,甚至认为他没有离她而去,一迈脚、一抬头,他依然在她身边,她不愿乃至不觉得外公已离她远去,俩人还挤在那个略显杂乱的并不光明通透的房子里;第二个是她忘不了也放不下子女们,想经常见见他们,哪怕她已经认不全了,忘了他们的名字和形貌,又或有时对儿女、孙辈满怀抱怨,但她很愿意看到他们在她的身边,给她做一顿饭、洗一次澡、说一次笑,这是她的精神支柱,也是灵魂倚靠。所以我常常在想,人生活于此一世间,总有一定的极细微又极宏大的信念撑持着,比如亲情,比如爱情,甚至是仇恨与欲望。

综而言之,对于锦璐来说,经由近期的小说创作,重拾写作之技艺,从实有的经验再次回过头来诉诸虚构之力,这又何尝不代表着一种历史的召唤与秩序的重建。总体而言,锦璐近期的小说有时显得偏于温情而冷峻不足,结构上过于寻求完整的背后,是否还可以存在宕开一处的可能,结构的残缺乃至断裂,有时或能呈现悠长的意味。就像她的小说《不忘》里面,人们在邮轮上观望星象,北斗七星由是进入大家的眼界,"一年四季,它基本都是在正北方不动的。在野外迷了路,看到北极星就能判断方向了",这似乎有一种隐喻在,对于人来说,或病痛、或惶惑、或迷乱,时而"迷了路",但只要念念"不忘",也许可以将之超克。因为在小说里,充溢着对温情与敬爱的倚重,以及对良善和守持的秉有,那里树立着一重对照与反思的镜像,那是现代主体得以实现内部自循环的凭借,是循此建构种种可能的要素,迷失得再远,好的文学到底是生命的"北极星",辨明方向,解析价值,这个过程自然充满曲折,却始终鲜活、灵动、开阔、引人入胜。

第四节　家族史、民族史与现代史

一

纵观中国当代少数民族文学史,其中的史诗型叙事文本,往往呈现出家族兴衰史与民族发展史的融合交叉,如是符合少数民族一般意义的以宗族家庭为主体的历史走向,在文本中形成相对独立的民族文化叙事;与此同时,其又与二十世纪的中国现代化历史相呼应,从封闭的民族历史圈层中胀破而出,走向更为深远广大的抗争史、革命史以至现代史,显露出更为错综复杂的历史面相,并在纵横交错的文化交融冲撞中,构成了当代中国少数民族史诗性叙事的一种最重要的范型。

第四节 家族史、民族史与现代史

苗族作家杨文升的长篇小说《神山》(长江文艺出版社 2020 年出版)是一部壮阔哀婉的苗族史诗。故事以 1912 年辛亥革命前后的历史为开端,那是清末民初的中国,从封建王朝走向共和政体,历经军阀混战,直至 1930 年前后进入乱世时代,延续至抗日战争、解放战争,一直到 1949 年前后解放军进驻桂西苗族地区,小说纵贯中国整个二十世纪上半叶的历史,成为苗族走出传统、朝向新生的现代史诗,同时也体现着作为新南方写作重要腹地的少数民族地区的历史及精神演绎。

具体而言,小说以黔桂边界一个叫挂丽姬的苗族村庄为书写的中心,从祖父尤诺、祖母包诺和父亲尤本来到彼处,便开启了属于尤氏家族的时代,也见证了他们的跌宕浮沉。阿来的《尘埃落定》亦是以康巴地区的藏族土司家族荣衰为叙事中心,历经世事变迁与战火纷扰,尔后遭遇分崩离析。挂丽姬在苗语中意为"月亮闪烁的地方",作者自述"挂丽姬小如蚁,地图找不到,历史书中无,卫星定位也没用,因它在本书出版前是默默存在的"。值得注意的是,这并不代表纯然的虚构,而是将一个容易被遗忘的或经常被误解的苗王尤本,以及他的族群故事和盘托出,重新表述和言说边缘之所在,并召唤一种"少数"之历史的记忆与纪念。

苗族人民天然与土地之间存在着不可割裂的依恋,那是一种与自然共生的天人合一,如苞谷对苗族人来说是神圣的,在他们为饥饿所困时,天上飞来大鸟,投下苞谷,"苗族人于是就种苞谷吃苞谷。慢慢苗族人就是苞谷变,苞谷也吃苗族人,也是苗族人变",对苗族人来说,"苞谷是天底苗族人的神食,苗族人血液里流淌着苞谷乳浆,每株苞谷都是苗族人身影"!又如小说中同样占据重要地位的芦笙,不仅是苗寨中人表达恩怨情愁的乐器,更是他们生活和命运的象征,"吹着吹着,芦笙还会闪光像镀了一层薄金。迷幻了,金笙,了不起的神韵"。我甚至觉得,小说之所谓"神山",除了少数民族本身的自然崇拜和精神图腾之外,还在于映照更为广泛的器物自然如苞谷、笙箫等,它们通神、通人、通灵。

二

饶有意味的是,小说还重点描述了桂西地区苗族的民俗风情,如跳坡节是其中的一个大型传统节日,一般从每年春节正月初三到正月二十期间举办,成百上千的青年男女汇聚坡上,谈情说爱,求偶寻欢。又如苗寨的斗牛之风盛行,"苗王说,整个天底怕只有我们苗族人才喜欢斗牛。斗牛好看,强强对垒,意志比拼,力量角逐,有得一看"。斗牛仿佛成为苗族人民果敢勇毅的精神象征;不仅如此,苗地的野猪岭、冷水江、难爱沟,以及小说中比比皆是的独特话语表达,如以南瓜比附人头,收人南瓜意味着要人性命,"老庚"则为滇黔桂交界结拜兄弟间的互称,等等,于焉渐渐铺开苗族人民的生活图景,同时也代表着苗寨的地方性书写,更描述出了苗族文化的精神谱系。

然而自二十世纪初期以降,苗族的传统遭受到了来自现代世界的沉重打击。小说中,原本作为苗民赖以生存的苞谷,以及生命图腾的观云都经历了危机,苞谷为洋烟以及稻米所取代,观云作为苗民生命行止的重要生活,也在村长尤本那里失去了魅力。其中最重要的,还在于传统的苗寨遭受现代的物质形式、意识形态以及革命战争的冲击。不仅如此,小说还以一种开放式的叙事,不断以来自外在世界的未知,介入相对静止固化的苗寨生活和苗人情感。二十世纪前半叶遍

第四节　家族史、民族史与现代史

地是兵荒马乱，苗族人为了生存舍生忘死，为了情爱忘乎所以。而非常独特的地方在于，小说以极为显豁的少数民族语言，包裹并推动着叙事，这是传统史诗性写作的范型。端木蕻良的《科尔沁旗草原》中，描写了蒙古族人丁家四代近两百年的历史，其中同样呈现出抒情与叙事相互包孕而生的修辞形态。可以说，《神山》这部小说自始至终饱含着生活的情感，在精神的蕴续中喷薄，又在叙事涌动中重新开启感情的酝酿。小说正是通过这种方式，形成了以苗王为中心的叙事架构，与此同时又得以展露苗族人民的生活史、情感史以至精神史。

可以说，小说最重要的主题便是苗族人民的苦难史与反抗史，尤其在此过程中显现不可回避的破坏与持之以恒的重建。小说里，挂丽姬曾经历了严重的天瘟，两千三百人中死去了五百六十人，而苗人正是在如是这般的一次次重创中，又一次次顽强站立，以至重燃斗志，再创新生。小说始终笼罩在一种肃穆的悲剧之中，究其原由，出自尤本等人物身上的虔诚信念和丰沛情感。换言之，小说不是以现代意义上的人性复杂来表达人物的，而是通过一种古典的抒情气质，不断地烘托、渲染，裹挟着现实历史及人物命运推进向前。也因此，小说的叙事进程并不快，而更多的是沉浸式的关于地方性路径、现实性场景与主体性情绪的凸显。在这样的情形下，如果想要形成史诗的体量是有难度的。一方面需要更大的叙事体量去承载；另一方面则是采取横断面的方式，以苗王尤本的家族史映射整个苗族人民的民族史。可以说，杨文升的《神山》恢复了古典写作与现代经验的关联，其中所描写的苗王尤本的家族故事和情感变迁是极为典型的，既有流离失所、无所凭依的悲情时刻，也不乏重建苗寨再起炉灶的豪情，有忠诚也有背叛，有情爱也有离散，有放弃亦有担当，由此塑造了以尤本为中心的复杂立体的苗族英雄群像。

除此之外,小说还由尤本家族的升落沉浮,发展出了另外的支线,如疯老太杨钢奶发动战争反抗压迫,乱世女杰虽然最终人头落地,但轰轰烈烈的苗族农民起事,仍旧震慑了统治者,动摇了他们的统治根基。又如一三二团栗耀民团长试图绞杀苗王尤本,侵占苗寨,尤本奋死拼杀,兵败后侥幸逃脱,在黔桂边界当起了路匪,偶然间,当地布依族压寨夫人成了"我"的"母亲七"。事实上包括尤本和家中十数位夫人之间的情事,都颇具传奇色彩。小说由是赋诗于史,在崇山峻岭中上演了一出出鬼魅神奇的故事。这是1938年,苗王尤本折戟沉沙铁未销,山中两年,"天下大势已发生了翻天覆地的变化"。

三

抗日战争期间,尤本重新回到广西,参加民团干训学习,后成为挂丽姬地区民团专任团长,加入维持地方治安,团结抗击日寇侵略的队伍。挂丽姬也从一个最初只有三十多户人家的小寨子,摇身一变成为五百多户人居住的苗王寨。而且在尤本担任隆西民团副团长期间,励精图治,"隆西全境特别隆西南部一大片苗冲多年来竟没有一丝匪患,苗民安居乐业,生活稳定,蒸蒸日上"。这成为苗族人民真正的精神领地,甚至乎"粗壮的苞谷"与"娇嫩的洋烟"都能并立而生,共同收获。时间进入二十世纪四十年代,在苗王尤本的主事下,一幢幢吊脚楼拔地而起,苗王寨得以建成。栗老团长也于此时送回了母亲丝丝,彼此言归于好。不仅如此,苗王尤本的儿女咪桑、尤拼、尤成、咪彩、咪瑛、尤冬、咪谷等,也各有曲折与传奇,不断延续着苗族的血脉。

从国民党统治到共产党隆西县政府成立,小说最后,当年的"老庚"红军营长黄政与尤本再度重逢,风云际会,新的时间开始了。小说终于写到解放军进驻苗寨,气象非比寻常,三姐歌声缭绕,山河动容。挂丽姬"是我心中的爱山神山",同样是在小说最后,解放军的到来在阿来的《尘埃落定》那里,昭告了一个传统的旧家族落下帷幕;而《神山》则展开了"新南方"的图景:挂丽姬历经磨难,依然生机勃勃,那个"月亮闪烁的地方",就矗立于美轮美奂的群山绵延之中,苗族人民那诗歌一般如泣如诉的历史,更喻示了他们翘首以待的美好未来。

第五节　革命伦理、民间叙事及历史再现

一

我是从《征服老山界》开始关注刘玉的创作的，那是2019年，这部作品与光盘的长篇小说《失散》、梁安早的长篇儿童文学《红细伢》构成"湘江红遍"系列。事实上，在《抗战老兵口述实录》里，刘玉就已经引入口述历史的写作形态，比起演绎性的历史叙事，口述史更具有实证性与在场感，这样的写法不仅局限于文本，而且常常溢出其间，寻求现实的延伸。无论是对抗战老兵的抢救式发掘以改善他们生活的际遇，还是湘江战役中底层民众与红军战士的相互扶持及其中凸显的现实历史意义，这个过程不是直接反映正面战场，但无疑也形成了正史的

重要组成部分,换言之,刘玉所展现的民间的与口述的价值形态,与宏大的历史记述之间,相互补充、参照与升化,如是之历史的"另一面",实际上亦是"这一面",是不可或缺、不容忽略的所在,其中传递出来的是战争历史甚而是历史书写本身的新视角与新方法。

我一直在想,红色文化资料的开掘,如同一口老井,简单的凿法是挖不出泉水来的。晚近以来,在启蒙与革命的相互交替及彼此激荡中,我们有着关于革命文化书写的源远流长的传统,直至当下,红色文化的创作不是简单走几个地方、访几个人物、翻几页资料,然后凭借想象和感情就能写好的,需要的是身心的沉浸及其形成的深切体悟,以新的视阈和方法,创生新的形式与结构,走向一种深远广大的表达方式。从这点来说,刘玉是一个合格甚至是得天独厚的写作者,他的祖辈亲友就生活在那片血染的土地上,甚至直接参与红军队伍之中,而且他对此怀抱热情,倾注心血,"我是日复一日听着红军故事长大的。红军的故事让我懂得很多……尽管战争的硝烟已远去,但我却从未感觉到自己与那段历史离得太远。我每天生活在红军走过的土地上,感受着那群血肉丰满的人,从我眼前走过,从我脑海里走过"。刘玉的写法不是一般意义上的操作层面的修辞形态,他试图构筑的是一种充溢着温情的厚重的文本,他将情思、意志与怀抱寄予其中,由是而形塑的历史的另一面,同样可视为当代人的精神内面,是红色文化的当代表达的重要面影。

二

在刘玉的纪实文学作品《湘江战役的民间记忆》(以下简称《民间

记忆》)中,事实上呈现的是民间述史的自觉,刘玉从二十世纪三十年代中央红军进入广西境内的足迹出发,走过灌阳新圩、湘江各大渡口、全州脚山铺、兴安光华铺、西延油榨坪、兴安锐炜、华江老山界、龙胜侗寨等地。《民间记忆》既是记录、亦是叙写,全书由48位口述人的讲述构成,湘江战役的历史在其中穿插藏闪,不断丰富立体起来。而且其中讲述的方式非常多样,不是千篇一律的单一叙说,内部是众声喧哗的,既有红军感恩乡民帮助赠送棉被留下证言,也有民众认同支持红军不畏牺牲舍生入死,甚至还有如《龙坪纵火案》中央红军在龙坪侦破案件的书写:军民众志成城,追查纵火者,揭穿敌人企图挑拨破坏红军和群众关系的阴谋……值得注意的是,这是一部非虚构的作品。主体部分,一是湘江战役主战场之外,寓于战地之中的村民追忆口述;二是红军战士在与乡民交互中的遗物、信物、事件;三是"历史回闪",写作者讲述相关的历史,与民间之述史形成交叉;四是其中别出心裁之处,设置了采访视频的观看入口,读者可以通过扫描二维码进入观看真人实地的访谈。

民间的口述是全书的主体,其内在的叙述模式是极为显豁的,乡民与红军从相遇到相知,从相交到相助,最后结下生死情谊,从而构成新的情感纽带。"那是民国二十三年(1934),听说红军要来,村里的人怕得要命全都躲进山里去了,吃的用的,值点钱的,能带的基本都带走了。其实,那时候的老百姓个个穷得叮当响,自己都吃不饱穿不暖,哪有什么值钱的东西?几天以后,等红军离开了才回家。我们家的人除我妈妈外,也都躲出去了,直到有消息说红军走远了,大家才回家。"猜疑、犹豫之后,是辨知、识别,随后便是接受和认同,这是符合一般的认知逻辑的,同时也是战争形势下的"心理—情感"状态。在这个过程中,构成了近现代以来新的革命逻辑,民众对红军怀着悲悯与仁爱,也为这支"人民的军队"身上的理念和精神所触动,内心生成了新的共情机制。值得注意的是,口述人的叙述自然是一重讲述,但写作者的"历史回闪"同样是另一重言说。两套话语体系在书中交汇,相互对照,又彼此呼应。如陈思和所言,"文艺创作起源于民间,在被士大夫文化改造之前,它是走在后一脉野史的源流之中。这已经被文学史无数作品所证明。中国当代文学发展到上世纪九十年代,最为绚烂的成果,就是作家重归民间的自觉",在刘玉那里,这样的自觉不是与正史相疏离的,而是以民间说正史,也就是在同一旨归下汇聚了两套不同的言说系统,它们从离间到合流,构成当代中国文学民间书写的新形态。

但要指出的是,民间与正史尽管殊途同归,但不能完全取消其中的二元分化。分化本身最终不是为了区隔,而是在融汇中贯通,形塑具有穿透性的历史认同感,既具有历史价值,亦能显露其当代意义。《民间记忆》里,"记忆"通过口述呈现出来,刘玉自己说:"受访者均为底层百姓。客观的民间记忆,也是客观的百姓生活史,从他们的人生磨难和现实生活状态入手,记录中国底层百姓坚忍不拔的民族性格,是创作这部作品的一个重要意义。"我感兴趣的是,在口述勾勒记忆的过程中,情感机制是如何生发的? 在个体的记忆与国族的历史之间存在着怎样的精神回路?

不得不说,追述本身是一种记忆和还原,当然这里面也有某种后见之明。战乱频仍之中,底层民众遇上了各色队伍,他们与之周旋,处处打交道,他们求得安稳已是奢侈,但非常耐人寻味的是,人们视死如归地拥戴红军。口述者在当时都是贫苦的农民,是红军口中所言的"红军是穷人自己的队伍"当中的"穷人",战争来临,他们的生命如蝼蚁,但是他们能够清晰辨认出红军的立场及其使命,并坚守内心的阵营,于是,得道者多助。《民间记忆》沉入二十世纪三十年代的战地,在历史的褶皱与罅隙之中,考掘人心的向背归属。在口述人讲述之后,紧接着是正面战场的展开,两条线索交叉勾连,一下将故事的纵深度打开,延展出了更为复杂的历史向度。

因而,我更倾向于将《民间记忆》视作当代红色文化书写的一种叙事范型,这也是新南方写作在旧瓶装新酒的革命表达中的重要呈现。在那里,刘玉引发我们因何而记忆,又为何而纪念的思考。我们所怀念、纪念的,不仅是战争的另一种场景,是认知历史的另一条路径,更是自我的另一重镜像。历史的另一面固然是新的填补、新的材料,同时也是新的视角,引发出新的当代性思考,我们如何辨认并激活那些尘封的历史,与之对话、共存,这是文学的另一重面相。

三

我曾在《物·知识·非虚构——当代中国文学的"向外转"》一文中,谈及当代中国文学由八十年代以来的"向内转"逐渐演化到当下的"向外转"的流变,其中对"物"的倚重成为当代叙事的一种重要转向,这在《民间记忆》中再次得到印证。"物"背后的历史同样引人思索,红军的棉被、"美最时"牌马灯、"红军手雷"、环首铁匕首、大刀、《中国地理常识》、贰角银毫等,以"实"物的方式进入那个历史时段,其不仅于焉获致自身的本体属性,更是嵌入文本之中,左援右攀,牵引着彼一时代的事实、境况与情感。"由中央苏区兵工厂制造的这种手榴弹形状像佛手瓜,一头大而圆,一头小而尖,红军战士亲切地称其为'小甜瓜'。当年的苏维埃政府经济条件和技术条件极为艰苦,所以铸造出来的手榴弹结构简单、表面粗糙,用料也'因地制宜',所以'小甜瓜'有铜制的也有铁制的,个头有大有小,重量当然也参差不齐。惨烈的新圩阻击战后,蒋立顺在地里捡到一个手雷和一把军刀。他经常拿出'铁疙瘩'显摆。历经岁月洗礼,手雷已被摸得油光发亮。"这里既有历史知识的讲述,又是对战争情状的叙写,同时还掺入民间个体的情感,可以说,"物"的存在,在文本中将饶有兴味的线索埋入其间,而且物、事、人的勾连,推动着叙事的发生。不仅如此,精神常常以人物/事物/器物的方式存在,"物"既是证言,也是载体,更多的时候还是精神/文化本身。

如前所述,历史的另一面不仅是一种补充,使既有的历史本身变得立体,而且丰富并增殖事件的内在价值。从这个意义而言,在正史叙述与民间记忆之间,并没有主次之分,其相互充盈、助益。和平年代,在我们讨论战争的时候,我们谈的是缅怀和纪念,更谈的是某种历史感的型塑。历史的"另一面",潜在的话语便是"这一面",两者之间相互辩证、激荡。这一面没有太多的枪林弹雨,没有血腥牺牲,甚至一度是隐而不彰的,但是值得注意的是,其中的历史不是湘江战役的边缘,而是不可或缺的存在,其同样是一种中心,广大民众倾其所有,压上身家性命,经历了人之常情的"陌生—猜忌—犹疑"之后,真正了解了这支红军,民间由此构筑了一重坚实的堡垒,参与到战斗之中。人们固然珍爱生命、爱好和平,但义无反顾,有情有义,对正义之师怀抱恻隐与尊崇。在这个层面来说,历史的另一面还是一种精神认同与生命价值的传递。根据广西桂林灌阳县新圩镇新圩村村民蒋立顺的口述:

红军过湘江,在这里打仗,老百姓大多是支持他们的。

怎么说呢,以实际行动支持吧。比如为红军带路,做挑夫,救护伤病员,帮助架桥渡江、突破围堵,也有人直接跟着参军了,还有人将自己的儿女送去当兵。

……

那一仗打得很惨,死了很多人。

红军过了湘江之后,大家又帮助伤病员,帮助失散红军,埋葬散落的红军遗骸。还有的人,多年来一直坚持守护红军墓。这些都是自愿的。

在一个"城头变幻大王旗"的战火纷扰的时代,无数先辈前仆后继,他们怀抱"为苏维埃新中国流尽最后一滴血"的信仰,血染湘江的红军战士,及其背后站立着的千千万万的百姓,他们构成了一部伟大的战争史诗不可分割的组成部分。"为有牺牲多壮志,敢教日月换新天",历史的"另一面"叠加着"这一面",形构出一种新的国族象喻。

出于这样的感召,刘玉沿着中央红军经过广西境内的足迹一遍一遍地追寻,他的内心溢满敬重与温情,试图触摸那片曾经喑哑沉抑而如今生机勃勃的南方热土,他写到徒步翻越鬼门关老山界时,"在一个叫杀人坳的地方,我饥渴难耐,俯身去捧一口山泉,泉水幻化成一面镜子,映照出无数疲惫但鲜活的面孔,他们黝黑消瘦,头顶红五星,目光坚毅"。我更愿意将这个场景当成一种精神的隐喻,近一个世纪的时间挪移,那些历史的面影依旧鲜活,如一掬清泉,其清澈,其甘洌,在后之来者的脾胃胸腔流涌,化成我们的血脉和筋骨。

第五章

生活、科幻与文化想象

第一节　后现代、生活化及南方视阈

一

经历了硝烟弥漫的革命世纪,自二十世纪九十年代始,革命的与启蒙的大叙事逐渐淡化消隐,中国当代文学由此走向分化与多元,重心则向个体、生活的小叙事倾斜。詹姆斯·伍德曾通过契诃夫小说《吻》谈及"生活性"的叙事形态:"当然,细节不仅仅是生活的片段:它们代表了那种神奇的融合,也就是最大数量的文学技巧(作家在挑选细节和想象性创造方面的天赋)产生出最大数量的非文学或真实生活的拟像,在这个过程中,技巧自然就被转换成(虚构的,也就是说全新的)生活。细节虽不是栩栩如生,却是不可降解的:它就是事件本身,我称其为生活性本身。"[1]在詹姆斯·伍德那里,生活性叙事就是作家创造性地将无数日常细节相与融合,并加以"神奇"再现,涉及的是小说的技巧与形式的问题,而且在呈现方式上追求复刻式的"拟像",从而搭建虚构而全新的生活。对于当代中国来说,尤其在后现代的日常现场,生活化叙事已然蔚为大观,事实上代表了新的存在理性和生命哲学。

当代中国文学尤为擅长以小见大,或以大见大,创造出了诸多由象征、隐喻形塑的宏大象喻,如是这般的大叙事固然担纲着时代的大转向;而这里所要探讨的黄咏梅小说,是一种极为典型的"以小见小"。正是这样反其"大"而行之的"小",让她的小说毫无扞格地在不同的地域如梧州、广州、杭州之间穿梭,而且能够在城乡不同的场景、情境、情感之间实现转圜转换,更重要的,还可以真正切入无垠无尽且纷繁复杂的生活现场,以完成具有当代性意义的换喻及转喻。当然,以小见小不是写进死胡同,而往往是负负得正、小小得大。不仅如此,其代表着当代中国文学的生活化叙事的一种重要形态,黄咏梅确乎毫不关心如何以小见大,在她那里,小即是小,是自由与自在,回到生活,周旋于生活,回到自我,又不轻易放过自我,"小"不是格局和境界的小,而是切入口和着眼点之细微,甚至不让人察觉,日子与情感认真而平静地滑过,不着痕迹,却"小"而弥坚,似细水而长流,成为现实人生的重要显像乃至启迪;不仅如此,黄咏梅的小说表面琐屑纷扰的"以小见小",往往能引人入胜,写出别具一格的关切与境界。

---

[1]〔英〕詹姆斯·伍德:《最接近生活的事物》,蒋怡译,河南大学出版社2017年版,第31—32页。

第一节 后现代、生活化及南方视阈

黄咏梅小说的生活化叙事事实上一直存在一种细部的较量、较劲的过程,也就是说,小说文本于形式上似乎已然收束,但里面的情感、生活、故事仍然呼之欲出,这就使得故事突破形式的框囿,构成新的余绪和变化,由是表征生活自身的不尽与无限。可以说,在黄咏梅那里,生活在无边的现实延展所透露出来的,是故事讲述过程中的"富余",也即詹姆斯·伍德所言及的,"如果说一个故事的生命力在于它的富足,在于它的富余,在于超出条理与形式后事物的混乱状态,那么我们也可以说,一个故事的生命富余在于它的细节,因为细节代表了故事里超越、取消和逃脱形式的那些时刻"。从讲故事的角度而言,黄咏梅的小说无疑不满足于日常的讲述,她更注重拟像中的真实,以及真实中动态流淌的精神富余,"故事是富余(surplus)与失望的动态结合物:失望在于它们必须要结束,失望还在于它们无法真正结束。你可能会说,富余是精致的失望。一个真实的故事不会结束,但它会令人失望,因为它的开始与结束不是由它自身的逻辑决定的,而是由故事的讲述者强制的形式决定的:你能感觉到生命的纯粹富余力想要超越作者形式所强加的死亡"[1]。黄咏梅小说善于展现的生活现实的无尽可能性,或者说某种"无边的现实主义"在小说中不断铺衍,然而在这个过程中,现实的延伸与叙事的推演之间,存在着天然的悖论。在小说《多宝路的风》里,历尽情感波折的乐宜,最后通过相亲嫁了一个海员,叙事的末尾似乎往尘埃落定的平静人生而去,但故事显然仍未结束,海员随后中了风,终日卧病在家,乐宜面对生命的平淡乃至惨淡,表面微

---

[1] [英]詹姆斯·伍德:《最接近生活的事物》,蒋怡译,河南大学出版社2017年版,第30—31页。

笑如初,内心却是静默与无言:

> 海员一个人,扶着青石墙,从大堂一直走了出来。
> 乐宜走上去扶他,咧开嘴笑了笑,没说话。
> 海员经常这样说:"我还是不想会走路,我会走路了你就会离开我,找第二个了。"
> 乐宜还是没有说话。她听到了一阵阵窸窸窣窣的声音,好像是风吹动些什么发出的声音,听了一会儿,她将信将疑地断定,那是风吹响的香云纱的声音,是多宝路的穿堂风弄响的。[1]

小说末尾细节处的两次沉默,无疑将"形式"上的收束变得可疑起来,乐宜是否还会继续隐忍平淡地生活下去,她和海员之间真正的情感状况如何,似乎并未明说,但故事的余绪/富余已经溢出了讲述本身,成为一种世俗人间的新的想象性延续。又如小说《小姨》,"我"的小姨在维权之前牵扯私己性的问题,然而最后维权之际展现出来的公共性的状态,促使我们重新回溯她的个体和私我,这是一种逆序式的反抗形式。而在小说《何似在人间》,廖远昆是松村最后一个为死者净身的抹澡人,他死后的乡土世界如何接续对死者的慰藉,传统的意义和价值何以向前延展,这同样是真正的问题所在。

---

[1] 黄咏梅:《多宝路的风》,《后视镜:黄咏梅自选集》,作家出版社 2018 年版,第 72 页。

二

　　小说《多宝路的风》写到南粤的骑楼,其中那些悠长的巷子,特别是光滑的青石板路,铺设出最为世俗的生活场景,"踩着妈子的声音,乐宜一步一步,从相通的另外一条巷子走出了玉器街,那些青石板路,从没如此光滑地让她不得不留心脚下,直到走出这一段,一出去,就是车水马龙的大街,站定了,如释重负地呼了口气,身后的巷子,就剩下了一个孔,窄小的幽暗的,像从一个刻成'田'字形的玉坠看进去一样,所有的声音、光线、生活诸如此类的东西,就像魔术一般地变成了一个玉坠,贴身地挂在乐宜身上"[1]。幽静与喧闹交杂的市井社会,呈现出了不同以往的生活景观,于是乎不得不考究黄咏梅观看方式的细节性呈现,其中存在着一种转身回看身后的形态,《多宝路的风》中从巷子走出之后的"站定"回望,置身其中从而形成了一种纵深感,前瞻与后瞩之间,恰恰构筑了生活的辩证视角;不仅如此,黄咏梅小说在谈及生活现场与命运轨迹时,也时常采用一种回溯性的方式观测,《父亲的后视镜》中,无论父亲通过货车的后视镜,还是走路过程中的倒退而行,又或者是江中游泳时反向前进,都是一种置于时间与空间的后序之中的回看,这样造成的一种情形就是,一方面人物情事不断向前推进,然而始终存在着反向的视角甚至拉拽,代表着主体的精神在追求与回撤之间延伸而出的不同视角,同时也是生活化叙事的多重面向,并且提供隐而不彰的精神抉择与生命走向;《单双》中的"我"则喜欢倒

---

[1] 黄咏梅:《多宝路的风》,《后视镜:黄咏梅自选集》,作家出版社2018年版,第51页。

数,那是记忆与时间迎面扑来时的精神回应,与此同时个人的恐惧与欢欣始终被置于眼前;《契爷》的最后,我考上了大学,离开家乡前往省城,"车一开,我的兴奋感就随着这蜿蜒的公路,一直崎崎岖岖的。我坐的位置在最前排,我的眼睛一直朝前看,我对前边所要经过或到达的地方充满了好奇和新鲜,我压根就没想到要往后看,更没想到如果在汽车的后视镜上瞄一眼,就能看到我的母亲在镜子里,提着一袋夏凌云的糯米糍粑,追着我们这趟车跑"[1]。又是后视镜,又是不堪回首的情感犹疑,其中之复杂,之难以究查,在生活中形成新的参照,建构成丰厚而深邃的情感状态。不得不说,黄咏梅总是将物、事、人首先凸现出来,随后开始回溯主体自身,追索不同处境中的精神反应,如是这般的瞻望与表达市井的方法,将杂沓与喧嚣置于前景,以沉静与沉重的姿态反而观之,从而使得黄咏梅的小说在叙事中呈现出丰富的故事性与立体的生活感,将人物主体的复杂心绪和丰裕情感调动起来,构成极具世情色调的浮世绘,塑造众声汇聚的生活现场与执拗认真的世俗精神。

《骑楼》写岭南地区市井小人物的生活与爱情,小军是空调安装员,曾经还是校园诗人,"我"则是茶楼服务员,两人之间经历了一段刻骨铭心却无疾而终的恋情。实际上,诗人的气质一直贯穿着小军的行止,而他对"我"始终如一又复杂的情感,在他的精神出轨中戛然而止,而即便他再偏离情感的既定轨道,却始终不忘身边的那个从一而终的"我"。世俗中无处不在的小人物情感,在纷乱的情感与生活现场摇摆不定,却又不失微弱的善念,从而维持着一种隐幽的心理平衡。黄咏

---

[1] 黄咏梅:《契爷》,《后视镜:黄咏梅自选集》,作家出版社 2018 年版,第 169 页。

第一节 后现代、生活化及南方视阈

梅笔下的市井人生是世俗繁复的,但其间仿若竖立着一根坚硬的骨头,形成生活的执念,对抗着外在世界的侵蚀纷扰,这从《骑楼》里"我"的父母对小军的态度可见一斑:"我知道,父母一向是希望有个这样的儿子的。他们在生下两个女儿以后,就碰到了计划生育,我的弟弟们多次被老天提前收走。虽然母亲不说,也没有不高兴,但我知道母亲很想要个男孩。所以小军从我的阁楼下来的那一刻,母亲除了很仔细地看了看小军以外,也没有表现出什么,一副平淡而不愿吓着对方的样子。我想,也许母亲也觉得,她那个资质平庸的小女儿,配小军也够了,好歹有个职业。"[1]然而对"我"来说,这一切都不重要,我只在乎自己的感觉和感情,将属己的部分全然付诸生活的权利,通过一种主体性投掷以完成生命的映照。值得注意的是,"我"是因为小军而爱上了诗歌,而不是相反,这便是黄咏梅小说的内在逻辑,凡事因为有了人,才有了生气,有了爱憎,甚至才有了诗意和远方。

当然,在生活化叙事的场域之中,往往充满着诸般物质的、世俗的、人性的考量,如前所述,在黄咏梅的小说中,迥异于二十世纪启蒙与革命变奏中的那种以小见大的叙事形态,其更多的是一种"以小见小",也即她的小说《多宝路的风》中所提到的,"细细粒,最好食",无论是形状的还是形态的"细",最终通向的,并不是抽象叙事及其所映射的历史洪流,而就是"吃"本身,是胃,是身体,是涓细的琐屑的现世生活,是寻常的欲望和观念,是平凡至极、简单细碎却值得念兹在兹的幻象、拟像与真相,这并不仅仅代表的是后现代意义上的消解,而且是当代中国小说叙事的生活性转向中不得不面对的问题,现实人性的直接

---

[1] 黄咏梅:《骑楼》,《后视镜:黄咏梅自选集》,作家出版社2018年版,第110页。

反映虽非宏大却始终真切真实,同时构成九十年代以降不可或缺的生命哲学。

三

因而,黄咏梅的生活化叙事,更像是一次次的近景魔术,试图逼近人的形态与情态,不住地端详,但是又时常显现出诸种谜面的连缀,成为了日常叙事的场景转喻。生活化是与细节和事件彼此勾连的,门罗也曾提出"与生活的短兵相接",在门罗那里,真正直面困境之所在的是文学,而逃离难题的恰恰是生活本身,因而,文学将"生活"作为对象进行呈现时,必不可少之处便在于以一种再现式的直面,对"生活"加以问题化。

对于中国当代文学中的生活化叙事来说,除了传达原生态的生活现场和世俗人间,还需要进一步确认生活本身的无可穷尽与多重认知,正如昆德拉所言:"每部小说都在告诉读者:'事情要比你想象的复杂。'这是小说永恒的真理,但在那些先于问题并派出问题的简单而快捷的回答的喧闹中,这一真理越来越让人无法听到。对我们的时代精神来说,或者安娜是对的,或者卡列宁是对的,而塞万提斯告诉我们的有关认知的困难性以及真理的不可把握性的古老智慧,在时代精神看来,是多余的,无用的。"[1]对生活的丰富性与复杂性的充分呈现,成为当代小说生活化叙事的内在伦理。小说具有自身难以取代的内质,那就是通过叙事所呈现出来的,与我们的生活必然有所不同,这是小

---

[1]〔捷克〕昆德拉:《小说的艺术》,董强译,译文出版社2004年版,第24页。

说存在的价值。不故弄玄虚,不强作高深,到了最后发现,再寻常不过的细碎和琐屑,却变成了一场日常的盛宴。

在黄咏梅的小说《契爷》中,家庭与两性的情感,不断延伸至市井中的交互,契爷卢本不是民间迷信性的存在,其给予夏凌云真正的情感佑护,使得日常生活旁枝斜逸成一种疯癫与文明的辩证,生发出多重的精神求索与多元的情感诉求,小说的最后,"我"与契爷若即若离,确乎在精神上并无疏离,他的形貌的疯癫与情感的纯粹,两者形成了鲜明的对照,尤其在"我"与父母之间,以及夏凌云的悲剧性情爱经历及其得到的庇佑相与对照,以反思并重新搭建人性与人际的关系,进而趋向于新的认同性情感建构。

具体来说,黄咏梅进入人物及其故事的路径,总是直来直往,但通向了人世间沉重、沉醉与沉湎的所在;不仅如此,黄咏梅的小说,在状似轻松自在的表层之下,却是沉郁、沉沦与沉痛的,那些默默无闻的边缘人,也往往悠然自得,无论风霜雪雨,依旧故我。《多宝路的风》写西关小姐的情感史,波折往返,来来去去,最后回归沉寂,嫁了一个平凡无奇的海员,几经周折,岁月移变,海员瘫痪了,乐宜似乎仍旧波澜不惊,坦然相对,这是现代城市女性独有的生活辩证法,"疼痛与欢愉对于乐宜的表达,还是像她的五官一样浅淡……这个女人,也许真的是任何的开端和结局都不能影响到她,她品味生活是她自己的品味,她咀嚼痛苦也是她自己的咀嚼"[1]。可以说,在乐宜身上,女性主义与生活主义融而为一,她凡事回到自己身上,自己给自己交待,自己向自己坦承,生活为上,最终,自己选择,自己负责,世俗的个体在黄咏梅那

---

[1] 黄咏梅:《多宝路的风》,《后视镜:黄咏梅自选集》,作家出版社2018年版,第57页。

里往往显得自足与自洽,然而,黄咏梅无意将其拔高,乐宜们的生活哲学算不上什么人生境界,也谈不上精神价值,但始终不沉浸于悲,也不执着于喜,当中却有一种痒,绝非无足轻重,至少,挠着痛快、舒畅,毋须强忍,不必压抑。傅逸尘曾指出黄咏梅小说写出了"幽微无言的生活之深"。"事实上,日常经验并不好写。现在有一种流行的说法,认为中国的社会转型如此剧烈,时代变革如此深刻,现实生活的丰富性远远超过了作家的想象力。实则不然,所谓的文学想象力,不在于作家能想象出多么荒诞不经、稀奇古怪的事体,而在于作家的目光能穿透事物的表象,在有限的'世相'空间里,表呈迥异常态的微妙感受和发现。从这个意义上说,聚焦日常经验,写出幽微无言的生活之深,无疑是这个时代最有难度的写作一种。"[1]在广阔与幽深之中寻觅人间的色调和声音,这是生活化叙事的强度所在,同时也指示着当代生活自身的多元复调。

四

黄咏梅曾长期生活在岭南的"小香港"梧州、大都会广州等地,随后迁至西子湖畔的杭州,皆是市井繁盛之地,她的小说却没有太多高昂的调子,通过城市生活及市井人生,她要去触及生活的底子,透过生活一睹人性本来之面貌,当然,那是藏污纳垢的同时也是众声喧哗的所在,内部往往涌动着新的城市与乡土、资本与情感、

---

[1] 傅逸尘:《写出幽微无言的生活之深——黄咏梅短篇小说集〈走甜〉读记》,《南方文坛》2020年第2期。

个性与命运之间难以调和的矛盾,这是黄咏梅小说的内在张力,同时也代表着当代中国文学生活化叙事蕴含的多维视野环视及多重价值探询。

在小说《小姨》中,"我"的小姨是城市中比比皆是的感情困难户,随着年龄的不断增长,成为家里的"问题中年",她也曾为爱情所动心,然而因为心性与情感的缘由不断失之交臂,仿佛要往孤独终老的结局发展,但是作者笔锋一转,突然架空小姨的情感状态,兀地转向,"我的小姨,正裸露着上身,举手向天空,两只干瘦的乳房挂在两排明显的肋骨之间,如同钢铁焊接般纹丝不动。在这寂静中,她满眼望去,看到的,都是那些绝望的记忆,那些如同失恋般绝望的伤痛,几秒钟就到来了,如高潮一般,战栗地从她每一个毛孔绽放"!在小姨那里,缺乏情感经验所导致的身体的空乏,与其在维权过程中身体的重放,形成了鲜明的对照,值得注意的是,小姨的身体在突兀的绽放中却毫无美感可言,其如"钢铁般"干瘪、生硬,却被重新注入新的意义,在这其中,黄咏梅将女性的性征兀地抹除,将其置于公共的场域之中,以实现新的生活及社会转喻。《小姨》也是写身边最亲近的人,小姨一生倔强,不肯就范于世俗,正当她深陷人生之困时,令人惊骇的一幕出现了,她出人意表地走在维权者的队伍中,掀开衣服,裸露身体,表达愤怒与抗争。这不仅关乎小姨,而且与"我"息息相关,"我站在人群中,跟那些抬头仰望的人一起。我被这个滑稽的小丑一般的小姨吓哭了"[1]。这是最有意思的地方,熟悉感与陌生感彼此激荡,小姨不仅无从把捉,而且难以克服,她将自己的桀骜不驯,脱离了私域的共情而投身于大

---

[1] 黄咏梅:《小姨》,《后视镜:黄咏梅自选集》,作家出版社2018年版,第18页。

众的政治。小说从亲近游离至陌生,小姨以"身"试法,对抗权力资本而超离了自身的亲缘意味,于日常生活中生发出一种惊骇的能量,这样的力量常常指引着人的命运。不仅小姨,而对于同样亲近的表弟,黄咏梅亦爆发出某种惊惧感,并于焉洞开人物的精神世界。在《表弟》中,"我"与表弟一同长大,对他亦爱亦恨,甚至在他一心扑向电子游戏时,"我觉得,表弟多么寂寞啊,电脑里的热闹,跟他半点关系都没有。现实如此乏味,不如归去"。小说里,虚幻与真实的鸿沟,成为彼此的隔阂。直至"我"真正走近他的虚拟世界,开始明白"表弟好歹在游戏里获得了些能量,这些能量有时候比荷尔蒙更加旺盛"。因为游戏,表弟从开始热血奔涌,到学会与世界和解,网络成为他的避风港,更是他价值观的孵化器。甚至在那里,"我"逐渐与表弟一起,得以一定程度地抵御青春期的叛逆和困惑。但这样的力量毕竟有限,表弟最终面对俗流的侵袭,还是选择纵身一跃,离开了那个充满偏见的非虚拟世界,这是一出令人痛心的悲剧,当表弟离外界越来越远的过程中,庆幸的是,"我"离他越来越近,不断地走入他的精神深处,理解其中的"胜利与失败、强者与弱者、笑与哭、富裕与贫穷、光荣与耻辱、忍耐与爆发、对与错、开始与结束"。

而《档案》以"我"与堂哥李振声之间的往来交际为主体,李振声为了抹除自己当年的"污点",极尽巴结之能事,希望在档案馆工作的"我"能助其开方便之门。小说最后,堂哥如愿以偿,却过河拆桥,与"我"不复往来,而父亲与伯父之间的兄弟情谊跃然纸上,反衬着城市中彼一兄弟的无情无义。"《档案》是我写作中少有的一遇。男性视角、乡村经验,这些对我来说都不是那么得心应手,然而我还是想把这个故事写出来的,基于我对于'我'的那种彷徨无措,这是我们这一代人的彷徨和无措。血缘是与生命俱来的自然存在,档案是与生活俱来的社会存在,血缘是生命的根脉,档案是生存的地基,告别乡村进入城市生活的人,穷其一生都在夯实自己生存的地基。李振声也不会例外,他漠视血缘和伦理,决绝地从过往的牵扯里溜走并非毫无根据。徒留下那个年轻的'我',脚踩在农业文明与城市文明的中间地带,既不可能像父辈那样'走人情'安身立命,又还没掌握像李振声那样'走关系'栖身都市,这种彷徨唯时间和经验才能消弭。"[1]在黄咏梅那里,生活是情感及关系中的生活,然而,这样的关系又是需要重新考量的,尤其置于城市与乡土这般的象喻传统和现代的场域之中,嵌入了诸种"关系"的生活化叙事,往往显出其丰富复杂的人性意涵。以父亲为代表的传统情感关系作为一种延续性的"故事"形态在小说中,最终突破了以物质和利益相勾连的"形式",前现代的情感形成了某种故事性的存在,流渗于当代的情感形式之中,黄咏梅正是在这样的细节性呈现里展开自身的伦理批判和价值重估。

在小说《跑风》中,玛丽带着她价值不菲的布偶猫回乡过年,一以贯之的城乡,分而截之地讨论城市与乡土的区隔,表面上看,"跑风"有多重涵义:一是打麻将,二是雪儿,再则还涉及城乡之间的隐喻,也即人性的精神在当代生活的"跑风"中挥发,终而迷失。具体而言,在小说中,一只名唤雪儿的猫来自繁华的上海,由家长高茉莉(玛丽)带着,在大年初一回到了高家村,城乡间际见人性,家长里短、来龙去脉的铺垫,最后来到小说终末的一个细节,也即身患小儿麻痹的小媳妇,帮忙阻止雪儿外逃,然而包括高茉莉在内的乡人都错怪了她,认为是她吓

---

[1] 黄咏梅:《十年之后——写在〈档案〉十年后》,《长江文艺・好小说》2019年第9期。

跑了雪儿。"玛丽一惊,回想起女孩朝着空气的那一扑,的确像用尽了整个上身的力气。那么漂亮的女孩啊。玛丽鼻子酸酸的。"以小媳妇为代表的乡土内部的光亮,照亮了灰俗的世俗世界,无疑成为了城市生活的精神映照:

> 辗转到半夜,玛丽还睡不着,事实上舟车劳顿,她又累又困。熬不住了,想起回家时准备给雪儿路上用的那颗安眠药,一杯温水将其吞服掉。药物发作之际,朦胧间听到雪儿仍在枕头边上舔毛,"沙沙沙,沙沙沙",好像下起了春雨,这空白的噪音把玛丽跟窗外的城市渐渐隔绝了开去。[1]

小说最后,"我"的城市生活仍在延续,但是来自乡土的反思兀然生成,并且构成故事性的存在而突破城市形式化生活的灰色、静止、乏味。可以说,《跑风》以城市之眼,观乡土之淳朴,却处处埋藏着误解与误认。"我"事实上是从乡土出来的,在城市中又常常遭遇压抑无助,但回乡又显得格格不入,其中的双重疏离,才是小说的关键。我错怪了小媳妇,从城市的无奈中,反身去理解乡土的人情世界,见证自身的冷酷。其中之体悟,不仅化开了"我"的优越感,而且其中之同情之理解,消弭了城市/乡土的二元对立。由是上升到主体间性中的了悟和觉知,在后现代境况中,重新疏通并构筑具有弥合意义的精神世界,成为走近并疗愈内心的关键所在。

此前提及的名篇《多宝路的风》除了充满粤桂文化的多宝路风情,

---

[1] 黄咏梅:《跑风》,《钟山》2020 年第 3 期。

第一节　后现代、生活化及南方视阈

重心还在一个"风"字,小说在地景与市井中起"风","但这条街的风确实很好,站在任何一个地方,你都能感受到风像每个经过你的那些大人一样,熟悉地伸出手来,或者弄弄你的头发,或者拍拍你的脸"。同时也是物情与人情之"风"。"香云纱是旧时老人最喜欢的料子,很凉快,据说穿着它出的汗也会变成凉水,这种料子多数是咖啡色,暗暗的花纹镶在咖啡色里,只有借助反光才能看到花纹的凹凸来,很含蓄的花样,西关的老女人特别喜欢穿它,明摆着是暗自要跟岁月较劲的。款式也大同小异,对襟的宽上衣,短而肥大的裤子,一抖纸扇,风就灌进去,上身下身都畅通无阻,她们形容那风就像西关旧屋都有直通前门后门的'冷巷'的'穿堂风'。"[1]这样的"风",回归世情,那是一种不脱除现实的新浪漫主义风格。"一边疼痛一边欢愉"的乐宜,历经情爱纠葛,体验人间冷暖,但她淡然、坦然,她没有超脱的认知,也没有抽象的精神力量,这在小说《小姐妹》中亦是如此,处处虚荣作祟的左丽娟,谎言连篇,做白日梦,却从不作奸犯科,不为非作歹,在她的身上,是辛酸而非苦难,不需要摆渡和超克。于是乎,多宝路的"风",可以是风景与风情,亦是风气与风化,更代表着黄咏梅的风格。

如前所述,《何似在人间》展现的是乡村世界的生死及喜惧,尤其是小说中死生超克了仇恨,而且在乡间的现世与往生的追念中,多了一重生活的沉重与生命的敬畏。小说中最抓人的一幕,出现在抹澡人廖远昆给去世的世仇耀宗抹澡,但无论如何,死者的身体始终不肯"听话",由是促成了廖与跟往者推心置腹的言谈,直至达成最终的超越性和解。小说结局,廖远昆是松村最后一个抹澡人。"如今他没了,松村

---

[1] 黄咏梅:《多宝路的风》,《后视镜:黄咏梅自选集》,作家出版社2018年版,第50页。

的死人该怎么办？"传统的失落对于乡土中国来说事关重大，失去了死生之际的修饰、抚慰与摆渡，生命将何以保持最后的尊严和想象。而作者无疑对此给予最深切的缅怀和敬意，"他在河里泡了一整夜，松村的河水为他抹了一夜的澡，他比谁都干净地上路"[1]。不得不说，这样的叙述何其阔大而丰厚，天地自然与生命的存灭相呼应，这一切就发生于乡土俗世的生活场域中，生与死、善与恶、轻与重相与存续，传达出显豁厚重的精神伦理。

同样讲述世风移变的，还有小说《八段锦》，一辈子靠中医药悬壶济世的傅医生，却难以为继且不知所踪，一生救人无数的他，始终无法得到医保定点医疗机构的审批，前现代的物质与情感不断凋零，直至"无可奈何花落去"，小说最后，莫名消失的，除了傅医生，还有象征悬壶济世的大铜葫芦，区别在于，前者主动消隐，后者则是被窃，但他们的消失都存在着某种形而上的意味，那就是传统道术与道心的荡然无存。更有意味的是，"五四"以来疗愈人心的现代命题在小说中不断隐现，傅医生的中医以及他行之济世的八段锦，不过又成为百年来精神救赎的当代回响。革命与后革命之间既有断裂，也有留遗，启蒙时代的文化变革与后启蒙时期的文化追及之间，往往存在着复而诉之的历史转圜。

五

如前所述，黄咏梅小说存在着一种"大"与"小"的辩证，她谈姐妹，

---

[1] 黄咏梅：《何似在人间》，《后视镜：黄咏梅自选集》，作家出版社2018年版，第45页。

写小姨,忆表弟,述父亲,旧文新篇,大都在最亲近之人身上打转,一点点往里探入,又从中艰难游离出来,移向深远。黄咏梅小说是当下生活化叙事的一种范型,写尽了日常的情致乃至困惑。不脱于俗,回俗向雅,这也是小说的旨趣所在,向深钻探,朝外游弋,其有周旋日深,也常推及延扩,无不透露出精神的转圜与转喻。然而消融与转圜谈何容易,于是便有了无法处置与不知所措,便有了有意无意的逃避隐匿,由是叙事的转喻亦变得复杂,变得混沌。

当然,黄咏梅小说不是什么生活启示录,更不是知识分子的价值启蒙,其中的叙说,有情趣,有情意,能沉入平乏的日常中摸爬滚打,时而又在忽然之间抽离而出,洞见人性的细微甚或卑微,揭开生命冷酷现象的同时,不失却其中之温情,从那里探知他人,也能辨认自我。更重要的,黄咏梅小说涉足最切近同时也最难廓清的情感场域,亦即面对身边亲近非常之人——爱人、亲人、友人——真正走进他们的世界,破除既定的成见,从一叶障目的误解中破冰,也从碎片化的散光中,重新塑成整全性的认识,最终通过回旋益进的精神辩证法,在虚幻里自觉,在现实中反省。

黄咏梅的人物,无不是亲友、乡梓、邻里,这是她的小说人物谱系的独特构造,她写身边熟悉之人,又往往拉开距离写出陌生感。事实上这谈何容易,身边亲友,早有定见或偏见,然而黄咏梅以短篇的形式,重新将他们对象化,撬动那些习以为常而无法割离的轻盈与沉重,并由此推向更为广泛的认同。开篇的《睡莲失眠》,从生活最切实的睡眠困境说起,表面许戈因碰上邻居彻夜燃灯而导致失眠,实际上其深为丈夫出轨所恼。如果只写到两人的情感纠纷,则并不稀奇;黄咏梅却宕开一处,写许戈登门"上访"。扰她失眠的,是一个刚刚丧偶的女人,从她家能以多重视角,看到对面自己的房子,由是提供了一个饶有意味的视阈,就像丧偶的女人仍存续恩爱,映照着许戈的婚姻悲剧。许戈从如是之参差对照中走出来,本以为会受其影响回旋情感,至少保留婚姻的果实,然而出乎意料,对爱情早已丧失兴趣的许戈,甚至反戈一击,沉入更深切的悲愤,试图"销毁"与前夫的试管婴儿,故事因其决绝与残忍显得惊心动魄。小说揭开了许戈最柔软也是最坚硬的内心,其是彷徨的也是坚定的,就像于浑然间举报第三者致其毁灭,就像在困惑中依旧签名"销毁"冷冻胚胎。我们生活在一个理性的世界,却无时无刻不包裹在己身之情感、认知与伦理之中,常常处心积虑建构着一切,却不时在顷刻间轰毁所有,如是于角斗中的撕裂,成为通向人最隐秘的灵魂的内在路径。

小说《小姐妹》里,顾智慧与左丽娟姐妹俩各有烦恼,都为家事所累,幸好两人还算乐天知命,但这背后,是幽深的隐忧。左丽娟始终隐瞒家境,我们一度以为,她在离家前对顾智慧的倾诉衷肠是一种真相,然而在故事高潮处,河西农贸市场卖羊肉的女人一语道破左丽娟子女的不堪,使她无地自容,左没想到,她一世逃避与掩饰,直到最后依旧无法面对生活的痛击与内心的创伤。她始终还是逞强、执拗,她不需要生活的文过饰非,却也不肯示弱、罢休和认输。生活中无处不在的,是一个人的软肋被突如其来地撞击,只能选择本能地回避,这是在不知所措的已然与未知中,选择安身的栖处;或许,这是蕴续力量的一种方式,是暴风雨来临前的可怖预示。黄咏梅在创作谈里说:"生活中大致有这么两种人。一种是,活得越来越真实,真实得连梦都荡然无存;一种是,活得越来越不真实,睁开眼睛就想逃到梦里去。"小说的洞见在于不曾有所避讳,甚至透露出逃避也是生活的另一种姿态——游离简单的消极应对,展示出一种拒绝的、转移的、后撤的,甚或是抗争的生命态度。她录入无尽的俗世情态,却不将其全部写尽道明,相反,她写透了"这一个","这一个"便启出"无数个"来,纷纷去认领那个人性及其命名。小说中,左丽娟称顾智慧为小姐妹,尽管她们都已年近古稀,年迈为伴,彼此信任。这里的"小",是地方化的表达,也是情分,是亲昵。我更愿意将其视为黄咏梅写法之小,小而弥坚,小而灵动,从而不断形成一种坚固的转喻,确认生活/生命的质地的同时,发散联想,走向深与远。

六

《父亲的后视镜》是名篇,将普通人的生活史和情感史写到极致,有时候我觉得,黄咏梅写一个人,又仿佛是在写一代人,以及所有的人。我曾谈及小说中"后视"的意味,然而我忽略了,重要的还在于"镜"自身。也就是说,父亲从他最耳熟能详且信手拈来之"物"中,获致了自我的人生观,而更有意思的在于黄咏梅事实上是以父亲为镜像,映照时代及人心。而父亲所代表的父权及其历史意志,也在种种"后"视之中,不断经验反身的背离与解构。

我一直很在意的是,我们义无反顾地投身于生活,亲近或时常借亲近之名义推离他人,有时争辩,有时安然;时或超离仿佛蜕变,时或沉浸不可释怀。我们将留置何处,又将指向何方。这是情意,也常常蕴着困惑。却引着我们的心绪,由疏而亲,由浅至深,游至西东。黄咏梅的小说,常常试图去悟、去想,却有意不琢磨通透,仿佛处处耸立着难以摇撼的厚障壁。平常人生,凡俗人性,莫不如此。我们遇见谁,试图走进那个人的世界,成为或剥离那个人,在交融中排斥,靠近的同时却又因自我的异质而摒除彼此。更进一步说,于他人、于世界、于历史、于时代,莫不如是。如此成为所有人最终的命运。

七

黄咏梅小说的精髓,也许可以用《骑楼》中的一句话概括:"最紧要那啖汤。"这个"啖"是"日啖荔枝三百颗"的"啖"。小说将"啖"置于"汤"前,是动词作量词用,也是粤方言的表达方式,更重要的,这啖汤则代表着黄咏梅小说中的地域性特征,隐现着新南方写作中浓郁的地方性"滋味"。其中还牵连着浓重的主体性表达,何为紧要是否紧要,无疑取决于个人的偏好,意味着主体的立场,这在黄咏梅小说中是非常鲜明的,人物的爱憎与进退,往往是义无反顾的,这样的执念不断推动着小说的进程。再者是对食物的执念,代表着对生活根底的知悉,那是最市井、最世俗的部分,即便蹲在街头巷尾的排档中,在那些最嘈杂最脏乱的地方,那里却有最鲜活的语言,有最蓬勃的生命力,这是黄咏梅小说的核心命题,所谓"最紧要",就是一种最高级的锚定,同时意味着具有排他性的生活方式,是人物主体心无旁骛地奔向灵魂所系的内在抉择。

可以说,在黄咏梅那里,最纯粹的市井生活,往往就是"夜市里的田螺档",是"最紧要"也是最难将息的"那啖汤",这是钻入人世之根底"叹"生活,再是沉沦,再是沉吟,也始终深知沉醉所在,知道何为"最紧要"的落脚之处,这就是黄咏梅小说中所展现的"新南方"的现实意义所在。她深谙再小不过的"汤"的奥妙,那是习惯,更是意义,更重要的,她知悉何为"最紧要"之所系——再寥落的人生,再苦楚的命运,也从不失"何处是归程"的觉知。

"没有特征的东西是我们习见的,习见往往导致作家的'不见',这是一种麻木。在'习见'的日常里获得意外的感受,需要作家保持好奇心,孤独地去看和想。我写到现在,还没有题材枯竭的困惑,我对世界依旧保有好奇心,我总是感到对现实知道得太少了。"[1]黄咏梅的小说是轻松自在的,其往往却非有意剥除重如泰山的伦理说教及道德拔高,俗世只是那个俗世,车来人往,熙熙攘攘,为情也好,逐利也罢,都是贪一点爱恋,求一份安稳,皆非大奸大恶,在异见与同心中,道出生活的丰富暧昧、多元复杂,其间的个性、情感、命运得以和盘托出且撄人之心,终而于无垠却深沉的生活性拟像中,获致最广阔的共情和最深切的认同。

---

[1] 舒晋瑜:《黄咏梅:"时间"是我反复书写的主题》,《中华读书报》2020年10月21日。

第二节　东南亚、汉语写作与南方景观

一

现代汉语的异域旅行,又或者可以理解为跨文化视野里的汉语景观,在中国新文学发展史中,不仅成为汉语持续丰富自身的重要尝试,而且通过不断延伸和漫溢而塑造新的修辞形态和精神结构。对于当代中国文学的地方性路径来说,现代汉语的内部生长与外在求索,更是显现出引人注目的文化图景。杨庆祥在谈到新南方写作时,谈及其范围除了海南、广西、广东、香港、澳门外,"同时也辐射到包括马来西亚、新加坡等习惯上指称为'南洋'的区域——当然其前提是使用现代汉语进行写作和思考",如此事关文学的发展史以及现代汉语的流变

和整合过程,"历史将会证明我的判断,以鲁迅为代表的现代汉语写作在历史的流变中有其各自机缘并形成了各自的表述,这些表述不会指向一元论,而是指向多元论,不是指向整体论,而是指向互文论。因此大可不必为现实的政治视角所限制,而刻意去建构一种文学谱系——他就在我们之中"[1]。事实上,现代汉语自我增殖的历程,通过一种地方性和对象性的差异性实现,能够吸纳更为多元也更为丰富的人文地理意义。也就是在区域重组、文化跨域以及语言交互中,拼成了南方之"新"的重要版图,并通过这样的多维牵引塑造具备重构功能的修辞装置。

黎紫书的长篇小说《流俗地》以马来西亚的城市怡保/锡都为中心,特别是小说里所描写的特定的地域风物、宗教信仰、阶层情态、政治景观、伦理观念等,一方面拓宽了汉语的表达范围和写作视阈,汉语的视角从中国移向东南亚而产生了异质/异域性的表达;另一方面,我更愿意将此视为新南方写作的新实验和新尝试,这样的写作当然与既往的华文文学脉络有着部分重合之处,但更重要的是在地方性的路径里创生了语言与人文的交错融合,而且在这其中催生了新的价值形态、精神辨知和文化认同。

除此之外,特别值得注意的地方还在于新南方写作所面对的"南方"不仅是某一个地方或地域的表达,也不只代表不同区域乃至跨文化间的连结和融合,其更是作为一个整体的南方加以呈现,由此延伸出中国南部自身以及作为多元联结体的东南亚,分享着某种文化认同,也于文本中构建新的修辞伦理。在这样重新定位于定义的"南方"

---

[1] 杨庆祥:《新南方写作:主体、版图与汉语书写的主权》,《南方文坛》2021年第3期。

中,日常的世俗、惊心的传奇、深邃的历史、幽微的人性等,都依托于地方的异质书写以及文化的再度想象。在王德威看来,"银霞和其他人物安身立命的所在,锡都,何尝不是黎紫书所要极力致意的'人物'。锡都显然就是黎紫书的家乡怡保。这座马来西亚北部山城以锡矿驰名,十九世纪中期以来曾吸引成千上万的中国移民来此采矿垦殖,因此形成了丰饶的华人文化。时移事往,怡保虽然不复当年繁华,但依然是马来西亚华裔重镇"[1]。地域性的结构体系中也透露着当下的地方乃至世界格局,中国和东盟之间形成的某种政治、经济、文化共同体,也在当代性层面实践新的想象状态;另一方面,由此所构筑的新的南方更是代表了新的视阈和方法。这其中所关联的是,不仅关切国家意识形态层面的宏大命题,更意味着种种跨文化的乃至世界性的新的勾连,也就是说,新南方写作对于后全球化时代如何形成新的总体性意义,以及如何在一种整体框架中思考世界和未来的走向,具有不可忽视的重要作用。

当然,这一切都不是凌空蹈虚的建构,而需要去参考"新南方"的种种主体化的思维方式和在特定界域中的个体/群体的感觉结构,从中拆解并重塑他们的精神认同及价值形态。当然,这样的实践本身至少在目前为止,并没有固化的与先定的内在指向,而更多的是表现为一种未知的和不确定性的存在。因而,新南方写作所探索的价值辨知是开放性的,同时是面向未来的,是去寻找更多的共同体的书写实践。

于是,我并不打算将如此宏大的命题直接导入到某个具体的文本中,而更倾向于从新南方写作的文本肌理深处去透析这些问题。因

---

[1] 王德威:《盲女古银霞的奇遇——关于黎紫书〈流俗地〉》,《山花》2020 年第 5 期。

此,这个过程必定是复杂而曲折的,甚至有时候是晦涩、昏昧的,因而需要去辨析,于再审和重思中,揭开南方之"新"意义为何。从这个层面而言,黎紫书的《流俗地》可以说展开了一种悖论式的存在图景,其同时是俗常的又是异质的,是细碎化的言语又有整全性的文化,共同指向着"南方"的新奇、新异与新变。

二

小说最主要的人物银霞是"新南方"的"新人"形象之一种。银霞是一个盲女,但并不因此而失去她的视角,她所遭受的现实和命运,以及由此投射出来的她的理念和灵魂,触碰到了一个五方杂处的生活世界,以及其中灌木丛生、杂草蔓长的汉语世界。

细读小说会发现,整个故事表面上以散点透视式的铺叙,聚焦流俗之地,并不追求叙述的整饬完备,也不存在既定的叙事框架;然而文本内在的前后呼应,形成的闭合结构并非有意为之,而更多的是在人/物的俗常与超越里,在常与变的现实历史推演中实现结构的完整。说得具体一些,小说以内在的驱动力进行讲述,通过人与人之间的牵引以及不同个体之间的行迹,穿插藏闪,编织故事。这样的写法颇有些晚清小说的余韵,乃古典小说向近代小说转化过程中的流脉。而作者提出的小说在写实主义与现代主义的交织与交错,使得总体的情节推进中形成了虚实相间的关联形态,意思是《流俗地》这部小说,事实上缠绕着错综复杂的地方传统和地域表述,其中包孕着华人与华文世界的生活、情感和文化形态。在这个过程中,小说的结构固然谈不上松散,但是叙事的节奏确实非常缓慢,其内在的质地是平淡冲和的,间或透露出焦灼的渴求与痛彻的遭际。

循此思路,接下来我还想再谈一谈《流俗地》里面的日常书写的问题,也就是小说里的生活化书写与当代中国乃至世界文学所形成的后现代主义视野下的表达是若合符节的。所不同的似乎只是他者文化与异国他乡的风物人情的描述,而关键在于各种人物的观念认知和精神认同,是否可以置于一个总体性的"南方"之中进行考察。也就是说,在现代汉语的统摄下,是否存在着某种真正的文化共同体,或者,也许最凡俗的大众化的存在,便代表着更为坚实的以及最为广泛的根基。在这个过程中,"新南方"能否建构起一种更具普泛性的经验价值,便显得尤为重要。因而对于小说来说,越是"流俗"之地,便越凝聚起更为广阔的群体基础,也将凸显更为坚实和坚定的道德信念。

小说从大辉死而复生的"归来"说起,这是银霞自电话那端听出来的。银霞在锡都城里的电召的士服务台工作,"听力和记忆力非比寻常",大辉是细辉的大哥,细辉在闹市开了一家便利店,也是见证形形色色的人群。酒店的住客、按摩店的女工、开夜车的货车司机和的士司机等。银霞父亲开的士、细辉父亲开货车,后者却遭翻车离世,留下两孤儿一寡母,还有他的妹妹,莲珠姑姑,在旧街场一带几家店铺打过工。他们的故事从每一个细部的触角处开始生长,或独树一脉,或昙花一现,道出了众生相。虽然锡都诸神林立,三教九流难以趋同,但当地华人往往分享着同样的汉语经典和文化经验,如《西游记》,"唐三藏与孙悟空师徒等人到西天取经的路上,历八十一劫,她能从头数下来,一个不漏"。可以说,银霞是个盲女,但也使得她的听觉、触觉等非常灵敏,声音也显得冰清玉洁,"好听得像锡塔琴"。更重要的是,她时常陷入冥想和幻梦,也代表了小说写实之外的另一个出口或者转圜,"她在那些梦里,听觉可要比醒着的时候更清晰,可以明明白白地听到塔布拉里头有埋不住的萨朗吉;音乐之外有巴布轻微打鼾,电风扇在摇头;店外有卖衣服的马来妇人阴声细气的交谈;有华人的孩子一边在玩'快乐家庭'纸牌,一边说着各种耍赖的话,指责别人作弊;有麻雀啁啾",因而不得不说,作者在盲女银霞那里,埋下了两条线索,或者说延展了两种脉络,怯弱的与坚强的、残缺的与优质的、偏见的与洞见的、地方的与全局的,等等,更是通过她蕴蓄了小说的两种或多种修辞形态乃至伦理指向。

蕙兰是细辉的"大嫂",大辉失踪后,他们一直没有办离婚,她在喜临门海鲜酒家工作,婆婆意外去世,她"带着三个孩子乘长途巴士赴锡都奔丧"。细读文本会发现,小说没一个人物出来,尽量表面看并没有大风大浪,他们沉溺于日常的俗世,但对他们来说,也许已经经历了最大的风暴。流俗地中,人们不需要大江大河,他们只是试图耕耘生活里的内容,以至于生命的风浪来袭时,拽紧救命。巴布理发室十余年前已然易手,由阿邦马力继承,改成马力理发室。这是组屋里的人们的常规理发点。从印度的理发师,到孟加拉的劳工,印尼的清洁女工,包括印度的姊妹花,以及为生计奔波的华人等,有意思的是,小说所描写的锡都城中的组屋及其人物群像,大体都有较为固定的人际交往和地域属性。似乎是没有变化没有流动的存在,但是时间的伟力也由此凸显。正是如是这般的静水流深的生活,却在一种缓慢的、相对固化的日常中,遭遇了他们"飞流直下"的惊心动魄,又或者如更多人一般仅只固守本身的俗世人生。

三

值得一提的还有,小说在近乎自然主义般的写实中,却经常逃逸出来,进入某种白日梦式的超现实,"在梦里,细辉每次回到近打组屋,必定走进巴布理发室,并径自走到那一张小桌子前。迪普蒂低着头,墙上那象头神画像散发的幽光如研碎的姜黄纷纷撒落,照亮她头顶发分线上的抹红与画在眉心的吉祥痣"。这就特别有意思,作者确乎不甘心只是细数那些习以为常的生活和生机,她和她的人物都试图超离甚至超脱出来,去见见耀眼的太阳,去轰轰烈烈爱一场,去不甘平凡地奋力一拼。几乎家喻户晓的拿督冯的女人何莲珠便是遭遇了自我的起升与回落,"那时候谁曾料到呢?莲珠姑姑一天下午静悄悄地从楼上搬出去,等在楼下的是拿督冯的马赛地豪华轿车以及他的马来司机",然而她也遭遇了丈夫的背叛与晚年的凄清。又如马票嫂的身世家庭,几经遭逢挫折,逃离再逃离,只为寻一处落脚之地。与莲生姑姑往上走不同,马票嫂则一直从底层滑向底层,在后者那里,充斥着三教九流混杂的世界,马票嫂却自始至终都是抖擞精神,毫不沉溺。她热爱生活,仗义行世。可以这么说,小说写尽了人世的悲欢,却不为之所束缚,人与人之间的性情不同,命运也殊异,重要的是他们每一步都不至于如坐枯井,而是多有想望;生命可贵,也从不怨天尤人,到底是自己成就自己,自己负责自己。

还有一点颇有意味的是,小说里面提到的主要人物很多都有自己的梦境、梦魇或者幻梦。这样的超现实时刻,却多不意味高远的理想,也断绝不切实际的希望,常常只是现实的简单延伸,或者是身边的短暂幻想,充其量只是简单化约的期待。如细辉的媳妇婵娟"那睡眠仿佛海洋,原先极浅,她朦胧听见细辉给蕙兰打的电话,却不及细想,像是被一只手于混沌中牵着,越走越急,逐渐深入迷宫一样沟壑纵横的梦里,终于又回到旧时的学校,见到那长相怪异的女孩"。学校里的这个女孩因长相怪异遭受歧视而自寻短见,婵娟心头的阴影挥之不去,遂辞去了教师的职位,到细辉的店里帮忙。另一头,细辉的母亲却常遇到丈夫夜里托梦,大辉的失踪则始终折磨着她的心神。不仅是人,还有神佛、猫狗等,仿佛都走向了自身的曲折。这些无疑都是小说喧哗之众声的一种,他们显得世俗,有时身不由己,但重情重义;甚至有时显得狡黠,但精神始终不至于崩裂。

《流俗地》是一个充满市井气息的小说,里面提到密山新村巴刹里卖的包子,"尽管只卖叉烧包、南乳包和大包,而且店在巴刹一隅,与杀鸡的摊子靠得极近,鸡屎鸭屎的臭味与血腥之气扑鼻,店面还一片幽暗邋遢,桌椅都泛着厚厚的一层油光",声音、气味,及其中的庞杂混乱,都是挥之不去的烟火气息,这样的表达显得奇绝、瘦硬,有时竟还略带筋骨。由是不得不提到小说的空间移动,从芜杂凌乱的组屋,到地偏心远的美丽园,从卜卦算命的庙宇,到看戏闲谈的园子,从邻居街坊多所光顾的巴布理发室,到很多人慕名而来轻生跳楼的近打组屋,以及华人接生楼、丽丽裁缝店、智障者收容中心、精神病院、盲人院等,小说有一节"所有的路",移步换景的描述中,切入银霞的视阈,作为的士接线员的她对每一条路都熟稔于心,不仅是职业使然,也是对于生存的城市所怀抱的感情,当然也出于她的天赋异禀。当然,在这样的流俗之所,银霞也有自己的沮丧和抑郁,她凡事认真、圆融,人缘极佳,但是总有自己无能为力之处,譬如她生理的和身体的极限,"想到自己终究不能与细辉及拉祖一起,每天一同上学,一同走这一条回家的路,忽然心头一紧,像是被一只冰冷的手攥住了咽喉;胸臆间一口翳气吞吐不得,便难过得吃不下去,只有任那冰棒不住淌泪"。在银霞身上,表面寄寓了形而下的伤残人士的生命轨迹,事实上通过小说的叙述传递出形而上的意识、意味及意义,她的天真和纯粹,她的隐忍和进取,她的忧伤和欣喜,都不仅指向单一的个体,而是在历史的滚滚洪流之外,重铸一种精神的例外和价值的可能。

四

如前所述,就在那些一地鸡毛的日子中,充溢着泥沙俱下的生命际遇,人们存在于鱼龙混杂的地界,由此小说展开了"锡都"的城市风俗画和市井世态图。当然,这只是小说的浅层,或者可以将之视为整体性的话语修辞之开端。这么说的意思是,通过这样的地方风物/风气书写,小说试图导向更为深层的生命形态。众声喧哗的人物调性以及复杂交错的社会政治,在不同的语言表述、宗教信仰、生活方式以及命运归途中,呈现出了一个庞杂丰沛的南方。

在这个过程中,现代汉语大体还略为显得笼统,事实上在此引导下,黎紫书更关注小说的语言与文本的修辞。"如果真有这样的语言,一种纯粹为这小说而生的语言,它最终会在小说里越过一切,高高在上,像明月一样照亮整个作品。它会毫不费力地照见小说的方方寸寸,让人物和景物显影,甚至将最幽微的气氛映照出来,使一切如同叶子上的脉络般清晰可见。有了这亮光,小说写来会事半功倍,它会如流水般推动叙述的节奏,甚至在作者感到文思枯竭难以为继的时候,它也可能发挥助力,用它在流经好些章节后所积蓄的能量产生动力,帮助作者突破淤滞。"[1]因而可以说,语言是显影,也是表征,关键在于表现方式和手法的设定。王德威曾辨析小说中的写实与虚构的交错,"写实或现实主义因此不只意味单纯的观察生命百态、模拟世路人情而已。比起其他文学流派,写实主义更诉诸书写形式与情境的自觉,也同时提醒我们所谓现实,其实包括了文学典律的转换,文化场域的变迁,政治信念、道德信条、审美技巧的取舍,还有更重要的,认识论上对知识和权力,真实和虚构的持续思考辩难"[2]。在黎紫书看来,写实与虚构也并非一分为二般地截然对立。"在我眼中,这是个以写实为皮肉,骨子里却相当'现代'的作品,又可以说,我既无意要写一部完全写实主义的小说,也并不追求十足的现代主义。我显然是个折衷主义者,只要可以将作品按理想完成,便丝毫不在意将写实和现代有机地结合。"事实上无论是写实主义还是现代主义,都代表着叙事话语的不同指向,多重维度中的生活摹写。

不仅如此,小说在不同的人物群体里,生动而深刻地传达出方言/语言的异质感,其中对应的不只是不同国别的人们的现实日常,更意味着以马来西亚、新加坡等为代表的东南亚地区,作为一种后发国家而得以创生的未定一尊的场域,同时也代表了"南方"可汇纳众声喧嚣的新的文化容器。"对我来说,各种主义无非手段,正如小说中的语言,华语与粤语或其他方言交缠,甚至与英语马来语句式混搭亦无不可,对于作者来说,若是对语感有足够的触觉和掌握,这些不同的语言

---

[1] 黎紫书:《月光照亮我野生的小说王国》,《中国现代文学研究丛刊》2022年第2期。
[2] 王德威:《写实主义小说的虚构》中文版序,复旦大学出版社2011年版。

便都是交响乐团中不同的乐器,只要能指挥它们适时适当地响起,也能谱成乐章,进而如流水般推动叙述的节奏和情节的流转。"因此,作者执意不掀起大风大浪,而是试图呈现不同的精神意识和情感选择。即便是莲生姑姑的丈夫拿督冯大选输给了反对党,小说也是轻描淡写地通过细辉说上一句;而输掉大选的拿督冯流连风月,莲生姑姑也仅似无幽怨地补一句"你的姑丈在外头有女人了";而到了后来拉祖之死,亦是不明不白、不清不楚,家属坦然接受,新闻声响全无,警察毫无动静,"凶杀动机不明,无人被捕,更不会有讣文敬告知交,也不会有人刊登挽辞痛惜英才。拉祖的家人不知在何处替他低调办了丧事",然而似乎也无人问津,没有人去专门关注一个底层家庭的悲观和辛酸。直至此处,作者仿佛试图要将小说引向社会学的批判,但没有更深地追究下去,包括银霞惨遭强暴,也是再无追查、无声无息。因而这样的"流俗地",便显得如深渊一般,人们的怕与爱、痛与恨,乃至生与死,未必都有回响,他们的声音也时常遭遇失语的境地,作者无疑在这里寄予了最痛的苦难,也流露着最深的同情。

有意思的是,当细辉问及银霞以后的打算,银霞也并没有一点雄心壮志,甚至于略显颓丧。"继续织网兜子啊,或者编些藤器,或者到街上去兜售彩票。难道真要去替人按摩揸骨?"也许这便是一个普通得不能再普通的个体的真实答案,况且,一个双目失明的弱势女性,如果有什么胸怀大志、建功立业,也到底显得不真实。这也就是所谓的"流俗地"的况味,不画大饼、不吹牛皮,如沈从文所言,"贴着人物写",贴着那个时代和城市,也贴着那一个尽管略显衰颓但也不完全弃绝希望的真切而平凡的"南方"写,或许,这也是"新南方"的一种心理状貌。

从小说结构看,开头银霞判断并预言的大辉回来,结尾处则是银霞曾走失的猫咪"普乃"归来,不可谓不谨严整全。而整个叙事行文至半,"那个人"一节写大辉回来了,便结束了前半段的分散叙事,开始进入新的局面,笔墨一方面集中述写银霞的情感遭际,直至写到她最后与顾老师喜结连理;另一方面则是集中在大辉、细辉一家,细述其母亲之死,延展至当地的婚丧习俗,并将现代人尤其是锡都的下层市民心理缠绕其间,故而显得驳杂而丰富,真好一个流俗之地!

五

小说开始时有一段话,写到银霞与大辉在电话里重逢,然而细辉将信将疑。"可那只是口述,又不是照片。很难说啊。"细辉沉吟片刻后,仍然觉得这不靠谱,那已经是个自动消失了的人,怎么会再迷途知返。也就是说,一切似不真实,仿佛却又如此真切。见不到森林的全貌与大象的全形,只能一叶知秋,但由此及彼,自东而西,雨疏风骤,落花流水,既是认知规律之一种,亦是诗性形态之一端。《流俗地》如水银泻地般描绘世俗图景,人与人相连、事与事推导、物与物相衍,却是悲欢离合总关情。好在,晚年的马票嫂生活过得安逸,梁虾死后,他们的儿子比较有出息,带着母亲出游各地,半生漂泊惶惑,然而尽管年迈患上阿尔茨海默病,到底换来了晚年的安稳。与此同时,惨遭强暴,丧失了贞操,命途多舛的银霞已阅见了太多的情仇爱恨,然而,最后还是遇上了她的顾有光,尽管心中并无宏愿,但命运眷顾,普通且幸福的小日子最终还是沾上了。这不禁令人想起银霞读信时的那一段"无可奈何花落去"却又"似曾相识燕归来"的话:"那信就在'然而'(however)一词后戛然而止。那本来是一个表示转折关系的连词,像是一个转角。在它以后,本该有一个拐弯将人引至另一个去向,甚至到达另一个境地,看见另一个角度的事实。那样的一个词,原该是一扇虚掩的门,一个通往别处的入口(或是一个离开此境的出口);门后要么是天堂,要么隐藏着炼狱,反正是这世界迥然不同的另一面。"事实证明,仿佛子虚乌有,到底水落石出。回过头来看,小说莫不如是,也许未及亲见,但一切未然,可信可疑,不信不疑。银霞的视角与小说的叙事相互映照,在形而上的层面是若合符节的,那就是基于一定现实的揣摩和想象,这个过程"不是照片",或只是"口述"/叙述,真实与假设都在特定的伦理认知之中重新确认,无尽的虚构,却是无比地真切,这便造就了小说的意义与南方的新生。

第三节　澳门生活、艺术实践与文化书写

一

总体而言,中国澳门的散文写作有其独特的形态,特别是澳门携带着丰富复杂的历史,以及自身多维交织的社会现实,加之当代中国粤港澳大湾区的区域融合,以及城市本身的传播格局、文化环境等,故而在文学写作上呈现出非常独异的状貌。如评论家张陵所言:"由于散文的主要发表园地报纸副刊特有的格局与优势,澳门的散文通常短小精巧,文字也洗练简洁,从容而温情地反映着澳门的现实,讲述着澳门老百姓日常生活点点滴滴的故事。自澳门回归后至今,已形成澳门散文独有的思想内涵及文化价值。"值得注意的是,这样的写作形态,

不仅于文学的传播媒介有关，与市民的阅读习惯、城市的生活节奏以及澳门文学发展自身的审美特性亦是紧密相联的。

穆欣欣是澳门作家，常往返于澳门与北京等地，笔端也多聚焦于此。她曾著有《寸心千里》《当豆捞遇上豆汁儿》等，擅散文的写作。她的散文集《文戏武唱》(生活·读书·新知三联书店 2022 年)，融汇城市生活、行旅经历、文艺实践，以及家学渊源、职业身份、艺术爱好等于一体，从个体的体悟述及群体或人类共通的情感，从戏曲的喜好讲到艺术的理解乃至文化的共同体，从澳门的城市历史推及整个中国的发展状貌，深具生活感与文艺范，也涵纳包容性与当代性。

二

在穆欣欣的散文中，可以清晰见出澳门文化人，包括澳门社会及其个体/群体，往往分享着同一性的文化传统，又或者说他们对于中国传统文化的内在认同与实践，形成文学创作中精神底蕴的厚积薄发。具体而言，穆欣欣是古典戏剧专业的博士，且有家学渊源，打通了文学、历史、戏曲等领域，加上她的新闻专业出身，使得散文的写作获致了简约的修辞，与此同时透露出幽深而不失广阔的意味。

散文集《文戏武唱》，讲梨园往事、城市生活、个人体悟以及精神困惑等。在抒情形式上趋向于多维而清澈，沉入历史的深处，重新探视历史主体的情感困惑和精神两难，将历史事件和历史人物充分历史化的同时，也置于当代的语境中考察主体的感受与处境。

具体到文本，《文戏武唱》既有对于《红楼梦》的解读，也有关乎汤显祖的千年一叹；既有白先勇的昆曲情缘，也述及民国世界的情调风范。文中还谈到《白先勇带给我们的昆曲缘》，专门讲述一代文学大家白先勇在昆曲的大众化和普及化的道路上做出的卓绝贡献，也以自身的切身体会和戏友爱好相融合道出文化的流播与艺术的变革，在谈到中国戏曲时，前后牵引、左右逢源，考证黛玉爱不爱看戏，更有细数昆曲情爱世界里的梦幻、死生，等等。从人物的聚焦方面，穆欣欣的散文集《文戏武唱》既道出了黛玉、宝钗的爱恨情仇，也呈现晴雯、袭人、赵姨娘的感情世界。作者追慕陆放翁的精神追索，汤显祖的澳门之旅及其戏剧人生，也试图感知汪曾祺的生活和文学世界，在《两地的乡愁》中，道尽文化的深层互动以及精神丝缕的牵引。

在其中的篇什《你一定要看传统戏》中，作者叙述张家港的钢铁企业强制要求员工观看传统戏剧，对不同的剧种和剧目都多有涉猎，却出人意表地赞同此举，事实上这样的做法涉及的是传统戏的传播与教育问题，特别是在图像时代，如何复兴传统戏，又如何改革并传递传统的审美价值，成为荟萃中外艺术的澳门的文化命题。

三

在我看来，如果诉诸新南方写作，那么穆欣欣对澳门的书写是最具意味的，其一是写出了一个底蕴丰厚的现代城市，"澳门，是一本历史大书"，那是"关于记忆、关于美"的审美文化映射，多为流露出爱的坚定与灵魂的守持；其二将之与其他城市并置，牵引文化的脉络，无论是细述"六朝烟水气"，还是来往多地品"乡愁"，都传递出个人特有的传统价值和现代意味；第三则是将澳门放在纵横两个层面进行考察，不单揭开其中的文化传统及其延展的意义形态，而且在一种中外比较的视野中展现澳门的文化情怀。

  总体而言，对于澳门的城市书写，我更注重其中的文化蕴藉，和多元文化实践，这是其所代表的"新南方"的价值新质。也就是说，在一种包容却又谦逊的城市书写中，当代主体留存着未曾封闭与定型的感觉结构，在敞开的情感与未知的时间中充溢着深沉的喟叹，流淌出关于艺术交互和人文来往的当代故事，在自我与他者、生活与文艺、历史与现实之间，包容多元文化，融汇诸种场域，于此投射出"新南方"的精神状态和文化品格。

第四节 "南方"经验与"新人"问题

一

在马尔克斯的《霍乱时期的爱情》里,远洋的航船助益经贸、人文、旅行、战争,在大航海时代及其后的若干世纪,进步与进取,有时也意味着掠夺和侵占。横无际涯、浩浩汤汤的大洋既是野心家的行旅,也是躲避现世的乌托邦。小说最后,弗洛伦蒂诺与费尔明娜追缅逝去的生命,重拾曾经丢却的爱情,他们依旧浓烈,就像爱与信仰从未丧失。海洋书写中伴随着现代地理与人性的大发现,那种欣狂与烦闷、放诞与压抑,在博大与狭窄中承受心理的拷打,由此析出的灵魂的孤独,身体的内在动荡,以及欲望的悬置和压抑,都在一种极端的同时又是日常化的空间中滋长。

从世界文学的范围内看,海洋文学有着非常庞杂的谱系,在当代中国方兴未艾的新南方写作序列中,海洋叙事自成一重生态,自有一种伦理。关于海洋的书写不断被赋予新的意涵,不仅成为了人物主体生活和成长的场域,而且意味着区域间的整合、联动,承载了丰富的时代精神,政治、经贸、文化、宗教等因素的总体性熔铸,不仅指向一种内源性的创造,同时沟通内外,寻求跨域性与跨文化的延伸。

无论是海洋叙事的当代实践,还是新南方写作的推陈出新,有一点不可忽视,那就是形象的塑造,说得更确切些,"新南方"呼唤"新人"的出现。这是文学地方性路径的关键所在,也是写作肌理中骨架与血肉是否丰满的要素。"新人"身上能否投射出新的价值形态与伦理修辞,能否真正开放出未来的可能性,直接决定着当代地方性书写的深广度。

如林白《北流》中的李跃豆,陈继明《平安批》中的郑梦梅,朱山坡《萨赫勒荒原》的郭医生等医者群体,《荀滑脱逃》的荀滑,陈春成的《夜晚的潜水艇》的画家陈透纳,黄锦树小说的"迟到的青年",等等,或也可延异为一种新质之"物",如林棹《潮汐图》中的清朝巨蛙,林森小说里的"忧郁"的"海岛"、"年轻"的海"水"等。在这过程中,"新人"当然是具象的人物主体,面临着新的历史考量和现实印证,也在"新南方"的场域中构成当代文化的想象性装置。

二

杨映川的长篇小说《独弦出海》不仅触及海洋的书写主题,而且聚

第四节 "南方"经验与"新人"问题

焦作为我国唯一的海洋民族京族的历史与现实,铺开了新南方写作的独异图景。小说对海洋生态的描述所在颇多,"这一处的红树林一直延伸到十几公里之外,这一带的林木以木榄居多,越往人烟稀少的地方去,树木的种类越多。远方,他们目光能及之处有一个小岛,不大,估摸着半小时能走完。虽说离他们村不是很远,但那个岛基本没人上去,岛上都是树木和岩石,蛇还很多,村里人称之为无名岛"。在南方风情与风物中描摹北部湾的海滨景象,是一种自然生态、精神生态与文化生态的书写。而且小说还深入触及到了向海经济与文化,包括医药基地、园林建设、边境贸易、海洋文化等,构筑了"新南方"重要的文化镜像之一种。而且更重要的,是小说人物之间的关系生态,或曰主体间性的生态修辞,凸现了新南方写作中的"新人"形象。

小说主要叙写武家与刘家的情谊,尤其是青年一代的交往,武乘风与刘海蓝青春韶华,充溢着少年气息,他们纵谈对生命的向往,一起驾船出海乘风破浪。但是一次为了保护刘海蓝,武乘风被迫改变了自己的人生轨迹;然而,短暂的阻滞并没有割断人物与城市、与南方一同成长,武乘风历经磨难,辗转回到故乡小城钦州,又如武乘风,立意要"做自己想做的事,做一件能让海边人荣耀的事"。他们尽管曾经遭受生命的曲折,但始终不改赤诚之心,有自己的追求乃至使命,为自己家乡——一座在中国名不见经传的南方小城——献祭心力和灵魂。

江平沙厂负责人覃微微也是值得注意的"新人"形象之一,他是南厦集团老总吴镇树之子,身残志坚,却孤傲自强,刚正不阿,不接受任何贿赂,也不做任何妥协。覃微微知道许多沙厂都有违规的经营行为,防风工程一旦混进海沙,就会引起不可估量的后果,因而立志"要给城港做出一家规范的沙厂来,没有合格的沙子,哪来合格的建筑",

在他的身上，足以见出人物的自省，那是一种内外循环的精神系统。覃微微正直、无私、一腔热血，这是在海风吹拂下形塑的性格，是一代南方新人。此外，还有聪慧能干识风情的黎梅，甚至包括老一辈的刘天阔等，也颇具性情和风骨。

刘天阔也是可圈可点的"新人"之一，他"一生风里来浪里去，当淘海队的头领将近二十年，要说他是湾尾村的灵魂人物也不为过"，这里所说的"新人"形象，不仅仅指的是青年人物，德高望重者如刘天阔，一生外出淘海，"他不怕被狂风大浪卷入海里，他不怕沉入深邃的海底，不怕被鱼虾分食他的身体，他觉得这是一个淘海人最正常不过的人生"。他与海共生共存，那是他生命的印记，亦是归处。南方的海成为他灵魂的寄托，也代表着淘海人的精神象征。而且他有侠义心肠、凛然正气，提议给七十岁以上的老人和考试成绩优异的孩子发红包，让在外头打工回家过年的年轻人轮流畅谈一年的最大收获。他看中的接班人阮敬平，是年轻一辈中最识大体、最忠厚稳重的淘海人。还有大公无私的韦高林，光明磊落，充满理想主义的情结，刘金沙等人的走私行径都是他查出来的。当然也有人走向了人生的曲折，如"张二龙、刘金沙等十几个人被抓走的消息传遍了全村"。"新南方"不仅是信义、德行、爱恨的交织，更多的还有生命的变奏，代表了不同的生命选择和思想维度。

三

《独弦出海》整体触及了滨海和边地少数民族的文化传统，以此为内质推动故事的进程，塑生人物的品格。如每年农历六月初十举办的

第四节 "南方"经验与"新人"问题

哈节是京族最重要的节日,也称"唱哈节"。"哈"是京语译音,含有请神听歌的意思,京族人以海洋渔业生产为主,信奉海神,每年都要到海边把海神迎回哈亭敬奉祈祷。又如京族的民间文艺旦匏,"海边不能缺少旦匏的声音,虽然琴上只有一根弦,但当这根弦被拨动,琴声响起,能让大海风平浪静,只有大海平静了,海边人家的日子才能过得安稳";青年男女常常互送木屐表达情意,"木屐是京族传统的男女定情之物,以前的风俗是互送,如果男女手中送出的木屐不配对,就说明这对男女无缘;若是配对,就是有缘"。独弦琴艺术家苏兰一家生活在广西的城港市,事实上也就是今天的防城港,那里流传着少数民族缥缈的传说,"流传最广的一个是说这三个小村子为一只蜈蚣精所化,蜈蚣精长年祸害出海的渔民,最后被神仙用利剑斩杀,身体分成三截散落海中,化为三个遥首相望的小岛"。从民族文化艺术的地理呈现上看,独弦琴与南中国海紧紧联系在一起,"在她的脑海里,琴声已经扩散到深邃辽阔的海洋,所有的海众都能听到琴声,她的祈祷不断往海的深处去时,海面升腾起一片光芒",独弦琴是冷门、小众的乐器,想练好,需要耐得住寂寞,但刘海蓝醉心于斯,视若生命,正是如是这般相互依存的地理与文化因素,塑造着人物的心性质素,也形成了他/她们的观念理性。

不仅如此,小说还以海洋经济、边境贸易、滨海建设等,铺开一幅热火朝天的南方图景。阿星陪着黎梅到越南红木之都慈山县实地考察,"这里方圆十九公里,内有十几个村,大约有十来万人,家家户户都是以做半成品红木家具卖给中国人为主业,是中国国内红木商的第一货源地",覃微微旗下的林木公司,专程到越南将红木运回国,为的是保证海滨森林公园基础建设的高质量建成。覃微微的目标,是将林木苗圃打造成为华南地区景观树进口繁育和交易集散地。而且他的生意兼顾公益性与盈利性,在经营理念上非常合理而前沿,又如他想将金花茶大面积种植,同时保住其药用价值,而不断地进行亲本和杂交的试验。不仅如此,小说还专门提示了"自从2013年东兴口岸被批准作为进境种苗景观树指定口岸,城港市的景观树产业化快速发展"。如此既是与生活和生计息息相关的经贸往来,也代表着"新南方"之"新人"的价值实现、理想旨归,借以构建新的地方想象和人文景观。

四

小说最后,刘海蓝和覃微微联手打造本地的渔村文化小镇,做成地道的本土文化产业项目。这俨然成为一种象征,年轻一代开始接过重建故土的责任,他们按照自己的设计理念和价值认同进行规划,其中意味着寄寓于南方疆域里的精神探询。然而这个过程也并非一帆风顺,覃微微与苏广玉交恶,苏广玉折戟沉沙,败走东北,所幸城港市对玉海制药公司做处罚之后,并没有吊销公司的营业执照,仍给他的公司重新开始的机会。刘海蓝意外患上了慢性白血病,需要先做化疗,再做异基因造血干细胞移植。最终由于武乘风的介入,拿下了老渔村的规划建设权,此外他还打算免费建一个海洋村落博物馆作为配套,而覃微微也没有放弃自我的格局,表示要共同参与到项目当中。刘海蓝在经历了骨髓移植的手术之后,实现了重生,风雨同舟之后的苏广玉和刘海蓝,从未感觉"如此亲近,他们之间再没有距离"。此时病榻上的刘海蓝拿过独弦琴,"轻轻拨动琴弦,海水在她周围涌动,卷起如雪一样的浪花。琴声如帆,如舵,如灯,如塔,船儿永不沉没"。

值得注意的是,并不是说"新人"的创生是单一维度的,除了前述的张二龙、刘金沙等,也有阿星这样喜欢混迹于赌场的小人物,代表着海滨小城完整的人物拼图,但显然其非小说的主流。而如黎梅一直在经营她的边贸家具生意,但她先是遇人不淑未婚生子,后来又痛失爱子,在她身上体现的悲情,最后被武乘风所抚平,两人喜结连理,一并丰富着南方一隅的人物谱系。

总而言之,杨映川的《独弦出海》在"新人"方面展现出了独特的价值形态,映射着当代中国的精神状况,且于其中展开了新的意义图谱,创造"新南方"的地域辨知。南方之"新",到底要归之于活生生的人,他们的生活想象、情感皈依、价值认同,他们的生存困境与惶惑,以及理想的可视与可触,构筑了此一时代与此一界域的精神塑像。

第五节　青年写作、科幻想象与未来形态

一

对青年的认同和激励,符契着二十世纪以来进化论及其变体的延续,以及在此视野下获致的合法性与先进性。当下关于青年写作的讨论,大体是倾向显明的催生成长,也有论者提出是否对青年注入了过多的关注与过分的宽容。因而,在这里我更倾向于用具有客观与中立意味的"可能性"来表述"青年写作"。中国作家协会青年工作委员会与《南方文坛》曾在 2020 年举办过"青年写作的可能性"的研讨会,对于所谓的"可能性",邱华栋言其"既代表了一种充满期待、朝向未来的长远注视,也关联着一系列极富现实感和指向性的当下话题"。应该

说，基本的判断固然可以直击青年写作的意义，或揭其痼疾，而历史化与问题化的梳理研究，亦有助于将此开放性的命题推向深入，也即一方面通过将青年写作加以历史化，以文学的发展史进入社会史、心灵史，又由后者反过来观察青年写作的修辞伦理和价值取向；另一方面则将之充分地问题化，窥探其所透视以及本身所呈现出来的文化征候。

之所以将青年写作置入/植入新南方写作的范畴中加以讨论，是因为我更倾向于将南方之"新"视为一种"年轻"的地方性书写，以此区分既往的地域写作概念。而"青年"于此形成的整体性考察，试图将新南方写作推至一种更具革新性与幻变性的精神和文化实践，形成熔铸地缘政治、多元文化和世界想象的更加多维度的同时也是年轻化的写作探索。更重要的，青年写作代表了文学"新南方"的可能性维度。

二

2012年，朱山坡在小说《灵魂课》中，构设了一个灵魂客栈，寄身其间的是漂泊在城市的"游兵散勇"，他们客死他乡，出于种种原因没有叶落归根，凸显着城乡之间的分裂和落差，而亡灵及其居所只是一种镜鉴，小说表面是灵魂安置，实则是生活的断层与现世的困境。当然，我更愿意将这个小说视为一则寓言，人们常常珍藏那些流逝的过往，以至于频频回望那些不可超克的记忆，甚至对自我的以及自以为是的历史敝帚自珍，这是情怀，也是偏倚，是生命的必然，更是灵魂的自我反观及教育。有意思的是，在对生命的安抚以及尊严的体悟中，"我"慢慢洞悉那些率先离开的灵魂，然而始终不解的是，老妇人前来寻觅她的儿子,后者是一个故意隐匿踪迹的青年,却俨然成为一种在场的缺席,最终阙小安没死,但再不愿回到家乡,因而在母亲看来,他和他的灵魂已然逝去,关于灵魂之课业则暂付阙如。

饶有意味的是,"我"再次遭遇到了《祝福》中的"灵魂之问",然而小说还是一味地躲闪,也许可以将其视为一种审慎,特别是小说中独有的自剖,决定了不会存在简单的理想主义式的回答。然而百年来,对于灵魂的问题,与鲁迅那里作为启蒙者的"我"不同,作为寿衣店的伙计,"我"也需要去补那灵魂一课。《灵魂课》从寓言的构造到打破,个中青年纷纷走入更内在的畛域,也试图走向更广阔的天地,尽管此一过程会煎熬身心和考验灵魂,然而至暗时刻里的守望如此弥足珍贵。

青年写作大抵也对应着这样一种象征秩序,也即于固化的座次中体验种种缺席的况味,然而始终坚持冷静地旁观,或在场的姿态,怀抱那些坚忍与坚定的灵魂,探询自身在历史坐标中的位置。话说回来,小说又或文学,到底也常在操行一种形而上的教育——灵魂课。70后的写作,常有种种纵横的坐标,回应着新世纪以来的历史进程,城与乡、痛与爱、肉身与灵魂,以及自我审视与期许。

但在田耳的小说《金刚四拿》(2015)那里,青年不再固执留守城市,如果说《灵魂课》事实上对应着从乡土世界来到城市的务工青年,栖身城市却难以获致归属感,而寄居客栈的灵魂同样难以得到真正的安置,因而遭受了精神彷徨和灵魂困境。那么在田耳那里,乡土世界成为价值洼地,与阙小安相反,罗四拿从城市回到乡土,踯躅摇摆中形塑自我的坚韧、笃定,成为村中声望甚高的抬棺"金刚"。乡土世界也因此摆脱了一直以来背负的沉重包袱,变得自在而自洽,且蕴蓄着新的可能。再者,如果结合近十年来中国的山乡巨变,包括脱贫攻坚和乡村振兴视阈下的写作形态,建构了一种引人瞩目的新乡土叙事。

可以说,新南方写作的代表作家纷纷拿出了自己成熟的作品。之所以说成熟,因为代表了他们的风格调性,也在叙事语言及伦理上,形成了系统性与总体性的表达。他们所思考的城市与乡土、传统与现代、现实与超验等问题,从更广阔的向度,触及那些或呐喊、或坚忍的灵魂;与此同时,包括写作主体与人物主体在内的"青年",走出了自"我"的圈层而投向辽阔的疆界,试探种种不规则的内外变动,其中涌现着诸多的可能性,于不确定性中包孕着开阔与开放,他们所表述和呈现的世界正在以意想不到的速度和形态推进向前,而这也成为近十年的青年写作所捕捉与所传递的内质。但历史的突变与再造要比想象中复杂,漂移的未来也会有始料未及的时候,站在前沿与浪尖的南方青年能否应对新的危机,包括外在与内在的变化,成为新南方写作的重要课业。

三

对于二十世纪八十年代的作家来说,冯娜的诗歌将自我与他者、内心与世界、女性与家庭,乃至民族与世界等元素,经由内在的辨认不断变得清晰,人物的性情与心理在她的抒情中不断显露新的岩层,无论素朴的现实认同,还是复杂的内部分裂,都指向着更具普遍性的文化显像、审美境况和主体处境。在诗歌《再来跑一趟野马》中,冯娜写道:"花生地连着玉米地,废弃的砖窑布满青苔/四季总是从头教诲我/我却渴望秋天,压低的枝条灌满心房/我的心,曾在深涧跌宕/平原喂养它,如一只'咩咩'的羔羊/牛羊随意在宽阔的田垄中跪卧/凌晨五点,我闻见被咀嚼的草末味/提了提在深山跑马的蹄子/平原睁大食草动物的眼睛/望着我,头也不回地跑远。"自然与原初的生活状态,其所对应的心理向往和生活想象是难以言尽的。在《猎冬》里,"猎人放走了一只麂子/它和麋鹿一样警觉,羔羊一样脆弱/再过几天,河流就要被霜罩住/猎人的烟被冷熄了/他神情发亮无所惋惜/正琢磨着把不远处的香料变成一门生意/而不是把最后一朵红花献给猎物/一个对冬天毫不知情的女人",从冯娜的诗歌可以见出,从自然到抒情的过程,需要通过情感的伦理与社会政治历史进行兼容,与文化话语有效交互,需要对人的存在本身加以充分的对弈,在全球化/后全球化的时代精神状况下,通过复杂多元的美学结构形态,实现内源性的生成。这就意味着,对于不断延展与扩大的抒情生态学,其从自然到灵魂的渗透历程,需要真正建立在文学内部的语言建制、伦理织造、主体发抒、情感结构等加以讨论,才能形成有意味的自然观念与美学构形。

小昌的小说同样在自"我"中周旋日长后,走向了历史与时代深处,寻觅日常世界中的价值归属和灵魂救赎。可以说,在这一代青年的小说里,逐渐搜索到了先前所缺失的历史感,以意识到了更为宽阔的当代性。当然,历史意识不是凭空产生的,而是经由对当下的不满和反叛,与对某种过往的反思与反拨来实现。也正因如此,在《乌头白》(2020)里,父亲会倾其一生追寻自己的理想,姐姐也在周游世界之后追随父亲奔向神秘莫测的大山,与机床为伴的林少予则与青年时期的爱侣于凤梅重燃炽火,每个人都在长时段的精神历史中,遭受情感与精神的裂变,到头来却毫不丢却"青年"之情思而余烬复燎。

更年轻一代的来自广西梧州的 90 后作家梁豪在短篇小说《世界》

(2020)中,突进了现实里的虚拟世界。小说写的是网络主播群体,在沈夏等人身上,布满着生计与理想、网恋与奔现等迥异于既往的经验类型,线上流量既能转化为物质和资本,又常常被时间那带刺的玫瑰所戳破、阻断,状似无远弗届的互联网"世界",实则与传统一样面临重重封闭和阻隔。小说打破了以往关于真实与虚构的二元分化,因为对于新世纪的当下来说,网络世界已深刻地嵌入主体的生活乃至灵魂。走进并周旋于那个"世界",势必成为一个游戏的、演绎的却与当下世界平行中有交叉的所在,因而需要的是文化模型的切换,以及生活方式和思维形态的沉浸,这个过程当然不是原本端着的东西被放开和放大,而意味着更年轻一代甚至更广泛的群体的精神装置。直至当下不断发酵的从科幻文学衍生出来的"元宇宙"概念,似乎可以断定,新的"世界"已然降临,而这也成为了文学"新"的问题。

王威廉的科幻小说集《野未来》与北方科幻写作的大开大合不同,南方的科幻体现出了更为隐微的、事实上同样开阔的精神之境,《后生命》里写道:"在这个小小的生命世界里,几个清澈的水球在零重力环境中静静地漂浮着,有一条小鱼从一个水球中蹦出,跃入另一个水球,轻盈地穿游于绿藻之间。在一小块陆地上的草丛中,有一滴露珠从一个草叶上脱离,旋转着飘起,向太空中折射出一缕晶莹的阳光。"这是人类的"后生命"的状态,既是预示生命的终结,同时也意味着未来的再生。《地图里的祖父》,则是以技术析解和延续魂灵自身,将属灵的精神寄身于三维立体的成像之中,同时思索关于人与技术的存在之道,"要是人类在这同一个时刻全体毁灭了,那么在这颗行星上就只剩下祖父的身影走过来走过去了。由于仪器是太阳能驱动的,因此他的身影会永远走动下去,直到仪器生锈毁坏。那会是一个特别孤独的景象吗？那会是GPS里边一个虚构却又无限真实的地址吗？假如真是那样的话，谁来观看呢？也许真的会等来长着一只眼睛的外星人"？或许，与"野"未来相对的，是某些所谓"正统"和主流的未来，"在《野未来》里，科幻不再在这些宏大而渺远的层面起建设性作用，恰好是，科幻从体制性的想象中逃离出来，与普通甚至卑微的生命联系在一起，科幻并不能改变这些人的命运，也无法改变既定秩序和游戏规则，仅仅是提供一面诱惑之镜"[1]。事实上，"未来"的未知是多维度的景象，王威廉在这里无疑引入的是另一种思考的维度，并为之提供完整的参照。

陈春成的《夜晚的潜水艇》则是打开了多重的平行世界。我一直认为，小说重点不在潜水艇，而在于夜晚，那是想象力的永动机，是一切迷人而深邃的幻像的源泉。在那里，潜水艇是工具和媒介，最后陈透纳弃置了他的幻想进入生活的现世，直至那时才发觉，想象力是规避平庸生命的不二法门，只不过，"潜水艇"已然变得锈迹斑斑。这部小说更像是一则人类寓言，后全球化时代断裂的世界想象，壁垒森严的界域不停地阻滞想象的边际移动，蚕食不同维度散发的可能性存在。因而，呼唤想象力的重铸，追寻的便是人类革新精神的复归，也指向新的意义找寻的历程。用小说里面的话来说，就是"找寻的过程本身就是在向博尔赫斯致敬，像一种朝圣"。我更愿意相信，在年轻一代的特定叙事脉络里，能够创生出独具历史意味的时刻，形塑重要的现实意义和时代表征。当新世纪的历史叠加新时代的愿景，当"互联网＋"转向"人工智能＋"，当种种的现实转喻为象征和修辞，这其中既

---

[1] 杨庆祥：《后科幻写作的可能——关于王威廉〈野未来〉》，《南方文坛》2021年第6期。

有断裂也有延续,既是回望也是想象。近十年的青年写作,面对的不仅是对历史感的捕捉,同时也是当代性的重塑。叙事的疆界可以无穷,但青年——包括一个年轻的"南方"——内在的叙事修辞和价值伦理始终有迹可循。

借用陈春成《夜晚的潜水艇》中的一则幻象:"无数个世界任凭我随意出入,而这世界只是其中的一个罢了。"新南方写作从一个现实世界走向多元的拟像和多维的宇宙,写实与虚构所分化的二元观念已不复重要,关键在于写作/叙述中的青年正在不断更新自身的"在场"方式,撼动内在的边际与写作的疆域,重新调焦以对视当代中国以至世界,叩问文学的未来及其可能形态。

结语

新南方写作：
地缘、经验与问题

显而易见的是,当下的全球化遭遇新的挑战,既往的总体性的文化和价值秩序开始分崩离析,在新的意义系统还没有形成之时,地方性叙事的重新开启便显示其意义所在。也就是说,从地方出发,重新想象世界,成为当下文学与文化的新路径。新南方写作中所包孕的区域重构、海洋书写、方言叙事、地缘表述、世界想象等,事实上便是以地方的精神、价值、文化,重新构思与构筑新的全球性意义,探询新的共同体及其共同价值。

综观当代的中国文学及其地方性书写,"南方"的复魅与赋形,不是简单的概念新异和理念翻新,而是当下不断更迭的具有建构意义的文化经验,触发未知之境域与未竟之问题,由是创生新的文学文本的历史进程。也就是说,新南方写作是一个具有探索意味的开放性命题,在不断涌现的政治、经济、科技、教育以及文化、文学的一系列变革中,试图敞开的是种种未然的可能性图景。二十一世纪的国家战略针对中国南方构想了新的区域整合和跨境融通,尤其是粤港澳大湾区、"中国—东盟"的合作、海南自由贸易港等变化日新月异,使得"南方"的文学所面对的,是汹涌而至的新的因素与现象,后者不断倒逼我们去思考既有的"文学—南方"的疆界及意义。质言之,"新南方"冲击并消解着固有的地方性写作的精神内核,对撞出了极为丰富复杂的文本形态,其中不仅包孕着新异而多元的当代经验,同时形构并推衍诸多立体而综合的全球问题,终而必将激荡出中国以及世界之"南方"的新变与新义。

基于此,《南方文坛》杂志在2021年第3期与第6期,独辟专题集中讨论新南方写作,既有理论建构,也有文本解读,张燕玲提出:"我们探讨的'新南方写作',在文学地理上是向岭南、向南海、向天涯海角、向粤港澳大湾,乃至东南亚华文文学。"具体而言,何谓之"新","以示区别欧阳山、陆地等前辈的南方写作,是新南方里黄锦树的幻魅,林白的蓬勃热烈,东西的野气横生,林森的海里岸上,朱山坡的南方风暴……文学南方的异质性,心远地偏"。可见,文学的"新南方"不再只是传统"江南"文化视野中的小桥流水、亭台楼阁——那里还是金融中心、文化之都——也不再仅局限于精致细腻与富庶丰饶的既定想象;当代中国的"新"的南方,开始怀抱对于海洋、岛屿的热忱,试图开拓澎湃热烈与雄浑开阔的境界,并以区域性的多重链接而开启新的共同体意识,以更为开放与包容的姿态,沟通中国乃至世界的当下与未来,于文本中构筑异质性的想象。葛亮曾言及南北之别时说,"北方是一种土的文化,而南方是一种水的文化,岭南因为受到海洋性文化取向的影响,表现出来的是一种更为包容和多元的结构方式"。杨庆祥借苏童和葛亮的这个对话,述及南北"对峙"中,南方如何获致新的主体性,并延展至汉语书写的边界问题。可以说,围绕着"南方"内外的涌动,尤其以自身正在经验的宏阔而错综的变革,演绎着当下的"新"变。在这个过程中,"新南方"致力于辨认与建构新的边界,陈培浩认为:"现在谈新南方文学,囊括了广东、福建、广西、四川、云南、海南、江西、贵州等文化上的边地,具有更大的空间覆盖性,因而也有更多文化经验的异质性。"如是之文化地理/空间的移动,将南方的写作推至一个新的临界点,形成其来有自同时流动着盎然生机的文学场域。

需要指出的是,与既往的南方文学不同,新南方写作尽管发轫于地方性书写,却具备一种跨区域、跨文化意义上的世界品格。陈继明的长篇小说《平安批》以潮汕商人郑梦梅在东南亚等地经营批局为中心,在显豁的时间脉络里勾勒出在斑驳喧嚣的船舱中"下南洋"的奋斗史,牵引出一代潮汕人的精神史诗,及其近现代以来一直延续至今的家国情怀。值得注意的是,中国人"下南洋",去的是如今的泰国、印尼、马来西亚等地,而来自马来西亚的作家黄锦树的长篇小说《雨》,以南洋地区的热带雨林为背景/前景,重塑那些被遗忘的地域与被误解的人们。同样是东南亚,我曾试图以换喻的方式,将黄锦树小说《迟到的青年》中的"迟到",置换成东南亚国家间的"后发"境况。实际上,中国与东盟当下正展开深层的交互,广西恰是其中的重要联结点,陶丽群的小说《七月之光》,写的是生活在广西与越南边界的老建在战争中留下了生理与精神创伤,最后与伴侣洛领养了一个中越混血儿,在一个完好的家庭和情感生活中,老建的身体/心理缺陷得以修复,七月万物蓬勃,小说超越了国别与战争,迎向生命的"光"之所在。

而在南方的内部,东西的小说描述出了一个"野气横生"的界域,语言充满了内爆力,人物自身常常在一种荒蛮或艰困的处境中展开无尽的搏斗;凡一平的上岭村迥异于一般意义上的文化伦理,却自成一套价值体系,从中透露出地方性写作中的异化与异变;李约热的野马镇同样存在着种种"礼失求诸野",执拗无畏的人物,践行着义无反顾的精神逻辑……如林森所言,"新南方"本身,"就有着某种'野',这种'野'没有被不断叠加的各种规则所驯化、所圈养,有着让人新奇的活力"。林森的《岛》《海里岸上》《唯水年轻》等小说,携带着岛屿和海洋的南方讯息,那些生活在海里岸上的人们,在热带的"风"吹拂下,时间如洋流涌动,人心思变;同样来自东南沿海的潮汕作家陈崇正,他的《黑镜分身术》叙述的是"我们村最厉害的巫婆"矮弟姥及其所主宰的死生世界,分身术事实上分享的是一种在时间割裂中遗存/弃置的当代寓言;路魆的小说《心猿》《臆马》则被视为"一种属于中国岭南的黑色浪漫主义风格",代表着南方以南的一种独异的美学自觉,如唐诗人所言,"黑色是幽暗的、阴郁的,浪漫是想象的、诗性的。从黄锦树到路魆,我仿佛看到了新南方风格的觉醒和崛起"。此外,广东非虚构作家黄灯、小说家王威廉、诗人冯娜,湖南/海南的韩少功,福建的陈春成,海南的孔见,包括香港的葛亮、周洁茹,澳门的诗人冯倾城、散文家穆欣欣,马来西亚的黄锦树、黎紫书等,都以文学的新质与新变,为当下之"南方"描摹新的图谱,也结构甚或提出新的问题,新南方写作意欲落于何处,又将游至何方,都在这些文本中有所映射。

  实际上,近现代以来的中国南方,在世界主义的革命想象中,一直有着强烈的变革精神。及至当下,南方再次"新"了起来,社会革新的潮流再次翻涌,这是一种现实精神与文化质地的承续与绵延。这样的延续并非空对空般毫无凭依,文学是其中的重要载体。因而,对于新南方写作,我最关注的地方还在于文学文本如何透过复杂多义的内部肌理,思接传统,推演未来。东西在《南方"新"起来了》中谈道:"语言如此,写作也如此,越来越驳杂,越来越浩瀚,现实对写作者提出了更高的要求。"文本的重要性陡然凸显了出来,问题还在于,新南方写作能否真正含纳、表征,甚至想象地构筑充满未来感和建设性的文化镜像,投射出以往的文学史发展经验难以涵盖的问题,或说其遗存下了怎样驳杂丰富的剩余物,并以此为导引,再去反观/反思当代中国文学的发展路径。林白的长篇小说《北流》,以李跃豆的方言词典与亚热带的植物疯长,构造出一个盛大的南方,"无尽的植物在记忆里复活了,前面那朵干掉的玫瑰得到了甘霖,我看见它伸展出花瓣,艳红浅红窈红浅绿深米浅黄窈紫的花瓣层层叠叠,而油绿的茎叶坚硬闪亮"。对于林白来说,这是一次"死而复生",南方的"新"代表了语言与意象的复活/复魅,并以其绚烂繁盛,生长出无尽的可能世界。

不得不说,从某种意义上而言,"新南方"成为想象当代中国的一种方式。那些顽强坚固的精神脉络,无疑需要新的载体和媒介,"新南方"或可充当如是之介质或曰中介,对其加以安顿和再造。"南方"的当代性正是在这样的舍弃与存续中,不断铺衍向前。朱山坡的《蛋镇电影院》,将"一切都有可能破壳而出"的勃勃生机赋予一个南方的小镇,其中的《荀滑脱逃》,小偷荀滑为躲避众人追捕,以超现实主义的方式跃入电影屏幕,在现实与虚幻的切换中,获致新的世界性视阈和方法,荀滑从世界之外归来,以新的形式重新构思"南方"的当代景观。

王德威在《"世界中"的中国文学》里提出,中国文学走向现代的过程,是"跨国与跨语言、文化的现象,更是千万人生活经验——实在的与抽象的、压抑的与向往——的印记"。从这个视阈来理解新南方写作,其既是繁复的跨学科、跨界别基础上的糅合汇通,同时也是宏阔的从地方走向世界的跨区域、跨文化尝试,"南方"由是得以形塑新的"想象的共同体",反而视之,这个过程呼唤文学的造境拟像与虚实相生,在不可全知的经验里周旋,于难以尽悉的问题中激荡,以赓续未竣之思考,遐思未来之世界。

后记

新南方写作与自我的重塑

2016年,我从江南回到南方以南,后者是我的家乡,此前我没有确切想过会回来。然而那一年的夏天,我还是回到了更南的南方,许多事千头万绪,无从说起,唯有放下思索,根植南方,向前向上。这个过程我更愿将之视为一种现实的退守,又或可理解为内在的沉潜,以此试图"新"创一个自我。

从2018年开始,我得以有机会改弦更张,从事编辑工作,以另一种方式检视并激发自我,这要得益于张燕玲老师的提携和帮助。张老师将我领进了《南方文坛》编辑部,我也在此开启了自己的"新南方写作"。在我看来,以编辑式的批评或者说学者的编辑视野进行的写作实践,是否也算另一重意义上的新南方写作呢?也就是说,新南方写作中的"写作",是否可以囊括更广泛的意义,其中便包括文学理论与批评。这个过程当然是高度理性与极为自觉的,其一方面可以与当下的新南方写作实践相呼应,描绘并阐析文学的地方路径;另一方面当然也可以自成一格,以实现南方之"新"的理论建构。

以此视之,我首先是个编辑,这是我从事文学批评的一个前提,或说准备。编辑是做嫁衣者,是提衣人,是批评成型与呈现的中介,但更是一种志业、一个视阈、一重方法，以及对于批评的构想和实践的事功。作为编辑，尤其是当代文论期刊的编辑，我对批评的理解，常常为前沿的文本和学术的观念所影响，有时意味着牵引、提领，有时则是有待降解、消化的过程；然而也取决于内在的批评伦理，包括杂志与个人的品味、格调，以及立场、取径。不同的声音是相互激荡的，时而能达成高度的契合，但在碰撞、周旋和抵牾中，更能呈现批评自身的复杂与完整。经由此径，批评的编辑视角，或曰编辑的批评观念，必然同时充溢着包容和排异，以对照当代文学及批评的纷繁气象。

好的编辑与作者是如影随形的，简单说是同行，精神相契便成同路人，形成共同体不可或缺的一环。我此前参加了中国现代文学馆特邀/客座研究员的聘任仪式，正好是第十届，整一百人，集结起一支中青年的批评家队伍，代表此一时代最鲜活的批评风尚，功莫大焉。如李敬泽在会上所言："我们要永远充满活力，绝不僵化，我们也要永远充满责任感和使命，绝不猥琐和苟且，我们也要永远锐利，绝不油腻，我们要永远向着新的广阔的生活、精神和知识的天地敞开，绝不懈怠。"这也让我不由得想起我所供职的《南方文坛》持续了二十多年的"今日批评家"栏目，迄今也推介了近一百四十位批评家，他们大多活跃于当代文学的现场，不少已成为中国文学批评的中坚。在"凝聚批评新力量，互启文学新思想"中，"催生了中国新生代青年批评家的成长和成熟"。从"凝聚"到"互启"，这是一个亲密无间的群体，独异而共鸣。张燕玲认为，这是一种"名家同道间相携而行的文学传统"，"这个栏目既提升了刊物的品位和文化影响力，又通过对新锐批评家的关注，推动了当代文学批评的发展"。

推进一步说，好的编辑，是引导者甚或引领者，能为文学及其批评提供一种场域、一个阵地。当然这里除了少数的学派显明或具既定理论立场的刊物——事实上"同人"之间也常常充满差异性乃至对抗性——更多的不是异"口"同"声",而是汇聚共名与喧哗,是兼容并包。很难想象一本杂志只有一重视点、一种声音,缺乏内部的对话,起码如此不可持久。杂志本身汇聚、容纳,甚至漫溢和排异的过程,正是编辑创造性的工作使然,只不过这样的创生是多维度的,体现在每一个显豁或隐微处,当然前提是编辑在用心做杂志。

我一直相信编学相长,编辑与学术的结合能够使得学者型编辑、或说编辑型评论家站在学术前沿,了解知悉学人、作家的动向,清楚学术研究、文艺评论的洞见与盲视,而且好的编辑对当代文艺政策、国家文化战略等意识形态有着自然的敏感,循此策划选题,或可引导方向。也就是说,编辑是旁观者,也是在场者。不消说,编辑与学术和批评相融合、相激荡、相促进的关系有着自身的传统,近现代以来的众多作家、评论家和学者都编过刊物,如此甚至构成了重要的学术谱系。

说得具体些,编辑是一个接收、判断、选择,以及修订、综合和呈现的过程,其中表征的是行业的共识,同时渗透个体的意志。不单如此,编辑的理念和识见,决定了一本杂志的方向与高度,以及得到外界认同的可能,这是一个持之以恒的经过,每一个字词、句子、段落、篇章,都意味着职责和操守,他们堆叠起来,就是刊物的品位。批评的呈现方式,代表着编辑的价值观念和学术理路,其中所包孕的定位和倾向本身,就意味着对自我及世界的辨认,是价值输出得以最终实现的精神操持。当然,这一切的前提是,你不想做一个平庸的编辑。

编辑的过程,也需要经历不断修改和扬弃,因而编辑通常又是尖锐而苛刻的,始终在改弦更张中舍弃与发扬。我一直觉得,批评的文风是讲究气韵的,作为文论期刊的编辑,我读过不少评论文章,有的满是锋芒锐气,有的却是暮气沉沉,这无关年龄,考验的却是写作者的心气、才情。怎么说呢,评论很容易写,却很容易写不好。好与不好,编辑能一眼读出来,这是长久的修炼,也是本能的直觉。

值得一提的是,编辑的工作非常细碎,因而亟待一种整体性的提升,这便需要不断地爬梳、凝聚,走进去,又跳出来。文论期刊编辑在约稿与拒稿、校对与删改、判断和取舍以及最后的排列和呈示中,通过不同开本的期刊,营造或决绝、或协商、或冲突的场域。而正是经由这样的周旋和挪移,往往意味着意义的构筑、价值的形塑。

因而,不得不提到同时作为批评现象与批评主体的编辑自身。作者可以有倦怠之时,编辑则往往无退却之路,时时需要统筹兼顾,又要运筹帷幄。且不说固定的出版周期,围绕着办刊的前前后后、左左右右,怎一个折腾了得,因而我更愿意将之视为一种事功,最后不仅呈现为实实在在的白纸黑字,一点马虎不得,甚至每一个编辑都是完美主义者;而且围绕其间的还有种种研讨、出版等活动,处处都得劳心劳力。对于编辑的批评实践来说,趣味和调性何其重要自不必说,与此相对的,则是他的批评永远处于危机之中,其不仅要时时刻刻追着不断涌现的文本、现象和理论跑,而且还不得不应对自身内部的革变,以及来自于他者的不可回避的"影响的焦虑",如果没有实现真正有效的批评,那么无疑将遭受失语和崩解。当然,这一切的前提是,你并不想做一个庸常的评论家。

谈了这么多,这里有一个共识便是,文学批评需要立于历史的前端,当然不一定是指新的作者和理论,但思想应有开新,更遑论在面对那些前卫与先锋的文本,没有创造性的读法,显然是把捉不到其中精义的,也谈不上剜烂苹果式的批评。而且还不得不去回应关乎时代与前沿的命题,在具有发散性和生产力的装置中,催促价值的成型。

从这个意义而言,在当代文学与批评的实验场中,好的编辑的职责在于树立专业的标准与标杆,呈现学术规范和新义,凝聚批评的共识及共同体,在一个侧面或反面排斥那些冗余的乏味的批评,开放尽可能多维度的疆界,以不断试探新的可能。依此可见,编辑既站在后台,也立于中心。

我常常反过来想,编辑其实兼具温情与冷峻,他们极可亲可爱,但有时又近乎严苛,仿佛显得"面目可憎"。然而,一篇好的批评/理论文章遭遇一个好的编辑的过程,必将是一个奇妙的旅途,自我及他者,以及异见与同心,包括道术和常变,都终将穿越偏见和时间的壁垒,寻求思想的碰撞和理念的激荡,最终相互照亮。

以这样的视野再回过头来谈一谈本书的课题,事实上关于"南方写作"此前已经有了诸多的讨论(如张燕玲在《文艺报》撰写的《野气横生的南方写作》等),在《南方文坛》2021年第3期,张燕玲主编在此前"南方写作"的基础上,策划了新南方写作的专题,汇聚杨庆祥、林白、东西、林森、朱山坡,以及本人的文章,既有理论阐析,也有创作自述,杨庆祥的文章似乎已成为新南方写作的理论宣言,而"编者按"也颇有启发:"我们探讨的'新南方写作',在文学地理上是向岭南、向南海、向天涯海角、向粤港澳大湾,乃至东南亚华文文学。因为,这里的文学南方'蓬勃陌生',何止杂花生树?!何止波澜壮阔?!我与杨庆祥文学交往十多年,发现我们对文学南方有着相似的审美期待,于是便创意发掘与研究,庆祥与曾攀等新一代评论家试图为此赋形,本刊将不断深入。所谓的'新',以示区别欧阳山、陆地等前辈的南方写作,是新南方里黄锦树的幻魅、林白的蓬勃热烈、东西的野气横生、林森的海里岸上、朱山坡的南方风暴……文学南方的异质性，心远地偏。"接下来，《南方文坛》持续发力，2021年第6期刊发杨庆祥、黄灯、刘铁群、项静、李壮、陈培浩、林培源等关于新南方写作的系列文章；不仅如此，2022年第3期还集中刊载了孙郁、孟繁华、蒋述卓、黄平等学者和批评家对林白长篇小说《北流》的文论；2023年第1期，《南方文坛》推出哈佛大学王德威教授关于新南方写作的重磅文章《写在南方之南——潮汐，板块，走廊，风土》，以及凌逾、方岩等学者的评论。加上陈培浩等青年学者在《韩山师范学院学报》的相关讨论，以及《广州文艺》《青年作家》《创作评谭》等杂志纷纷开设"新南方写作/文学"的相关栏目，《扬子江文学评论》《文艺报》《上海文化》等也不断推出与新南方写作相关的文章……可以说，新南方写作已然在当代中国学术界和评论界蔚为大观，最起码这个概念及其背后的含义已被广为接受，这无疑也与编辑的倡导以及自身的"写作"实践密不可分。

综而言之，新南方写作深具地缘政治/经济/文化的涵义，是新的经验和现实倒逼我们重新思考身处之"南方"的新异与新变，并且对我来说，很多时候是以"编辑"为方法将之呈现、辨析与阐述；与此同时，回到自身的研究与评论，在那里，新南方写作更是焕发了对"我"的新的想象。每每回过头去想那些生命中的灰暗和沉郁，都觉得颇为不易，甚至多有感概，但有一点，人世浮沉跌宕之中，始终不愿也不敢忘却"微光"之所在。在此特别感谢上海文艺出版社，谢谢金理、李伟长、黄德海等在上海的同道，也要感谢本书的责编胡曦露女士。正是在他们的催促激励以及与他们的对照中，才有了这部书稿的问世。

图书在版编目（ＣＩＰ）数据

新南方写作：地缘、经验与想象 / 曾攀著. —— 上海：上海文艺出版社，2024
（微光·青年批评家集丛. 第四辑）
ISBN 978-7-5321-8959-5

Ⅰ.①新… Ⅱ.①曾… Ⅲ.①中国文学－当代文学－文学评论－文集 Ⅳ.①I206.7-53

中国国家版本馆CIP数据核字(2024)第048142号

中国作家协会重点作品扶持项目

发 行 人：毕　胜
策 划 人：金　理
责任编辑：胡曦露
装帧设计：胡斌工作室

书　　名：新南方写作：地缘、经验与想象
作　　者：曾　攀
出　　版：上海世纪出版集团　上海文艺出版社
地　　址：上海市闵行区号景路159弄A座2楼 201101
发　　行：上海文艺出版社发行中心
　　　　　上海市闵行区号景路159弄A座2楼206室 201101 www.ewen.co
印　　刷：崇明裕安印刷厂
开　　本：890×1240　1/32
印　　张：11.25
插　　页：3
字　　数：251,000
印　　次：2024年6月第1版 2024年6月第1次印刷
Ｉ Ｓ Ｂ Ｎ：978-7-5321-8959-5/I.7055
定　　价：62.00元
告 读 者：如发现本书有质量问题请与印刷厂质量科联系　T: 021-59404766